Collection dirigée par Glenn Tavennec

L'AUTEUR

Amy Ewing a obtenu sa licence d'écriture créative pour la jeunesse et sa maîtrise à l'université de New York. Elle contribue régulièrement aux chroniques du blog TeenWritersBloc.com. *Le Joyau* était au départ un sujet de thèse pour l'auteur avant que cette dernière ne décide d'en faire une trilogie romanesque. Amy vit aujourd'hui à New York.

Hors-série numérique :
La Maison de la Pierre

LA ROSE BLANCHE

AMY EWING

LIVRE II

traduit de l'anglais (États-Unis) par Cécile Ardilly

roman

Titre original : THE WHITE ROSE

ISBN 978-2-221-14590-6
ISSN 2258-2932
(édition originale : 978-0-06-223581-7, HarperCollins Children's Books, a division of HarperCollins Publishers Ltd., New York)

À ma mère et à mon père,
qui ont toujours cru en moi.

1.

L'arcane est muet.

Je fixe des yeux le petit diapason argenté qui repose parmi les bijoux éparpillés sur ma coiffeuse. Les paroles de Garnet résonnent encore dans mes oreilles.

Nous allons vous sortir d'ici.

Je m'efforce de réfléchir, de repousser la terreur qui m'étreint, afin d'assembler les pièces de ce puzzle. Je suis retenue prisonnière dans ma chambre du palais du Lac. Comment se fait-il que Garnet, le propre fils de la duchesse, possède lui aussi un arcane ? Est-il de mèche avec Lucien, qui est non seulement le caméristе de l'Électrice, mais aussi mon ami secret et mon sauveur ? Pourquoi Lucien m'aurait-il dissimulé cet élément ?

Lucien t'a également caché que les mères porteuses meurent des suites de l'accouchement. Il ne te dit que ce qu'il juge nécessaire, rien de plus.

La panique me saisit : j'imagine Ash en train de se vider de son sang dans le donjon où il est emprisonné. Ash, le compagnon des héritières de la royauté, qui en tombant amoureux de moi a risqué sa vie. Ash, la seule autre personne dans ce palais qui comprenne ce que cela fait d'être traité comme de la simple marchandise.

Je scrute l'arcane pendant longtemps. Dix minutes, peut-être vingt…

Il faut agir. Quand la duchesse nous a découverts ensemble dans la chambre d'Ash, il a été battu et jeté au cachot. Personne n'ira lui porter secours. Si Ash reste en prison, il mourra.

La terreur jaillit en moi et me monte à la gorge comme un jet de bile. Je ferme les paupières et revis la scène. Les régimentaires surgissant dans sa chambre, l'empoignant par le col et le tirant de force de son lit. Son sang qui gicle sur la couverture quand un garde lui assène des coups au visage avec son pistolet. Cela sous le regard cruel de la duchesse.

Et sous les yeux de Carnelian, la nièce de la duchesse. Une fille perfide. C'est elle qui nous a trahis.

Un frisson me parcourt le corps. Je contemple mon reflet dans le miroir : mes cheveux sont ébouriffés, mes yeux rouges et bouffis. Ma lèvre est fendue à la commissure et un bleu s'épanouit déjà sur ma pommette. J'effleure ma joue qui porte encore la marque de la gifle de la duchesse.

Bon sang, tant de rebondissements ont eu lieu depuis la Vente aux Enchères. Intrigues, machinations, complots, assassinats… La duchesse m'a achetée pour que je porte son enfant. Je me rappelle son regard haineux quand elle nous a surpris, Ash et moi, dans la même pièce, dans le même lit. Lorsque le chef des régimentaires a traîné Ash hors de la chambre, elle m'a traitée de « petite traînée ». Ses insultes ne me font ni chaud ni froid. C'est surtout la suite des événements qui m'inquiète.

Lucien m'a remis un sérum que j'étais censée avaler ce soir. Un remède qui m'aurait donné l'apparence de la mort pendant quelques heures. Ainsi, il aurait pu me faire quitter le Joyau sans éveiller les soupçons, et il m'aurait conduite dans un lieu à l'abri de la royauté. Un endroit où on ne pourrait plus exploiter mon corps. Toutefois, je n'ai pas pris le produit. Non, je l'ai donné. À Raven.

Quelque part dans l'enceinte du palais de la Pierre, voisin du mien, se trouve ma meilleure amie, Raven. Outre sa fonction de mère porteuse, sa maîtresse l'utilise à des fins beaucoup plus sombres. Non seulement Raven porte l'enfant de la comtesse de la Pierre, mais elle subit des tortures inconcevables. Aujourd'hui, elle n'est plus que l'ombre de la fille que j'ai connue à Southgate.

Comment aurais-je pu l'abandonner à son sort ? Je n'allais pas la laisser mourir sans rien faire.

Du coup, je lui ai remis le sérum qui m'était destiné.

Lucien sera fâché quand il le découvrira, mais je n'avais pas le choix. Il faudra bien qu'il comprenne.

D'une main tremblante, je récupère l'arcane et vais m'asseoir au bord de mon lit.

J'approche l'appareil de mes lèvres et murmure :

— Garnet ? Lucien ?

Aucune réponse. J'insiste.

— Garnet ? Si vous m'entendez… je vous en supplie. Dites quelque chose.

Rien.

Comment peut-on venir à ma rescousse, alors que des régimentaires sont postés devant ma porte ? Comment va-t-on pouvoir aider Ash à s'enfuir ?

Mon crâne m'élance ; à force de me triturer l'esprit, je suis prise de migraine. Je me recroqueville sur le matelas et serre le diapason de toutes mes forces au creux de ma main dans l'espoir de le ranimer et d'entendre une voix me répondre.

— Je vous en supplie. Ne laissez pas Ash mourir.

Contrairement à lui, j'ai de l'intérêt aux yeux de la duchesse. Elle a besoin de mon corps. Cela suffira peut-être à me sauver la vie. Mais Ash n'a rien qui puisse peser dans la balance.

Je me demande ce que ça fait de mourir. La rebelle apparaît une fois encore dans mon esprit, cette mère porteuse qui a tenté de s'échapper du Joyau. La fille qui s'est fait exécuter devant les remparts de Southgate, mon ancien institut. Je me rappelle son expression étrangement sereine à l'approche de la fin. Son courage. Saurais-je me montrer aussi forte, la tête sur le billot ? « Dites à Cobalt que je l'aime », a-t-elle déclaré juste avant qu'on la décapite. Ça, au moins, je le comprends. Le nom d'Ash serait sans doute le dernier mot à franchir mes lèvres. Je me demande ce que Cobalt représentait pour elle. Elle devait l'aimer très fort.

Un bruit retentit dans le couloir et je me lève si vite que la pièce se met à chavirer. Une seule pensée me vient : il faut que je dissimule l'arcane sans perdre une seconde. C'est mon seul et unique lien avec mes alliés. Malheureusement, ma chemise de nuit est dépourvue de poches et je ne veux pas prendre le risque de le cacher dans la chambre au cas où la duchesse déciderait de me transférer ailleurs.

Soudain, je me remémore le bal de l'Exéteur, au cours duquel Lucien m'a confié l'objet. Lorsque Garnet m'a décoiffée, Lucien en a profité pour glisser le diapason argenté dans mes boucles épaisses.

Garnet était-il déjà en cheville avec Lucien à cette soirée ? A-t-il fait exprès de me dépeigner pour permettre au cariste de me remettre l'appareil ?

Le moment est mal choisi pour se poser ces questions. Le temps m'est compté. Je me rue sur ma coiffeuse et ouvre brusquement le tiroir où Annabelle, ma femme de chambre et seule amie dans ce palais, range mes accessoires pour cheveux. Je noue ma chevelure en une queue-de-cheval et y enfouis l'arcane à l'aide d'épingles.

À l'instant où ma porte s'ouvre, je me jette sur le lit.

La duchesse entre, flanquée de deux régimentaires.

— Levez-vous !

Elle ne s'est pas changée depuis qu'elle nous a surpris dans la chambre d'Ash. Elle porte encore sa robe de chambre cousue d'or, et sa chevelure brillante tombe en cascade sur ses épaules. (Je ne sais pas pourquoi cela me surprend.)

Elle s'approche de moi, le visage froid et impassible. Son expression me rappelle notre première entrevue. Je m'attends plus ou moins à ce qu'elle me toise durement avant de me gifler.

En fait, elle s'arrête à moins d'un mètre de moi et son visage glacial s'enflamme brusquement.

— Depuis quand ?

— Pardon ?

La duchesse étrécit les yeux.

— Ne jouez pas à l'idiote avec moi, Violet. Depuis quand couchez-vous avec le compagnon ?

Je suis surprise qu'elle s'adresse à moi par mon prénom.

— Je… je ne couchais pas avec lui.

Pas au moment où on nous a surpris, tout du moins.

— Ne me mentez pas.

— C'est la vérité.

Ses narines se dilatent.

— Très bien. (Elle se tourne face aux gardes.) Attachez-la. Et amenez l'autre.

Les régimentaires fondent sur moi. Ils me tirent les bras en arrière et me ligotent à l'aide d'une corde grossière. J'ai beau crier et me débattre, les liens sont trop serrés. La corde m'irrite la peau et le bois poli de la colonne de lit où ils m'attachent s'imprime dans ma colonne vertébrale. Une silhouette svelte est poussée à l'intérieur de la chambre.

Annabelle. Ses yeux sont agrandis par la peur. Comme moi, ses mains sont nouées dans son dos. Elle ne pourra pas utiliser son ardoise pour se faire comprendre – Annabelle est muette de naissance et ne peut s'exprimer que par écrit. Son chignon cuivré est défait et son visage blême, ce qui laisse ressortir ses taches de rousseur. Ma bouche devient très sèche.

— Sortez !

Les régimentaires s'exécutent et referment la porte derrière eux.

Je proteste d'abord faiblement.

— Elle… elle ne sait rien.

— J'ai du mal à le croire, réplique la duchesse.

— Je vous assure ! m'écrié-je alors.

Je me tortille dans tous les sens. Si seulement je pouvais me détacher et voler au secours d'Annabelle. Je refuse qu'il lui arrive quoi que ce soit.

— Je vous le jure sur la tombe de mon père, elle n'était pas au courant !

La duchesse m'observe, un sourire cruel sur les lèvres.

— Non. Je ne vous crois toujours pas.

Sa main s'abat sur la joue d'Annabelle dans un claquement écœurant.

— Je vous en supplie ! hurlé-je tandis qu'Annabelle recule en titubant, perdant l'équilibre. Ne lui faites pas de mal !

— Mais je n'ai aucune *envie* de lui faire du mal, Violet. Tout cela est *votre* faute. Sa souffrance cessera lorsque vous aurez dit la vérité.

Mes poignets sont à vif ; la corde me lacère la peau tandis que je cherche à me dégager. La duchesse se tient soudain à quelques centimètres de moi et m'agrippe fermement le visage ; ses ongles s'enfoncent dans ma joue meurtrie.

— Depuis quand couchez-vous avec lui ?

Je tente de lui répondre, mais elle me serre si fort qu'il m'est impossible d'ouvrir la bouche. Elle finit par me relâcher.

— Depuis quand ?

— Une seule fois, réponds-je dans un halètement. Ça ne s'est produit qu'une seule fois.

— Quand ?

— La nuit… qui a précédé la seconde tentative du médecin…

La duchesse me foudroie du regard, bouillonnante de rage.

— Avez-vous intentionnellement saboté ces grossesses ?

La surprise se peint sur mon visage.

— Je… non. Comment aurais-je réussi cela ?

— Oh, je ne sais pas, Violet. Manifestement, vous avez plus d'un tour dans votre sac. Je suis certaine que vous pouviez trouver une manière ou une autre de parvenir à vos fins.

— Non.

La duchesse frappe à nouveau Annabelle au visage.

— Je vous en prie. C'est la vérité.

Annabelle hausse une épaule comme pour toucher sa joue enflée. Je croise son regard et tout ce que j'y lis, c'est de la peur. De la perplexité. Ses sourcils se froncent et je comprends qu'elle essaie de me poser une question, cependant je n'arrive pas à savoir quoi exactement.

— Voyez-vous, Violet, je suis face à un dilemme, reprend la duchesse qui fait les cent pas devant moi. Vous êtes un atout particulièrement précieux. Et même si j'ai très envie de vous tuer pour vous châtier, ce ne serait pas vraiment judicieux pour mes affaires. Il va sans dire que votre vie dans ce palais sera différente à compter d'aujourd'hui. Fini les bals, le violoncelle et… eh bien tout le reste, j'imagine. S'il le faut, je vous ferai attacher au lit médical jusqu'à la fin de votre séjour ici. J'ai envoyé une requête expresse à l'Exéteur pour l'exécution du compagnon. Il devrait être mort dans environ une heure. Cela vous servira de leçon. Je me demande pourtant si c'est suffisant.

Un gémissement franchit mes lèvres. La duchesse l'entend et sourit.

— Quel gâchis ! Un si beau spécimen. Très doué qui plus est, d'après ce qu'on raconte. Lady du Fleuve n'a cessé de vanter ses mérites durant les fiançailles de Garnet. Dommage que je n'aie pas eu l'occasion de tester ses talents par moi-même.

Une onde froide se faufile en moi. Le sourire de la duchesse s'élargit.

— Dites-moi, poursuit-elle. Qu'imaginiez-vous qu'il allait advenir exactement ? Que vous partiriez tous deux vers le soleil couchant ? Savez-vous avec combien de femmes il a couché ? C'est répugnant. Je pensais que vous aviez meilleur goût. Si vous deviez tomber amoureuse dans ce palais, pourquoi ne pas avoir jeté votre dévolu sur Garnet ? Certes, ses manières sont ignobles, mais il est assez beau garçon, non ? Et il vient d'une excellente lignée.

Un cri de dédain m'échappe.

— Vous pensez vraiment que quelqu'un en a quelque chose à faire de sa lignée dans cette ville en dehors de la royauté ? Vous n'auriez même pas besoin de mères porteuses si vous ne vous focalisiez pas tant sur votre stupide histoire de lignée !

La duchesse attend patiemment la fin de mon discours.

— Vous auriez intérêt à mieux peser vos mots.

Cette fois, lorsqu'elle gifle Annabelle, une balafre s'ouvre sous l'œil droit de ma femme de chambre. Les larmes ruissellent le long de ses joues.

— Mettez-vous une chose dans le crâne une bonne fois pour toutes, reprend la duchesse. Vous m'appartenez. Le médecin recommencera ses tentatives jusqu'à ce que mon enfant grandisse en vous. Dorénavant, je ne me soucierai plus de votre inconfort ou de vos états d'âme. Vous ne serez plus qu'un meuble à mes yeux. Est-ce clair ?

— Je ferai tout ce que vous voudrez. Mais je vous en prie, ne la frappez plus.

La duchesse se fige. Son expression se radoucit et elle pousse un soupir.

— Très bien.

Elle s'approche d'Annabelle, qui se tient recourbée. D'un mouvement preste, elle la force à renverser la tête en arrière en la tirant par les cheveux.

— Vous savez, Violet, je me préoccupais sincèrement de votre bien-être. (Elle soutient mon regard, l'air chagrinée.) Pourquoi a-t-il fallu que vous me fassiez cela ?

J'ai à peine le temps d'entrevoir la lame. Un éclair argenté glisse sur la gorge d'Annabelle. Ses yeux s'écarquillent de surprise et une entaille rouge apparaît sur son cou.

— NON !

Annabelle me regarde ; son visage est si charmant, si fragile. À présent, je comprends la question qu'elle me posait en silence. Elle n'a plus besoin de son ardoise pour l'exprimer.

Pourquoi ?

Le sang dégouline en abondance le long de son buste, imprégnant sa chemise de nuit. Puis son corps s'affale par terre.

Un couinement sauvage résonne à travers la pièce, et je mets quelques secondes à comprendre que c'est moi qui l'ai émis. Je me débats de toutes mes forces contre mes liens, ignorant la douleur qui me cisaille les poignets et le dos ; en fait, je ne la ressens quasiment pas. Une seule pensée m'accapare : il faut que j'atteigne Annabelle, que je la prenne dans mes bras et la ramène à la vie. Il doit bien y avoir un moyen de la sauver, parce qu'elle ne peut pas mourir, c'est impossible…

Les yeux de mon amie sont grands ouverts et vides ; ils me dévisagent tandis que le sang continue à jaillir de son cou et s'écoule lentement sur la moquette, dans ma direction.

— Il fallait vous punir pour vos actes, déclare la duchesse en essuyant la lame de son couteau sur la manche de sa robe de chambre. Et elle aussi.

Comme si de rien n'était, elle enjambe le corps d'Annabelle avec désinvolture et tourne la poignée. J'aperçois mon petit salon et les deux régimentaires postés devant la porte, qui se referme aussitôt, me laissant seule avec la dépouille de la fille qui fut ma première amie dans ce palais.

2.

Je m'effondre à genoux.

Mes épaules se récrient, alors que les liens retiennent mes bras vers le haut, me forçant à adopter une posture maladroite. Peu m'importe. Mes jambes ne me soutiennent plus.

Annabelle s'est entièrement vidée de son sang. Je contemple son beau visage confiant, et je revois la fille qui est restée auprès de moi lors de ma première nuit au palais, même si elle n'était pas censée le faire. La fille qui m'a prise dans ses bras et bercée sur une montagne de robes en lambeaux après les funérailles de Dahlia. La fille qui me battait quasiment à tous les coups au jeu de l'Halma et me brossait les cheveux chaque soir. La fille à qui j'ai révélé mon prénom en premier.

Je l'aimais. Et j'ai causé sa mort.

— Je suis désolée.

Les larmes réprimées jusque-là ruissellent le long de mes joues.

— Je suis vraiment désolée, Annabelle.

Il me faut me rendre à l'évidence. Elle est morte. L'horreur de la réalité m'engloutit et je sombre dans un gouffre de chagrin insondable. Les larmes se muent en sanglots qui me déchirent la poitrine, et je pleure jusqu'à ce que ma gorge soit écorchée et que mes poumons brûlent, jusqu'à ce que mon corps me paraisse comme une enveloppe vide, un vide qu'Annabelle avait naguère comblé.

Les minutes, les heures passent.

À un moment donné, je prends vaguement conscience que mes yeux me font souffrir, une brûlure qui détourne un instant mon attention de mon affliction. Malheureusement, je ne trouve pas la force de bouger.

Des bruits s'élèvent à l'extérieur de ma chambre. Un bref impact suivi de deux sons étouffés. Peut-être que la duchesse est de retour. Qui va-t-elle tuer sous mes yeux, cette fois-ci ?

La porte s'ouvre et se referme. Un régimentaire a pénétré dans la pièce. Étrangement, il n'est pas accompagné… Son regard horrifié se pose une seconde sur le corps de mon amie. Puis il se précipite à mes côtés.

— Vous allez bien ?

C'est la première fois que j'entends un garde de la duchesse s'exprimer. Sa voix me paraît confusément familière. Je suis dans un tel état de torpeur que je ne songe même pas à lui répondre.

Il tire une lame de sa ceinture et, soudain, mes bras sont libres. Je bascule en avant sans chercher à me retenir. Il me rattrape de justesse.

— Violet, chuchote-t-il. Vous êtes blessée ?

Comment un régimentaire peut-il connaître mon prénom ? Il me secoue légèrement et son visage se précise.

— Garnet ? articulé-je avec peine, la gorge très sèche.

— Venez. On doit s'en aller. Nous n'avons pas beaucoup de temps.

Il me tire brutalement vers le haut pour me mettre debout. J'avance de quelques pas en chancelant et m'écroule par terre devant le cadavre d'Annabelle. Son sang est encore humide sur la moquette et ma chemise de nuit s'en imprègne. J'écarte une mèche de cheveux de son visage et la cale derrière son oreille.

— Je suis vraiment désolée, murmuré-je.

Du bout des doigts, je lui ferme les paupières.

— Violet, insiste Garnet, il faut qu'on s'en aille.

Je dépose un baiser sur le côté de sa tête, juste au-dessus de son oreille. Sa chevelure sent le lys.

— Adieu, Annabelle.

Puis je me force à me relever. Garnet a raison. Nous devons déguerpir. Ash est en vie. Il est encore temps de le sauver.

Lorsque Garnet ouvre la porte, je vois les deux régimentaires qui gisent par terre. Ont-ils seulement perdu connaissance ou bien sont-ils morts ? Dans le fond, je m'en fiche pas mal.

Nous traversons mon petit salon en hâte et enfilons le couloir tapissé de fleurs, qui est désert. Garnet tourne à droite ; il se dirige vers l'escalier de service, situé à l'arrière du palais.

— C'est Lucien qui vous envoie ? interrogé-je à voix basse.

— Lucien n'est pas encore au courant. Tout s'est passé trop vite. Je n'ai pas pu entrer en contact avec lui.

— Où m'emmenez-vous ?

— Cessez de poser des questions !

Nous atteignons l'escalier et dévalons les marches. Le plancher craque sous mes pieds.

Le rez-de-chaussée est plongé dans un silence inquiétant. Les portes de la salle de réception sont grandes ouvertes ; de longs rayons de lune obliques se faufilent jusqu'à nous à travers le parquet. Je me rappelle la première fois que j'ai traversé ces couloirs, la nuit venue, pour aller rejoindre Ash dans sa chambre.

— Où est le donjon ? (Garnet feint de ne pas m'avoir entendue. Je lui saisis le bras.) Garnet, où est le donjon ? Il faut qu'on délivre Ash.

— Vous allez vous taire ?! C'est vous que nous devons sortir d'ici.

Une odeur familière m'assaille les narines. Sans réfléchir, je pousse la porte du fumoir du duc et entraîne Garnet à l'intérieur.

— Qu'est-ce que vous fabriquez ? s'emporte-t-il en serrant les dents.

— Pas question qu'on l'abandonne.

— Il ne fait pas partie du marché.

— Si nous le laissons ici, il mourra.

— Et alors ?

Ma poitrine se vrille.

— Annabelle vient d'être assassinée sous mes yeux. Elle s'est vidée de son sang devant moi. C'était l'une des personnes les plus douces au monde ; elle est morte à cause de moi. Et si c'était elle qui était emprisonnée dans le donjon ? Vous l'abandonneriez à son sort sachant qu'on va l'exécuter ? Je vous ai vus ensemble. Vous étiez plein d'attentions. Elle vous aimait bien. Sa vie n'a-t-elle aucune valeur à vos yeux ?

Garnet se trémousse, mal à l'aise.

— Écoutez, ça ne relève pas de ma mission. Je ne suis pas là pour réunir des amants tragiquement séparés.

— Ce n'est pas la question. La vie d'un homme est en jeu. Pourquoi êtes-vous là si ce n'est pour secourir votre prochain ?

— Je suis redevable à Lucien. J'ai promis de vous aider.

— Alors faites-le.

— Je ne comprends pas. Ce n'est qu'un compagnon parmi des centaines d'autres.

— Et Annabelle n'était rien qu'une servante. Quant à moi, je ne suis rien qu'une mère porteuse ! Vous parlez comme votre mère.

Garnet se fige.

— Regardez, insisté-je en agrippant le tissu de ma chemise de nuit. Le sang d'Annabelle. C'est votre mère qui a fait ça. Quand cela s'arrêtera-t-il ? Combien d'innocents devront mourir de sa main ?

Il ne répond pas immédiatement.

— Très bien. Je vais vous aider. Mais ne vous attendez pas à ce que je porte le blâme si jamais on nous surprend.

— Je ne m'attends à rien de votre part, grommelé-je.

Nous sortons du fumoir et remontons le couloir, en passant devant la bibliothèque. Sur notre gauche, une porte imposante avec une poignée massive.

— Tenez, dit Garnet.

Il me tend une boule noire de la taille d'un œuf à la surface extrêmement lisse.

— Qu'est-ce que c'est ?

— Ça va nous servir à neutraliser les gardes. Ne me demandez pas comment ; c'est Lucien qui l'a inventée. C'est avec cette arme que j'ai paralysé les régimentaires devant votre chambre.

Garnet sort un trousseau de sa poche, sélectionne une grande clé en fer qu'il introduit dans la serrure. La porte s'ouvre dans un grincement étouffé. Il pivote vers moi et récupère la boule.

— D'ordinaire, je dis « honneur aux femmes », mais en l'état actuel des choses, nous nous dispenserons des salamalecs habituels.

Ce couloir me rappelle le passage secret qui mène aux appartements d'Ash : les murs et le sol sont en pierre, et de pâles lumignons jalonnent le chemin. Bientôt, j'arrive devant un long escalier qui s'enfonce dans le noir ; je descends lentement les marches, à l'affût du moindre bruit. En bas, l'air est glacial et sent le renfermé, m'arrachant un frisson. Face à nous, une porte en bois entrebâillée.

Garnet fronce les sourcils.

— Qu'est-ce qui ne va pas ? demandé-je dans un chuchotement.

Mais lorsque je pousse la porte, j'en oublie momentanément toute discrétion. Un cri de surprise m'échappe.

À quelques mètres de moi, Ash est étendu à même le sol, recroquevillé sur lui-même dans un cachot. Je me précipite vers lui et tombe à genoux en agrippant les barreaux en métal.

— Ash.

Son visage et ses cheveux sont couverts de sang séché. Un vilain bleu lui marque la pommette et son front est entaillé. Il ne porte que son bas de pyjama en coton ; son torse et ses pieds sont nus. Il doit être gelé. Du moins il le serait s'il était conscient.

Je glisse mes bras entre les barreaux, mais il est hors de ma portée.

— Ash, réveille-toi. Garnet, où sont les clés ?

Il vient se placer près de moi.

— Je ne sais pas. Les clés des cellules ne sont pas sur ce trousseau.

Une onde de désespoir monte en moi, menaçant de me submerger, mais je serre les dents et me ressaisis. Ce n'est pas le moment de craquer.

— Il y a forcément une solution. Les clés sont ici, quelque part. Ash ! (Je secoue les barreaux dans un effort vain.) Réveille-toi, je t'en prie !

— Vous cherchez quelque chose ?

Mes entrailles se pétrifient tandis que Carnelian surgit de derrière la porte en bois, dans l'ombre de laquelle elle se tapissait. D'une main, elle brandit une petite clé dorée.

— Carnelian, qu'avez-vous fait ? demande Garnet, les yeux écarquillés.

Je suis son regard. Les corps de deux gardes gisent à terre derrière la porte, près d'une cellule vide.

Carnelian lève son autre main pour lui montrer une seringue.

— C'est drôle, tout ce qu'on parvient à faire quand personne ne vous prête attention. Les endroits où vous pouvez vous rendre. Les gens que vous pouvez manipuler. Le docteur m'a montré deux ou trois tours un jour, alors que je feignais de m'intéresser à la médecine. (Elle contemple l'aiguille avec tendresse.) Ils ne sont pas morts. Seulement paralysés. Et inconscients. Ils m'ont sous-estimée eux aussi.

Je l'ai vu dans leur regard. Pauvre petite Carnelian. Pauvre petite Carnelian, si laide et si stupide.

— Mère vous fera exécuter pour ça, souligne Garnet.

— Vous aussi. Que faites-vous ici avec *cette fille* ?

J'interviens.

— Ouvrez le cachot.

Ses yeux lancent des éclairs.

— Vous n'étiez pas censée être avec lui. Il était à moi. Pourquoi a-t-il fallu que vous me le preniez ?

— Je ne vous ai rien pris, rétorqué-je. Ce n'est pas un chiot ou un bijou. C'est un être humain.

— Je sais très bien qui il est. Je le connais mieux que vous.

— J'en doute fort.

— Il m'a dit des choses qu'il n'a jamais dites à personne ! Il me l'a assuré. Et je… je… (Ses joues s'empourprent.) Je lui ai confié mes secrets. Il allait rester avec moi pour toujours.

— Carnelian, il n'allait pas rester. De toute façon, il serait parti dès que vous vous seriez fiancée.

— J'étais en train d'élaborer un plan, proteste-t-elle. J'allais découvrir une solution.

— Eh bien, plus rien de tout cela n'a d'importance car si vous n'ouvrez pas cette porte, il sera exécuté. (Je jette un bref coup d'œil à la clé dorée.) C'est ce que vous désirez ?

— Je ne veux pas qu'il soit avec *vous*.

— Vous préféreriez qu'il meure ?

Un gémissement provenant du cachot fait retomber le silence.

— Ash, dis-je, en me tournant vers lui.

J'appuie mon visage contre les barreaux. Ses paupières remuent une fois, deux fois, avant de s'ouvrir. Quand il me voit, un sourire fend son visage abîmé.

— Violet, répond-il d'une voix rauque. Où sommes-nous ? (Il bouge la tête pour examiner les lieux.) Ah, c'est vrai.

— Ne t'inquiète pas, je vais te sortir de là, continué-je d'une voix hésitante.

— C'est bien, souffle-t-il. (Ses yeux se perdent dans le vide pendant quelques secondes avant de se fixer de nouveau sur moi.) Qu'est-il arrivé à ton visage ?

— Ce n'est rien, tenté-je de le rassurer tandis qu'il redresse lentement le buste.

Il tressaille et palpe sa joue enflée. Puis il rampe jusqu'à la porte de sa cellule.

— Comment est-ce que je passe de l'autre côté de ces barreaux ?

Je jette un coup d'œil par-dessus mon épaule et Ash s'aperçoit alors que nous avons de la compagnie. Son front se plisse lorsqu'il reconnaît Garnet et Carnelian. Celle-ci a abaissé sa seringue.

— Carnelian a la clé, dis-je.

La mort dans l'âme, je me lève et m'écarte. Je ne peux pas forcer Carnelian à ouvrir la cellule. Mais Ash, si.

Elle s'avance lentement vers lui, les yeux rivés à son visage. Une fois devant les barreaux, elle se laisse tomber à genoux à l'endroit précis où je me tenais quelques secondes plus tôt.

— Je suis sincèrement désolée, chuchote-t-elle en enroulant sa main autour de la sienne, agrippée aux barreaux. Je pensais que si j'arrivais à me débarrasser d'elle, nous pourrions être ensemble.

Ash réussit à esquisser un sourire.

— Je sais.

— Je croyais... que j'avais un plan...

— Je sais, répète Ash. Mais ça n'aurait pas marché.

Carnelian remue la tête.

— Parce que, quoi qu'il arrive, vous ne pouvez pas rester avec moi.

— Non, répond-il. C'est impossible.

— Puis-je vous poser une question ?

Elle approche la clé de la serrure.

— Bien sûr.

— Est-ce qu'il y avait quelque chose de... vrai entre nous ?

Ash rapproche sa bouche de la sienne ; je me retiens de hurler. Il lui murmure des mots, et le visage de Carnelian s'illumine. Au bout de quelques instants, elle s'écarte, tourne la clé dans la serrure, et ouvre la porte. En un éclair, je me précipite auprès d'Ash et l'aide à se mettre debout. Carnelian me fusille du regard.

— Je ne dirai rien. Mais c'est dans son intérêt à lui. Pas dans le vôtre.

Garnet ne me laisse pas le temps de répliquer.

— Bien que tout cela soit étrangement divertissant, il est grand temps de quitter les lieux.

— Ça va aller ? murmuré-je à Ash.

Son torse est froid, je le sens au travers de la fine étoffe de ma chemise de nuit. Il m'enlace fermement par la taille.

— Fichons le camp d'ici, me répond-il à voix basse.

— Allons, souriez, cousine, lance Garnet à Carnelian qui nous scrute, Ash et moi, d'un air à la fois furieux et dévasté. Songez à la tête de Mère quand elle découvrira qu'ils se sont enfuis tous les deux.

Carnelian esquisse une grimace presque imperceptible. Une ébauche de sourire ?

Garnet secoue la tête.

— Merci pour le coup de main, conclut-il en la saluant d'un geste de la main. (Il se tourne vers nous.) Allons-y.

3.

Nous gravissons les marches quatre à quatre aussi discrètement que possible.

Les couloirs sont déserts. Le bras droit enroulé autour de son torse, Ash se tient les côtes du côté gauche. De sa main libre, il se cramponne à moi.

— Est-ce que ça va ? questionne-t-il en examinant ma chemise de nuit.

Le sang d'Annabelle a presque fini de sécher. Mes genoux et mes mollets en sont couverts. Une boule se forme dans ma gorge.

— Ce n'est pas le mien, formulé-je d'une voix éteinte.

Ash ouvre des yeux ronds.

— Qui…

Je secoue vivement la tête. Il est encore trop tôt pour évoquer la mort brutale de mon amie.

Nous dépassons la salle à manger et débouchons dans la galerie en verre qui mène dans l'aile est, où se situent les appartements d'Ash. C'est comme si nous revivions la nuit à l'envers. Sauf qu'à présent,

Ash est à mes côtés. Je lui presse la main pour m'assurer que je ne rêve pas.

— Qu'est-ce que Garnet fiche ici ? me glisse-t-il à l'oreille.

Je hausse les épaules, ignorant moi-même la réponse à cette question.

— Il fait son possible pour vous sauver la vie, réplique Garnet. Alors fermez-la et pressez le pas.

— Où va-t-on ? demandé-je.

— Il nous faut un moyen de transport.

— Et quel est votre plan ?

— Mon plan, Violet ? s'exclame-t-il en s'arrêtant. Ai-je l'air de suivre un manuel d'instructions ? J'improvise au fil du parcours. Si vous avez une meilleure suggestion…

Je m'empresse de répondre :

— Non non. On vous suit.

— Il connaît ton prénom ? s'étonne Ash comme nous enfilons la galerie.

— C'est Lucien.

Ash peste dans sa barbe.

Passé les appartements d'Ash, nous tournons à gauche, puis à droite, encore à gauche, et nous enfonçons dans l'aile est. Je ne me suis jamais aventurée aussi loin dans cette partie de la demeure.

Ash paraît surpris.

— Comment se fait-il que vous connaissiez si bien l'aile des serviteurs ?

Garnet me décoche un clin d'œil canaille.

— J'ai mes entrées.

Je tressaille en songeant à toutes les femmes de chambre peu méfiantes que Garnet a dû pourchasser, mais Ash ne se laisse pas démonter.

— Vous mentez.

Garnet lâche un petit cri goguenard.

— Qu'en savez-vous ?

— Je le sais, c'est tout.

Garnet fait la moue. Nous atteignons une porte à l'extrémité du corridor. Il déboutonne sa veste de régimentaire et me la lance.

— Vous allez avoir besoin de ça.

Je m'empresse de la revêtir. Les manches sont trop longues et me couvrent les doigts, ce qui fait immédiatement resurgir des souvenirs dans ma tête. Les habits de ma mère que j'avais l'habitude de porter chez nous, dans le Marais, et dans lesquels je nageais. À cette époque, j'étais incapable d'imaginer pire que de quitter ma maison pour l'institut de Southgate.

Garnet ouvre la porte et un courant d'air glacial me frappe de plein fouet. Mes dents se mettent à claquer avant même que nous soyons sortis dans le parc. Je propose ma veste à Ash qui ne porte pas même une chemise, mais il m'en empêche. Les brins d'herbe gelés craquellent sous la plante de mes pieds et, en moins d'une seconde, mes orteils sont engourdis par le froid. La nuit est nuageuse ; pas un seul astre n'éclaire notre chemin. Garnet avance pourtant d'un pas assuré, comme s'il pouvait retracer la route les yeux bandés. Un bâtiment trapu rectangulaire se dresse bientôt devant nous dans l'obscurité. Une fois devant, Garnet sort son trousseau.

Un déclic résonne et nous pénétrons dans un endroit frais et calme, à l'abri du vent.

La porte se ferme derrière moi et une lumière s'allume. Une rangée de véhicules rutilants s'étend devant nous dans une salle semblable à une caverne. Je repère la voiture blanche que la duchesse et moi avons prise pour nous rendre aux funérailles de Dahlia, au palais de l'Exéteur, ainsi que la noire qui m'a conduite à tous les bals. Je découvre que ma maîtresse possède également un véhicule rouge vif, un argenté, un bleu pâle et un jaune citron.

Garnet fonce sur l'automobile rouge ; il ouvre le coffre.

— Montez.

Jamais je n'aurais supposé qu'un jour, je serais impatiente de grimper dans un coffre et que je le ferais de gaieté de cœur.

— Vous ne pensez pas que quelqu'un remarquera qu'il manque une voiture ? maugrée Ash en m'imitant.

Je me cale bien au fond pour lui faire de la place.

Garnet esquisse un sourire.

— C'est la mienne. Ce ne sera pas la première fois que je la prends pour une petite virée nocturne.

Sur ces mots, il claque le coffre.

Une bouffée de panique m'assaille avec une telle violence que j'en ai le souffle coupé. L'obscurité m'enveloppe, m'étreint, m'oppresse. Mes paumes cognent contre la paroi jusqu'à ce que les mains froides d'Ash se posent sur mon visage.

— Tout va bien, Violet. Respire.

Mes poumons se bloquent et le poids des événements m'accable d'un seul coup. Un torrent de larmes jaillit de mes yeux, alors que j'enfouis mon visage contre son torse. Le véhicule démarre et le ronronnement du moteur se répercute à travers mon corps. Je distingue le bruit étouffé de la porte du garage qui s'ouvre et se referme. Garnet quitte le local en marche arrière et je me retrouve plaquée contre Ash. Puis la voiture effectue un demi-tour étourdissant et mon dos est projeté contre l'autre paroi du coffre ; cette fois, c'est Ash qui s'écrase contre moi.

— Je pense qu'il y prend un malin plaisir, constate-t-il.

Je pars d'un rire hystérique ; mon ventre se contracte tellement fort que c'en est douloureux. Ash m'imite et son rire se mue bientôt en une quinte de toux.

— Ça va ? questionné-je en le couvrant de baisers.

— Oui… Aïe, lâche-t-il, lorsque mes lèvres atterrissent sur sa joue abîmée. Que s'est-il passé exactement ? La dernière chose que je me rappelle, c'est la duchesse entrant dans ma chambre.

Je lui raconte tout. La voix de Garnet à l'autre bout de l'arcane, ma maîtresse qui ordonne à ses gardes de m'attacher, Annabelle…

— Je l'ai laissée là-bas. Complètement seule.

— Tu n'avais pas le choix, Violet.

Le silence retombe un instant. Le sentiment de culpabilité, le chagrin et la douleur que j'avais momentanément réussi à mettre en sourdine, le temps de notre évasion, enflent en moi. Je me figure le visage de mon amie dans le noir, le parfum fleuri de sa chevelure.

— C'est ma faute. Si je n'avais pas… si nous…

— Non, m'interrompt-il d'une voix impérieuse. C'est la duchesse qui a tué Annabelle, Violet. Pas toi. Pas moi.

J'abandonne ma tête sur son épaule et me fais une promesse en silence. Celle de ne jamais l'oublier. La seule manière pour moi de la garder en vie, à travers mes souvenirs.

— Tu sais où nous allons ? demande-t-il.

— Non.

À présent que nous avons rejoint la route, le voyage s'effectue en douceur. Je me trémousse pour ôter ma veste et j'en couvre le buste d'Ash.

— Violet, je n'ai pas…

— On va la partager, insisté-je en me blottissant contre lui.

Il a la peau glacée.

Il me caresse les cheveux. Le bourdonnement du moteur est rassurant. Je me laisse bercer par lui.

— Tu m'as sauvé la vie, chuchote-t-il.

Son souffle chaud me chatouille la tempe.

— Je n'allais quand même pas te laisser là-bas.

— J'apprécie.

— À ma place, tu aurais agi de même.

Nous roulons pendant ce qui me paraît des heures avant que la voiture ne s'arrête brutalement et que le coffre ne se rouvre. La lune a reparu et la silhouette de Garnet se détache contre sa lumière argentée.

— J'espère que vous avez fait bon voyage, lance-t-il avec un sourire en coin.

Ash s'extirpe du coffre avant de m'aider à en sortir. Il me passe la veste sur les épaules.

— Où sommes-nous ?

Je balaie les lieux du regard. Nous nous trouvons dans une sorte de ruelle sombre flanquée de deux bâtiments rectangulaires.

— À la morgue, répond Garnet.

Je frissonne.

Il nous conduit devant une porte métallique blanche, comme le reste de la façade.

Je m'étonne.

— Ce n'est pas verrouillé ?

— C'est la morgue réservée aux serviteurs et aux mères porteuses, m'explique Garnet.

— Je vois…

L'intérieur du bâtiment est froid et stérile. Garnet tire une petite lampe de poche de sa ceinture pour éclairer une longue succession de couloirs d'un vert morne qui empeste l'antiseptique. Mes pieds collent au sol javellisé.

— Où allons-nous ?

Il oriente le faisceau de la torche d'un côté, puis de l'autre.

— Bonne question. À tout hasard, Lucien ne vous aurait-il pas donné l'adresse précise du point de rendez-vous ?

— J'étais censée être morte.

— Certes.

— Nous pourrions suivre les flèches, intervient Ash qui se tient à l'intersection de deux couloirs et scrute les murs. Garnet, approchez la lampe.

Garnet dirige la torche contre la paroi où sont inscrites des indications.

MÈRES PORTEUSES →
CAMÉRISTES ←
DOMESTIQUES ↑

Nous empruntons le couloir de gauche et franchissons une série de portes battantes débouchant sur un autre corridor. Ash tente d'ouvrir celle qui nous fait face.

— Fermée, constate-t-il.

— Pas celle-ci, déclare Garnet en poussant la suivante.

Il allume l'interrupteur et des rangées de compartiments argentés rutilants apparaissent, alignées le long d'un mur. La salle est impeccable.

— Est-ce que c'est pour les…

Je ne peux pas me résoudre à prononcer le mot *cadavres*.

— Oui, répond Ash.

— Tous les compartiments sont… remplis ?

Imaginer toutes ces mères porteuses mortes me glace les sangs. Sur mes genoux, le sang d'Annabelle me picote.

— Pourvu que non, réplique-t-il.

— Tu penses que Raven est déjà là ?

Quand je lui ai remis le sérum lors du déjeuner organisé par la duchesse, cet après-midi, elle était quasiment catatonique. Mais en entendant ma voix, elle est sortie de sa torpeur. Pourvu qu'elle ait compris mes consignes.

Ash déglutit avec peine.

— Il n'y a qu'un moyen de le savoir.

— Qui est Raven ? questionne Garnet.

— Ma meilleure amie. (Comme je m'approche d'un compartiment, mes jambes se mettent à flageoler.) La mère porteuse de la comtesse de la Pierre. Je lui ai donné le sérum de Lucien.

— Vous avez fait *quoi* ?! s'écrie Garnet. Vous savez, si Lucien n'était pas si résolu à vous sauver, je crois qu'il serait capable de vous étriper.

J'ignore sa remarque et tourne la poignée d'une main tremblante avant d'ouvrir la portière.

Le compartiment est vide.

Je lâche un profond soupir.

— Un de moins, commente Ash en s'approchant par-derrière. Plus qu'une douzaine à inspecter.

Nous procédons avec méthode, ouvrant les compartiments les uns après les autres, sous le regard déconcerté de Garnet. Nous vérifions encore sept boxes avant qu'Ash ne brise le silence.

— Viens voir, Violet.

Je le rejoins. Un sac noir emplit l'alvéole. Ensemble, nous sortons le tiroir de sa case. Ash s'apprête à baisser la fermeture Éclair.

— Non, dis-je, laisse-moi m'en occuper.

Lentement, je la fais glisser, exposant un visage pâle et figé dans la mort. Mon souffle se suspend.

— Ce n'est pas Raven, déclare Ash.

Je secoue la tête ; les larmes me montent aux yeux.

— Tu la connaissais ?

— Non, réponds-je. Mais je l'ai rencontrée une fois.

C'est la fille qui m'a parlé aux funérailles de Dahlia, celle qui cherchait sa sœur. Je pose la main sur son front glacial. Elle paraît si jeune.

L'injustice de la situation me submerge. Qu'est-ce qui me différencie de cette fille ? Pourquoi ai-je droit à un traitement de faveur ? Pourquoi prend-on la peine de me sauver moi et non pas la Lionne ou Dahlia ? J'éprouve une pointe de colère à l'égard de Lucien, qui me place au pied du mur.

Tu as sauvé Raven, murmure une voix dans ma tête.

Pas encore, pensé-je. *Et ce n'est pas suffisant.*

Je referme le sac et remets la fille dont je ne connaîtrai jamais le prénom dans sa tombe de métal.

— Continuons à chercher, dis-je à Ash.

Nous découvrons quatre autres filles, dont aucune ne m'est familière.

— Et si elle n'avait pas pris le sérum, lancé-je, soudain en proie à la panique.

— Mais si, elle l'a pris, me rassure Ash.

Ses mots n'ont aucun poids et il le sait. Nous ignorons si Raven a compris ce que je lui ai dit ou non.

— Peut-être qu'ils ne l'ont pas encore découverte, avance Garnet, appuyé nonchalamment contre un mur comme s'il avait l'habitude de fréquenter la morgue.

— Qu'est-ce que vous fabriquez encore là ? demande Ash.

Garnet hausse les épaules.

— J'aimerais voir la tête de Lucien lorsqu'il vous découvrira ici. (Il esquisse un sourire narquois.) En outre, je ne m'étais pas autant amusé depuis des lustres. Faire partie de la royauté, c'est ennuyeux à mourir. Dès que j'ai l'occasion de malmener ma mère, je saute dessus. Subtiliser sa mère porteuse juste sous ses yeux, sous son propre toit ? C'est trop bon pour passer à côté.

— Pourquoi la détestez-vous autant ?

— Enfin, Violet, vous avez vécu avec elle pendant deux mois. Quels sont vos sentiments à son égard ?

Il marque un point.

— À présent, imaginez que vous ayez eu à subir ça toute votre vie. (Garnet se gratte la nuque.) Avec une mère pareille, c'est un miracle que je sois si équilibré.

Nous sommes interrompus par le claquement d'une porte dans le couloir. Nous nous figeons sur place.

— La lumière ! siffle Ash.

Garnet plaque la main sur l'interrupteur et l'obscurité nous engloutit. Pendant quelques secondes, la salle baigne dans un silence absolu. Puis des pas résonnent dans le couloir, accompagnés d'un bourdonnement de voix.

— Cachons-nous, ordonne Garnet.

— Où ? répliqué-je. Je ne vois rien.

Un *clic* résonne sur ma gauche, et la lampe torche de Garnet s'allume. Le faisceau se pose sur Ash, accroupi près de l'un des compartiments, celui du bas dans le coin gauche de la salle. La portière est ouverte. Nous échangeons un regard.

— Non, murmuré-je.

— Vous avez une meilleure idée ? demande Garnet en me saisissant le bras et en m'entraînant vers Ash, sa lampe orientée vers le sol.

Je me penche devant le trou noir béant où tant de cadavres de mères porteuses ont transité au fil des ans. Mon ventre proteste. Des sentiments plus forts que le dégoût et plus profonds que la peur m'assaillent. L'inconvenance de cette cachette m'engourdit les membres et me rend maladroite.

— Nous n'avons pas le choix, affirme Ash.

J'ouvre le compartiment voisin du sien et force mes pieds à bouger, mon corps à se plier et à se glisser dans la cavité, jusqu'à ce que je me retrouve étendue à plat ventre sur la surface métallique. Les voix sont si proches que je distingue des bribes de conversation. La torche s'éteint. Le compartiment de Garnet se ferme, suivi de celui où s'est engouffré Ash.

Je prends une grande inspiration et m'enferme à mon tour.

4.

Les ténèbres de ce tombeau métallique sont bien plus oppressantes que l'obscurité du coffre de Garnet.

J'appuie le front contre l'acier froid et essaie de m'imaginer ailleurs ou avec Ash. Ou je me persuade que ce n'est qu'un mauvais rêve et que je vais bientôt me réveiller dans mon lit, dans le Marais.

La lumière s'allume dans la salle.

Des rais jaunes se faufilent jusque dans ma cachette. Mon compartiment ne possède pas de poignée à l'intérieur, du coup, je ne l'ai pas refermé complètement. Deux voix d'hommes me parviennent, un peu étouffées.

— … voulait que ça passe inaperçu, je suppose.

— Je ne vois pas qui ça intéresserait de toute façon. Combien de mères porteuses a-t-elle enchaînées au fil des ans ? Une vingtaine ?

— Ce ne sont pas nos affaires, mon vieux. On ne fait qu'exécuter les ordres, rétorque le premier, dont la voix est décidément plus âgée et plus bourrue. On nous dit rendez-vous au palais de la Pierre à minuit pour récupérer le paquet, et on s'exécute sans poser de questions.

Le palais de la Pierre ! Ils ont apporté Raven ! J'en pleure presque de soulagement.

Une porte s'ouvre dans un grincement métallique. Ils ont ouvert un box. Je devine le froissement du plastique qu'on manipule.

— Elle ne pèse pas bien lourd, hein ? commente la seconde voix.

— Y en a pas une qui pèse grand-chose, mon vieux. Tu verras avec le temps.

On dépose le plastique sur du métal. La porte se referme.

— Retournons nous coucher, soupire la première voix. Pourvu qu'il n'y ait pas d'autre appel cette nuit.

Leurs semelles crissent sur le sol tandis qu'ils quittent la pièce. La lumière s'éteint.

Je demeure immobile le plus longtemps possible, osant à peine respirer de peur qu'ils ne reviennent sur leurs pas. Au bout d'un moment, je n'y tiens plus. Je gratte la porte et la pousse. Je m'extirpe du compartiment en toute hâte et chute sur le sol briqué. Au même instant, Ash et Garnet sortent de leurs cachettes respectives. Je me dresse sur mes pieds avec maladresse et, gênée par la veste de régimentaire trop grande, je lève les bras et tâtonne le long du mur jusqu'à ce que j'atteigne l'interrupteur.

Après cette obscurité prolongée, la lumière est aveuglante. Ash est pâle comme la mort ; il se met lentement debout. Garnet reste par terre, appuyé contre les compartiments. Il lisse sa tignasse blonde en arrière. C'est la première fois que je le vois si chamboulé.

— Elle est ici, dis-je à Ash.

Un sourire me fend le visage et j'ouvre les compartiments les uns après les autres avec fougue, bousculant Garnet au passage. Jusqu'à ce que je repère un casier qui était vide à notre premier tour d'inspection.

J'ouvre brutalement la porte en métal et le corps de Raven surgit du néant sur un plateau coulissant, emballé dans un épais plastique noir. Ash et Garnet se placent près de moi, alors que je descends la fermeture Éclair qui maintient le sac fermé.

Le visage de Raven est aussi froid et sans vie que celui des autres filles présentes dans la morgue. Pendant un bref instant, je redoute qu'elle ne soit effectivement morte. Sa belle peau caramel est devenue cireuse, sa belle chevelure noire, brillante et soyeuse est désormais terne et emmêlée. Elle est nue. Je m'empresse d'ôter ma veste pour la couvrir. J'ai quand même eu le temps d'entrevoir son corps décharné. Elle est d'une maigreur à faire peur ; ses côtes ressortent, et ses hanches pointues saillent de part et d'autre de son ventre arrondi.

Je pose ma main contre sa joue. Sa peau est glacée.

— Raven, reprends-je d'une voix tremblotante.

J'observe son visage dans l'espoir de voir une paupière remuer, ses lèvres s'entrouvrir. En vain. Ma meilleure amie est figée dans la mort.

Une grosse boule se forme dans ma gorge.

— Raven, c'est moi, Violet. Je t'en prie, réveille-toi. Ne m'abandonne pas.

Un silence accablant s'installe et m'écrase de tout son poids.

— Peut-être qu'elle est vraiment…

Je pivote pour faire face à Garnet et plaque ma paume sur son torse avec une telle vigueur qu'il trébuche en arrière.

— Non, elle n'est pas morte ! (Je me retourne vers Raven et la secoue comme un prunier. Sa tête tombe mollement sur la surface métallique.) Réveille-toi, Raven ! Je sais que tu as pris le sérum. Je t'en supplie, RÉVEILLE-TOI !

Je lui assène une gifle violente.

Mais elle n'affiche aucune réaction.

La main d'Ash se pose sur mon épaule.

— Je suis vraiment désolé…

Je le repousse également. Je refuse qu'on me prenne en pitié. C'est la dernière chose dont j'ai besoin en ce moment.

— Elle…

À cet instant, les yeux de Raven s'ouvrent grand, exorbités. Son corps s'arc-boute, elle roule sur le flanc et vomit. Ash et Garnet font un bond en arrière tandis qu'elle se convulse, tousse et crachote, prise de violentes nausées. Quant à moi, je m'effondre de soulagement sur son buste. Le front contre son épaule, je lisse sa chevelure en arrière et l'écoute respirer, remerciant le ciel en silence. Elle est vivante.

Je me redresse. Ses yeux oscillent de droite et de gauche jusqu'à ce qu'ils se posent sur mon visage.

— Violet ? croasse-t-elle.

Les larmes ruissellent le long de mes joues, mais je ne prends pas la peine de les chasser.

— Je suis là. Tu es hors de danger.

Son regard se porte sur le plafond.

— J'ai vu ma mère. Elle me caressait les cheveux. Et puis ils l'ont dépouillée. Ils lui ont retiré toute la peau.

— Qu'est-ce que tu racontes, Raven ? Ta mère va bien. Elle est dans le Marais.

— Ils l'ont écorchée vive, répète-t-elle. Ils m'ont montré son squelette.

Ses yeux se perdent dans le vide et son corps se détend. Elle cesse de bouger.

— Raven ?

Je lui effleure la joue. Elle respire, pourtant c'est comme si une lumière s'était éteinte en elle.

— Que lui ont-ils infligé ? me demande Ash d'une voix étouffée.

— Je... je ne sais pas.

Je glisse les doigts dans la chevelure de mon amie et palpe son cuir chevelu, où je décèle une cicatrice d'un demi-centimètre de long environ. Puis j'en devine une deuxième. Et une troisième.

— Bon, s'exclame Garnet en frappant dans ses mains. J'ai passé une nuit incroyable à vos côtés, une nuit mémorable, vraiment. Et bien que je meure d'envie de rester pour assister à la réaction de Lucien, je pense qu'il est temps pour moi de rentrer à la maison.

— Le contraire m'aurait étonné, remarque Ash d'un ton ironique.

— Dites donc, je vous trouve un peu ingrat. N'oubliez pas que je vous ai sauvé la vie. Qu'est-ce que vous attendez de plus de ma part ?

— Absolument rien.

— Dans ce cas, je vous souhaite bonne chance pour l'évasion et tout et tout.

— Merci, réponds-je.

— Je vous en prie.

À peine Garnet pose-t-il la main sur la poignée que Raven redresse le buste. Son mouvement est tellement soudain et inattendu que la veste glisse de ses épaules. Je la replace aussitôt.

— Tu n'es qu'un lâche, lance-t-elle en rivant ses yeux noirs à Garnet.

Son regard est flou, comme si elle était ailleurs.

Nous la fixons tous les trois, bouche bée.

— Raven ? reprends-je d'une voix hésitante.

— Ce n'est qu'un lâche. Il ne transgresse que les mauvaises règles. Celles qui sont faciles à enfreindre.

Il a peur. (Ses traits se relâchent et son regard redevient normal.) Je suis fatiguée. Il n'est pas encore l'heure d'aller voir le médecin.

Elle se rallonge sur la surface en métal et marmonne des paroles incompréhensibles. De son discours erratique, je ne saisis que des bribes. Elle prononce son prénom à une ou deux reprises.

Garnet l'observe sans mot dire pendant une seconde avant de secouer la tête.

— Quoi qu'il en soit, ce n'est plus mon problème.

Il nous adresse un salut peu enthousiaste et quitte la salle. Je pose ma main sur le front de Raven, qui a replongé dans une sorte de léthargie, les yeux vissés au plafond.

— Et maintenant ? s'enquiert Ash.

— On attend Lucien. Lucien va venir.

Les heures défilent.

Enfin, j'en ai l'impression. Difficile de se faire une idée précise du temps qui passe. Nous avons éteint la lumière par mesure de précaution et je me suis assise par terre contre un mur avec Ash. Nous sommes blottis l'un contre l'autre pour nous tenir chaud. Depuis le départ de Garnet, Raven est restée immobile et s'est murée dans le silence.

Je songe à ce qui se passera lorsque la duchesse s'apercevra de ma disparition et de celle d'Ash. Garnet saura-t-il convaincre Carnelian de ne pas nous dénoncer ? Pourra-t-il tenir sa langue lui aussi ? À vrai dire, il ne nous doit rien et ce n'est pas un individu particulièrement digne de confiance. Je ne comprends vraiment pas pourquoi Lucien l'a choisi comme complice. Une chose est sûre, Carnelian ne fera rien qui puisse nuire à Ash.

Je songe au bref échange qu'ils ont eu dans le cachot.

— Qu'est-ce que tu lui as dit ?

Nous nous sommes tus pendant si longtemps que ma voix me semble éraillée et un peu trop forte. Ash appuie sa joue contre le sommet de mon crâne.

— Hein ? souffle-t-il dans mes cheveux.

— Quand Carnelian t'a demandé s'il y avait eu une part de vrai dans votre relation, qu'est-ce que tu lui as répondu ?

Je ne m'attendais pas à ce qu'il hésite. Il lève la tête et détourne le visage.

— C'est personnel, Violet.

— Tu as l'intention de me faire des cachotteries ?

— Et toi, tu ne m'as jamais rien caché ?

Je me mordille la lèvre.

— Ça n'a rien à voir. Je n'avais pas le choix. J'avais promis à Lucien.

— Et ce que moi j'ai promis n'a pas d'importance ?

— Mais tu as été employé pour lui faire des promesses. C'est différent de ce que toi et moi nous partageons.

— Je le sais. (Le profil d'Ash se découpe dans le noir ; il lève la tête vers le plafond.) Mais devrais-je manquer à ma parole sous prétexte que tu n'aimes pas Carnelian ?

Sa réponse me laisse dubitative. J'ai toujours cru, à tort apparemment, qu'Ash détestait lui aussi la nièce de la duchesse.

Il pousse un soupir las.

— Ce n'est pas que je veuille te faire des cachotteries. Carnelian est... extrêmement triste. Et son chagrin s'est mué en amertume et en colère. Je ne veux pas appartenir à la longue liste de ceux qui l'ont trahie, même si elle ne le saura jamais.

J'entrelace mes doigts aux siens.

— Tu n'as pas à être si noble.

— Ce n'est pas ça du tout. Je... je la comprends un peu.

— Un jour, il faudra que tu m'expliques ce qui se passe dans sa tête.

Des bruits de pas résonnent dans le couloir. On se lève en hâte, mais nous n'avons pas le temps de rejoindre notre cachette. La porte s'ouvre quelques secondes plus tard et la lumière s'allume.

Lucien pénètre dans la salle. Il porte sa tenue de travail, une robe blanche au col de dentelle. Sa chevelure châtain est réunie en une houppe élégante au sommet de son crâne, une coiffure qui indique sa position de caméariste. Les hommes de son statut sont rares. Ce sont des eunuques. Ils sont castrés avant d'entrer au service des femmes de la royauté. De cette manière, on estime qu'ils sont « inoffensifs ».

Il porte une grosse sacoche en bandoulière. Son regard se pose sur chacun d'entre nous avant de se fixer sur moi. Il ne paraît pas surpris de découvrir deux personnes de plus que prévu. Il a sans doute croisé Garnet en venant.

Lucien referme la porte et pose son sac par terre. Il s'approche d'Ash à pas mesurés, le saisit à la gorge et lui plaque la tête contre le mur.

— Lucien ! m'écrié-je.

— C'est vrai ? grommelle-t-il.

Ash semble perplexe. J'attrape Lucien par son autre bras et le tire en arrière.

— Arrêtez !

Lucien se tourne vers moi.

— Savez-vous ce qui se dit ? On raconte que ce moins-que-rien vous a violée.

— Quoi ?

Ash se ressaisit. En un éclair, il saisit Lucien par le poignet et lui tord le bras en arrière, le forçant à se plier en avant. Lucien pousse un cri de douleur.

— Qu'est-ce que vous avez dit ? rugit Ash.

C'est la première fois que je le vois employer la force.

— Lâchez-moi, aboie Lucien.

— Ash !

— Voyons, Violet. Tu ne vois pas qu'il croit ces mensonges ?

— Évidemment, réplique Lucien. Je sais comment vous gagnez votre vie. Vous autres, compagnons, tous autant que vous êtes, avec votre sourire enjôleur et votre esprit déluré. Je n'aurais jamais dû vous laisser l'approcher.

Ash accentue la torsion.

— Vous ne savez rien de moi.

— Je sais que vous couchez avec plus de femmes en une année qu'un homme dans toute sa vie.

— Et vous pensez que j'en tire du plaisir ? À moins que vous ne soyez juste envieux ?

Furieux, Lucien se dégage dans un cri étranglé. Mais Ash est plus rapide. En un clin d'œil, il l'a rattrapé et collé contre le mur, l'avant-bras appuyé sur sa gorge.

— Je t'en prie, Ash, lâche-le. Tu lui fais mal.

Il obtempère à contrecœur et recule de quelques pas. Lucien s'adosse au mur en se massant l'épaule.

— Ash ne m'aurait jamais touchée contre mon gré, Lucien.

— Je préférais penser que vous n'étiez pas sotte au point de le faire sciemment.

— Vous n'avez pas bientôt fini ? s'écrie Ash en s'avançant vers lui.

Ses joues sont rouges, ce qui fait ressortir l'ecchymose sur sa pommette. Je m'interpose entre eux pour faire barrage de mon corps.

— Vous n'êtes pas son père, poursuit Ash. Ce n'est pas à vous de lui donner des leçons de morale.

— Je crois que je suis mieux placé qu'un compagnon pour savoir ce qui est bon pour elle.

— Au cas où vous ne l'auriez pas remarqué, je n'exerce plus cette fonction.

— Assez, répliqué-je en attirant Lucien à l'écart. Vous pourrez vous chamailler à loisir une fois que nous aurons quitté ce lieu morbide. Pour l'instant, nous avons des problèmes plus pressants. Quel est votre plan ?

Lucien m'ôte de son passage, récupère sa sacoche, et me la lance.

— Je vous ai apporté des vêtements. Habillez-vous, et vite. Nous devions initialement prendre le train, mais ce n'est plus envisageable.

J'ouvre la fermeture Éclair du sac et fouille dedans. Trois pantalons en laine marron, trois pull-overs, et trois paires de chaussures. J'y trouve également de l'eau, une lampe torche, des pansements et de l'onguent antiseptique. J'utilise un peu d'eau pour nettoyer le sang d'Annabelle sur ma jambe, puis je m'occupe des blessures sur le front et la joue d'Ash. J'étale de l'antiseptique autour de son œil tuméfié.

— Toi aussi, il faut que tu te soignes, conseille-t-il en appliquant un peu d'onguent sur ma lèvre fendue.

Ça picote.

Une fois vêtue, je pivote vers Raven. Elle fixe toujours le plafond.

— Tournez-vous, dis-je en m'adressant aux deux hommes. Raven n'a peut-être pas conscience de ce qui se passe autour d'elle, mais elle n'aimerait pas que deux étrangers la voient nue.

Je lui mets le pantalon. Elle est si légère, si fine. En revanche, j'ai plus de difficultés à lui passer le pull-over.

— Raven, est-ce que tu peux te redresser ? questionné-je sans vraiment y croire.

Pourtant à ma grande surprise, elle s'exécute. Ses yeux pétillent de nouveau comme avant.

— Violet ?

— Enfile ça, réponds-je en lui tendant le pull.

— Je connais cet endroit. Je suis déjà venue ici, commente-t-elle en parcourant la salle du regard.

Je lui enfile ses chaussures et l'aide à glisser de la table.

— C'est l'amie pour laquelle vous vous inquiétiez, devine Lucien. La mère porteuse de la comtesse de la Pierre ?

— Elle s'appelle Raven.

— Je m'appelle Raven, répète-t-elle.

— Et vous lui avez donné le sérum qui vous était destiné ?

Un frisson me parcourt la colonne.

— En effet.

Il lève les yeux au plafond.

— De toutes les mères porteuses présentes à la Vente aux Enchères, grommelle-t-il, il a fallu que je tombe sur la plus bornée. Laissez la veste de régimentaire ici. Je reviendrai la récupérer. Il va falloir que je nettoie ça aussi, commente-t-il en regardant la mare de vomi de Raven d'un air dépité. Ç'aurait été tellement plus simple si vous m'aviez écouté.

Ash fourre son pyjama et ma chemise de nuit dans le sac, qu'il met en bandoulière. Lucien nous escorte le long du couloir jusqu'à une porte sur laquelle est inscrit DANGER : ACCÈS INTERDIT. Elle n'est pas fermée à clé. Lucien tourne la poignée et s'engouffre à l'intérieur.

Une vague de chaleur intense et une odeur de brûlé m'assaillent aussitôt. La pièce est vide. En son centre, un énorme monstre en fonte muni d'une grande porte.

Lucien prend la parole.

— Voici l'histoire. On s'est aperçus de votre absence à tous les deux. Par instinct de survie, j'imagine, la duchesse n'a pas déclaré votre disparition, Violet. Elle l'a accusé de vous avoir violée, déclare-t-il en désignant Ash du menton. Si un compagnon couche avec une femme non stérilisée, on considère cela comme un crime ; ajoutez à cela le fait que la femme en question est une mère porteuse… Disons que la royauté veut sa peau. La circulation ferroviaire est interrompue. Plus aucun train n'entre ni ne sort du Joyau. Tous les régimentaires passent les rues au peigne fin. Dans quelques heures, son portrait sera placardé partout dans cette ville.

La tête me tourne.

— Qu'est-ce qu'on fait ?

Lucien ouvre la porte de la machine en fonte. À l'intérieur, un rideau de flammes apparaît, réchauffant encore la pièce.

— L'incinérateur conduit directement aux égouts de la Cité. En empruntant ce souterrain, vous pouvez au moins rejoindre le Commerce – les égouts des cercles inférieurs ne sont pas reliés à ceux-ci. Vous trouverez une carte dans le sac. J'y ai tracé le chemin au feutre rouge. Je vais veiller à ce qu'un de mes complices vous attende à la sortie, dans le Commerce. Ensuite, nous aviserons.

— Comment le reconnaître ?

— Demandez-lui de vous montrer la clé.

— Quelle clé ?

— Vous le saurez en temps voulu. (Il marque une pause.) Vous n'auriez pas apporté l'arcane avec vous, par le plus grand des hasards ?

— Si ! m'exclamé-je en fouillant dans mon chignon. Je l'avais caché dans mes cheveux.

Lucien m'adresse un sourire de connivence.

— Bien. Grâce à l'arcane, je vais pouvoir suivre vos déplacements.

Je jette un coup d'œil sur les flammes puissantes.

— Mais… comment va-t-on atteindre les égouts ?

Son sourire s'évanouit.

— Vous allez devoir invoquer les Augures pour éteindre le feu.

Je l'observe longuement dans l'espoir qu'il me dise que c'est une plaisanterie. Visiblement pas.

— Comment ?

— Je ne sais pas, Violet. Une chose est sûre, vous pouvez le faire.

— Lucien, ce n'est pas à ça que servent les Augures. Je ne sais même pas comment m'y prendre.

Il place les mains sur mes épaules et rive son regard au mien.

— Écoutez-moi. C'est *possible.* Ça a déjà été réalisé.

Ma mâchoire se décroche.

— Comment ça ? Par *qui* ?

— Peu importe. Ce n'est pas la question. Vous devez le faire, un point c'est tout. Autrement…

Il nous observe tour à tour. Ash avec une certaine réticence.

— Autrement, vous êtes morts.

5.

Je m'approche de l'incinérateur ; la chaleur me balaie le visage. Des perles de sueur se forment à la naissance de mes cheveux et au creux de mes aisselles.

Ash me retient par le poignet.

— Attends. Les Augures… c'est ce qui a rendu Raven malade ?

Je me remémore le déjeuner donné par la duchesse lors duquel Raven avait vomi du sang, ce qui avait mis brutalement fin aux festivités.

J'hésite pourtant à lui dire la vérité.

— Probablement. (Après tout, à quoi bon mentir ?) Oui.

Ash est sur le point de protester, mais je tends la main en l'air pour le couper. J'ai besoin de concentration.

Je considère les trois Augures. Lequel employer ? La Couleur, la Forme ou la Croissance ? Certainement pas la Couleur – je ne vois pas en quoi changer celle de l'incinérateur nous sera utile. La Forme ?

Suis-je censée métamorphoser le four d'une manière ou d'une autre ? Non, ce sont les flammes le vrai problème. Je songe au docteur Blythe, le médecin du palais du Lac, et au chêne dans le parc de la duchesse. Il m'avait forcée à exercer mes pouvoirs sur cet arbre. Il voulait que je le fasse pousser. Au départ, je m'en étais crue incapable. L'arbre était massif et séculaire. Pourtant j'avais fini par y arriver.

Je fais un autre pas en avant ; la chaleur me pique les joues. Il n'est pas question que je touche les flammes, mais peut-être qu'il me suffit d'établir le contact avec l'incinérateur. Je pose ma paume sur la paroi rugueuse en fer. Elle est chaude mais pas brûlante. C'est supportable.

J'invoque l'Augure.

Un : le voir tel qu'il est. Deux : se le représenter mentalement. Trois : le plier à sa volonté.

Sans succès. Aucune image ne me vient spontanément à l'esprit. En quoi puis-je transformer ces flammes ? J'imagine un espace noir, vide et froid, mais rien ne se produit. Mon pouvoir me boude.

Une boule se forme dans ma gorge.

— Je n'y arrive pas. Je ne sais pas comment m'y prendre.

Une main glacée s'enroule autour de la mienne. Raven vient se camper à côté de moi ; son expression a changé. Elle a repris du poil de la bête et paraît presque normale à présent.

— Il faut tuer le feu, Violet. (Sans me lâcher, elle place son autre main sur l'incinérateur.) Ce n'est pas la Croissance qu'il faut invoquer mais la Mort.

Alors l'image m'apparaît, très nette, presque réelle : les flammes s'affaiblissant, comme étouffées par un oreiller gigantesque. Je sens qu'elles résistent, qu'elles luttent pour rester en vie, néanmoins le coussin invisible est plus fort et elles s'amenuisent peu à peu pour se réduire à de minces volutes de fumée.

Des gouttelettes de sang perlent de mon nez. Ma tête m'élance étrangement, mais ce n'est pas forcément douloureux. La main de Raven est chaude sur la mienne.

— Nous avons fait cela toutes les deux ? questionné-je.

À cet instant, Raven s'étrangle et un jet de sang asperge l'incinérateur et dégouline le long de son menton.

— Ash, passe-moi ma chemise de nuit !

Je l'enlace par la taille et la maintiens debout tandis qu'elle se plie en deux pour cracher davantage de sang. Entre-temps, je laisse ma main sur le four. J'ai le sentiment que le feu se ranimera si jamais j'interromps le contact.

— Je suis désolée, je suis désolée, répété-je inlassablement à mon amie.

Je me tourne vers Ash. Il fixe l'incinérateur d'un air totalement incrédule.

— Ash.

Il sursaute.

— Comment est-ce que tu as…

— Ma chemise de nuit, s'il te plaît.

— Tu saignes, s'écrie-t-il en se précipitant vers moi avec le sac.

— Je vais bien. C'est déjà fini. Ça s'arrête tout seul, le rassuré-je en m'essuyant les narines avec le revers de ma manche. Ce n'était pas grand-chose. Aide Raven.

— Tu veux dire que c'est parfois pire ?

Ash m'observe d'un œil nouveau.

L'accès de toux de Raven s'est calmé. Ash lui passe le tissu sur le visage pour la nettoyer.

— Tellement de sang, bafouille-t-elle. À chaque fois.

— Il faut vous dépêcher, nous interrompt Lucien.

Il tâche d'adopter un ton ferme, pourtant sa voix tremble. La scène l'a impressionné lui aussi.

— Je vous ai déjà vu, remarque Raven. Mais je n'arrive pas à savoir si vous êtes réel… (Elle appuie ses mains contre ses paupières.) Pourquoi y a-t-il toujours autant de sang ?

À présent que le feu est éteint, je distingue à l'intérieur du four un conduit rectangulaire qui s'enfonce dans les ténèbres.

— Ash, prends la main de Raven et allez-y ensemble. Je vous suis.

— Je ne vais nulle part sans toi.

— Je t'en prie. J'ai peur que les flammes ne reprennent si jamais je lâche la paroi. Il faut que vous rejoigniez le souterrain en parfaite sécurité. Veille sur Raven, s'il te plaît.

Je jette un coup d'œil sur le petit ventre rond de mon amie que dissimule son pull-over.

Ash m'effleure la joue avant de grimper dans le four et d'entraîner Raven dans son sillage.

— Ash va prendre soin de toi, dis-je à mon amie.

Elle nous regarde l'un après l'autre, mais elle ne souffle pas un mot.

Puis ils disparaissent dans l'incinérateur. Je remarque avec soulagement qu'il a considérablement refroidi depuis que les flammes se sont éteintes.

Je pivote vers Lucien. Le feu bourdonne en moi, comme un battement de cœur prêt à repartir.

— Quand se reverra-t-on ?

— Bientôt, Violet. Je vous le promets.

— Je ne sais pas comment vous remercier.

Il ébauche un sourire.

— En restant en vie.

Il pose un tendre baiser sur mon front.

— Allez-y.

Je pénètre dans l'incinérateur en maintenant le contact avec sa paroi en fonte. Mes semelles glissent sur sa surface lisse et je m'agrippe au rebord de mon autre main. Je jette un dernier regard à Lucien.

Et je m'enfonce dans les ténèbres.

Le conduit est très pentu.

Je glisse à grande vitesse dans le noir, sans voir où je vais. Un courant d'air chaud balaie mes cheveux. Je redresse le buste et garde la main en contact avec la paroi, même si la vitesse fait que ça me brûle la peau. J'aimerais appeler Ash, cependant je n'ouvre pas la bouche de crainte de vomir.

À un moment donné, ma vitesse augmente encore. Mon cœur se met à cogner dans ma cage thoracique.

Devant moi, j'aperçois une lueur.

Puis je dégringole dans le vide.

À peine mes doigts se détachent-ils de la paroi que le feu resurgit dans une explosion de chaleur et de lumière.

J'atterris lourdement par terre, le souffle coupé. Mon dos s'arc-boute ; mon corps réclame de l'oxygène. Ma poitrine gonfle et je suis saisie d'une toux irrépressible.

— Violet ?

Ash m'enveloppe dans ses bras par-derrière, berçant mon dos contre son torse. D'une main, il tient la lampe torche. Son faisceau éclaire les pieds de Raven.

Les toussotements se calment peu à peu et je le rassure, le souffle saccadé.

— Ça va.

Il m'aide à me mettre debout et nous levons la tête pour scruter le conduit au-dessus de nous, où les flammes ont repris de plus belle.

Je pointe le sac du doigt.

— Lucien a mentionné une carte.

Ash farfouille dans la sacoche et y découvre un papier plié en deux. Il me le tend. J'étudie les lignes bleues qui se croisent et s'entrelacent, formant un dédale de tunnels.

— J'ai déjà vu ce plan quelque part…

C'est celui que Lucien étudiait dans la petite pièce de la bibliothèque de la duchesse. Le jour où il m'a proposé de m'aider à m'évader du Joyau.

— Depuis le début, il se doutait…

— De quoi ? demande Ash.

— Que nous aurions peut-être besoin d'un plan de secours, au cas où mon évasion ne se passerait pas comme prévu. Mais comment connaît-il le conduit secret situé dans le four ? Comment sait-il qu'il débouche sur ces souterrains ?

— Il y a des questions plus pressantes, Violet.

— Cet endroit me file la chair de poule, commente Raven.

— À moi aussi, dis-je.

Le plan laisse apparaître une ligne rouge qui indique un chemin à travers le souterrain. Je tourne la feuille dans tous les sens jusqu'à ce que j'arrive à situer notre position actuelle.

— Il faut qu'on aille… par là, assuré-je en montrant notre gauche.

Ash oriente la lampe dans cette direction et on se met en route. Au bout de quelques pas, je marche sur quelque chose de dur et un craquement atroce retentit dans l'obscurité.

— Qu'est-ce que c'est ? questionné-je, peu rassurée.

Ash m'attrape le coude. Il éclaire le sol où se détache une drôle de cage aux barreaux incurvés et calcinés.

— Comment cette cage s'est-elle retrouvée ici ? poursuis-je à voix basse.

— Violet, répond lentement Ash. Ce n'est pas une cage.

Tandis que je fixe la chose, l'image prend soudain sens. Si. C'est une cage… une cage thoracique.

Raven me tire par le bras et je sursaute.

— Tout le monde est mort, dit-elle.

— Non. Pas nous. Nous sommes en vie.

Elle m'adresse un regard étrange. Comme si cette pensée ne l'avait pas encore traversée. Qu'est-ce que la comtesse lui a fait ? Je préfère ne pas songer à la cause de toutes ces cicatrices sur son crâne. Il faut que je l'amène à l'abri. Pour l'heure, c'est la seule chose qui m'importe.

Je me rappelle soudain qu'elle est enceinte. Existe-t-il encore un lieu où Raven puisse être à l'abri ?

Elle glisse sa main dans la mienne et je chasse ces pensées de mon esprit. Pour le moment, elle est vivante. Et elle a besoin de moi comme j'avais besoin d'elle à Southgate. Je me souviens du jour où elle m'avait aidée à apprendre le premier Augure.

Elle s'était entêtée, restant avec moi jusqu'à ce que je réussisse à faire virer ce fichu cube bleu au jaune. À présent, c'est à mon tour de la soutenir jusqu'au bout.

Ash se tient à ma hauteur et, ensemble, nous enfilons le tunnel. Je serre les dents, tressaillant chaque fois que je piétine un os. C'est sur les dépouilles de mères porteuses incinérées que je marche. Si ça se trouve, j'ai écrasé sous mes pieds les restes de la mère porteuse de lady Cristal. Ou ceux de Dahlia.

Au bout d'une éternité, nous parvenons à une intersection. L'air est froid et humide, empli d'une odeur de nourriture avariée.

— Où va-t-on maintenant ? s'enquiert Ash.

Les mains tremblantes, j'étudie le plan.

— À gauche, réponds-je en focalisant mon regard droit devant.

J'agrippe la main de Raven.

Nous nous engageons dans une galerie dont le sol est couvert d'un centimètre d'eau nauséabonde, sans doute la plus sale du Joyau. Le faisceau de la lampe en éclaire la surface trouble. Un lourd silence s'est installé. De temps à autre, je perçois des couinements et des trottinements. Ce sont des rats.

Ash consulte la carte à intervalles réguliers pour s'assurer que nous progressons dans la bonne direction. Malheureusement, à l'exception de la ligne tracée par Lucien, le plan ne contient aucune indication ou repère susceptible de nous aider. J'en viens à me demander si nous avons pris la bonne voie, et je finis par perdre le compte des carrefours. À deux reprises, nous tournons du mauvais côté, nous retrouvons dans un cul-de-sac, et devons rebrousser chemin.

— Tu penses que c'est par là ? demandé-je, examinant la carte pour la énième fois.

— Je ne sais pas, rétorque Ash.

— Vous sentez ça ? intervient Raven.

— Ce sont les égouts.

— Non, réplique-t-elle avec impatience. La *lumière.*

Je questionne Ash du regard.

— La lumière ? répété-je, perplexe.

— Violet, ne me dis pas que tu ne la sens pas. Elle est *si nette.* Venez.

Je ne comprends rien à son charabia. La lumière, ça ne sent rien ?! Mais elle me prend par la main et nous entraîne dans un autre tunnel, plus enthousiaste que jamais depuis son réveil. Sans me laisser le temps d'examiner la carte, elle tourne à gauche et on atteint une voie sans issue, face à un mur.

Je lâche un profond soupir.

— Oh, Raven ! On a encore pris la mauvaise direction.

— Ne sois pas ridicule, rétorque-t-elle d'une voix qui me rappelle la fille que j'ai connue à Southgate. Maintenant, nous devons grimper.

Ash éclaire les parois. Une succession de barreaux apparaît. Ils forment une échelle qui monte et se noie dans l'obscurité. Très haut au-dessus de nos têtes, une minuscule lumière scintille, semblable à une étoile solitaire.

Sans attendre, Raven se met à escalader l'échelle.

— Attends, l'arrêté-je en lui attrapant la cheville. Tu es sûre de toi ?

— Absolument. Tu veux sortir d'ici, oui ou non ?

— Oui, mais… comment peux-tu être certaine que c'est la bonne issue ?

— Je le sais, c'est tout.

Ash oriente la lampe sur son propre visage pour me montrer qu'il est d'accord avec elle. Il hoche la tête une fois.

Je fourre la carte dans la sacoche et me hisse à l'échelle derrière Raven. Ash referme la marche, la torche à la main.

Les barreaux en métal se succèdent à l'infini. Au bout de quelques minutes, mes bras commencent à tirer, les muscles de mes cuisses brûlent et mon estomac gargouille. Je m'efforce de continuer, essayant de ne pas songer au vide sous nos pieds au fil de notre ascension.

Le silence nous enveloppe. La petite étoile qui nous surplombe devient de plus en plus vive. Et plus grosse. On dirait une fleur ; des pétales de lumière autour d'un noyau éclatant.

Raven s'arrête net et je me cogne la tête contre la semelle de sa chaussure.

— Ça y est, annonce-t-elle.

— Quoi ? dis-je en me frottant le sommet du crâne.

— C'est la fin.

Avec précaution, je me penche d'un côté pour scruter le plafond. J'aperçois un cercle de métal percé de fentes. Raven passe son doigt dans un orifice en forme de pétale.

— Reste à trouver comment ça s'ouvre, reprend-elle.

Mon souffle s'accélère. J'inspire et j'expire à fond pour réguler ma respiration. L'idée de redescendre dans les égouts me semble inconcevable.

— Il y a sans doute un mécanisme.

Raven agite toujours les doigts à travers la fente quand, soudain, la plaque de métal circulaire se déplace sur la gauche.

— Oh ! s'écrie-t-elle.

Son pied glisse du barreau. Je rattrape sa chaussure d'une main, le cœur au bord des lèvres.

La trappe se soulève et la lumière aveuglante du soleil inonde soudain notre trou. Pendant quelques instants, je suis éblouie – mes yeux pleurent, mes rétines grillent et je baigne dans un nuage blanc. Puis une vague silhouette se profile en surplomb. L'individu nous observe. Je cligne des yeux et son visage se précise.

— Vous avez réussi, lance Garnet avec un sourire. Bienvenue dans le Commerce.

6.

Garnet saisit Raven par le bras pour la hisser hors du tunnel.

— Qu'est-ce que vous faites là ? m'écrié-je.

— C'est moi qui vais vous conduire jusqu'au refuge.

Il porte un uniforme de régimentaire – il a dû se procurer une nouvelle veste depuis qu'il m'a passé la sienne. Je m'extirpe du trou, suivie de près par Ash.

Nous émergeons dans une ruelle flanquée de deux bâtiments en brique. L'air est froid, en revanche le soleil brille au milieu d'un ciel bleu azuré. À une quinzaine de mètres, la voie donne sur une rue animée. Une diligence électrique passe lentement.

— Je croyais que vous en aviez assez de nous, observe Ash.

Garnet hausse les épaules.

— Je me suis dit que je pouvais encore vous être utile. N'allez pas croire que ça vous donne raison, ajoute-t-il à l'attention de Raven, comme s'il craignait qu'elle ne le traite de nouveau de poltron.

Raven fronce les sourcils, l'air inquiet.

— Qui êtes-vous ?

Je la rassure immédiatement.

— Il est dans notre camp.

Si seulement je pouvais la guérir. J'ignore ce qu'elle a. Son cerveau ne réagit pas normalement. Elle n'est absolument plus elle-même. Elle devrait se souvenir de Garnet.

— Suivez-moi, ordonne-t-il en nous indiquant un renfoncement où sont réunies des poubelles en métal vides. Vous allez encore devoir vous changer.

Derrière des poubelles est dissimulé un grand sac en toile. Je l'ouvre et en sors deux robes confectionnées dans un tissu marron. J'en donne une à Raven qui a de nouveau le regard dans le vide. Elle empoigne le vêtement et fixe le mur d'un air totalement inexpressif. Je troque mes anciens habits contre les nouveaux avant de l'aider à se changer.

— Il est l'heure d'aller voir le médecin ? murmure-t-elle d'une voix terrifiée.

— Non. Le médecin, c'est fini, assuré-je en écartant les mèches de son visage. Tiens, enfile ça.

Ash ôte son pull-over et revêt une chemise à col et une veste en tweed ainsi qu'un chapeau melon assorti. Il ne suffit pas à cacher la zébrure sur sa joue, mais, heureusement, son œil a un peu dégonflé. Un bleu s'est épanoui juste au-dessous.

— Vous allez porter ça, dit Garnet en lui tendant une pile de journaux.

Ash la pose sur son épaule, ce qui dissimule en partie son visage. Il passe pour un vendeur de journaux lambda.

— Je ne vais pas pouvoir vous accompagner jusqu'au bout. Je me suis porté volontaire pour fouiller le Commerce à la recherche du compagnon, précise Garnet en désignant Ash d'un geste. Un subterfuge pour venir à votre rencontre. Ça a tellement choqué Mère qu'elle a failli faire un infarctus.

— Ils savent comment je me suis évadé ? s'enquiert Ash.

— J'ignore quel produit Carnelian a injecté aux gardiens, mais ils n'ont aucun souvenir de ce qui s'est produit. Ils ne se rappellent même pas vous avoir enfermé dans le cachot. Rusée, la petite Carnelian, commente-t-il avec un sourire en coin. Si elle était de sang pur, elle ferait une sacrée duchesse du Lac.

— Génial, rétorqué-je, pressée de changer de sujet. Mais tout cela ne nous explique pas où on va…

— Pas très loin. Je dispose seulement d'une adresse. Après, je ne sais pas qui vous réceptionnera. Pas plus que je ne sais où on vous emmènera ensuite.

— Nous ne sommes pas censés rejoindre la Ferme ?

Du moins, c'est ce que Lucien m'avait annoncé. Le plan, c'était de m'emmener à l'abri. Dans la Ferme, le quatrième et plus grand cercle de la Cité solitaire. Un lieu vaste regorgeant d'espaces verts où il sera possible de trouver refuge. Pour l'heure, elle me semble lointaine, inaccessible. Comme si elle se situait sur une autre planète.

— Je l'ignore, Violet, répond Garnet. Vous croyez que Lucien me confie tout ? Il m'a seulement remis une adresse. Soit vous me suivez, soit vous vous débrouillez tout seuls. Depuis le temps, vous devriez commencer à connaître Lucien. Il aime bien cultiver le mystère.

— J'avais remarqué...

Je peste en silence.

— Je vais marcher en tête, déclare Garnet. Le compagnon m'emboîtera le pas.

— Le compagnon a un prénom. Il s'appelle Ash.

Garnet ignore ma remarque.

— Puis vous le suivrez toutes les deux à votre tour. Ah ! N'oubliez pas de mettre votre chapeau.

Je farfouille dans le sac et en tire deux bonnets blancs bordés de dentelle.

Sur ces mots, Garnet commence à remonter la ruelle. Ash le saisit par le coude.

— Attendez. Dans quel quart du Commerce sommes-nous ?

— Le quart est, répond Garnet. Près de la frontière sud.

Ash jure dans sa barbe. Sa réaction éveille mon inquiétude.

— Qu'est-ce qu'il y a ?

— Nous ne sommes pas loin de l'école de compagnons où j'ai effectué ma formation. J'ai peur qu'on me reconnaisse.

L'école des compagnons est l'équivalent de Southgate pour les mères porteuses. C'est l'endroit où Ash a appris à devenir un séducteur aguerri.

— Ne vous en faites pas pour ça, rétorque Garnet. Votre visage est abîmé. Vous êtes méconnaissable. Au moins, le quartier vous est familier. Le rendez-vous est fixé au 46-22 Plentham Street. Au cas où on se perdrait de vue, amenez-les à cette adresse.

Nous rasons les murs jusqu'à ce que nous ayons rejoint la rue principale. Garnet lève une main pour nous signaler de nous arrêter.

— Attendez cinq secondes avant de m'emboîter le pas, dit-il à Ash, puis suivez-moi. Vous deux, ajoute-t-il en s'adressant à Raven et moi. Vous patienterez cinq secondes aussi avant de le suivre. Compris ?

Je hoche la tête. Garnet quitte la ruelle, tourne à droite et se fond dans la foule de passants. Je compte jusqu'à cinq dans ma tête. À trois, Ash m'enlace par la taille et écrase ses lèvres contre les miennes. Son étreinte me prend par surprise, mais elle me réconforte.

En un éclair, il disparaît à son tour sans que j'aie le temps de lui dire au revoir.

Du coup, j'en oublie de compter.

— Ce garçon t'a embrassée, remarque Raven.

— Oui… Bon, tu ne me quittes pas d'une semelle. D'accord ?

Elle m'adresse un sourire malicieux.

— Où voudrais-tu que j'aille ?

Je prends une profonde inspiration et nous rejoignons les rues du Commerce.

J'ai vécu dans le Joyau pendant près de trois mois ; aussi le Commerce ne devrait-il pas m'impressionner. C'est le deuxième cercle de notre Cité, où vit la classe marchande, la plus riche après la royauté.

Cependant, c'est la première fois depuis mon départ du Marais que je me retrouve au milieu de tant de monde. Or le bain de foule me donne le vertige. Pendant quelques instants, j'oublie les instructions de Garnet et, au lieu de baisser la tête pour passer inaperçue, je balaie les lieux d'un regard émerveillé.

La rue est noire de gens ; ils jaillissent des maisons en grès brun, marchent bras dessus, bras dessous le long des trottoirs animés. La majorité des femmes sont accompagnées de fillettes en robe marron qui trottinent quelques pas derrière leur maîtresse, les bras chargés de sacs en papier kraft, de boîtes à chapeau, ou encore tenant en laisse des chiens toilettés. Une femme me bouscule. Elle arbore un couvre-chef constitué de roses véritables et serre un singe dans ses bras. Je l'entends dire à son amie :

— Pourvu qu'ils l'attrapent vite. J'ai enfin réussi à obtenir une invitation pour ce week-end au Théâtre Royal. Or si l'accès au Joyau est toujours interdit, je ne pourrai pas y aller !

Je fouille la rue à la recherche d'Ash et le repère bientôt, quelques mètres devant nous. Le paquet de journaux monte et descend sur son épaule au gré de ses enjambées. L'endroit grouille de régimentaires, comme me l'indiquent les taches de rouge parsemant la foule. Impossible de deviner lequel parmi eux est Garnet. Du coup, je garde les yeux braqués sur Ash. J'ai les nerfs à vif. La fatigue causée par notre virée dans les égouts s'est volatilisée, remplacée par un flux d'adrénaline. Nous sommes totalement exposés et vulnérables. Je marche au pas de course, me préparant à ce qu'on m'agrippe par l'épaule à tout instant en s'écriant : « Elle est là ! »

Ce n'est pas toi qu'ils recherchent. J'ai beau le savoir, je ne parviens pas à me détendre.

La pile de journaux traverse la rue et tourne à gauche. Comme nous la suivons, Raven manque se faire renverser par une diligence électrique ; je l'attrape par la main et la ramène sur le trottoir, alors que le chauffeur nous hurle de regarder où nous allons.

La rue où s'est engouffré Ash exhibe une succession de boutiques vendant de tout, aussi bien des robes dernier cri que des peintures de natures mortes ou de danseuses en tutu dans des cadres dorés à la feuille d'or. Mon œil se pose sur la vitrine d'une bijouterie, où des bagues serties de diamants étincelants trônent sur des coussins de velours bleu. Nous passons devant une animalerie, où des chiots jouent en jappant. Dans le magasin suivant, une chaise longue en satin rouge surmontée de l'écriteau SOLDES occupe toute la vitrine.

Et sur chaque fenêtre, porte et réverbère est placardée une affiche avec le portrait d'Ash accompagné de la légende RECHERCHÉ – FUGITIF en lettres capitales.

Je suis prise de vertige. L'air se raréfie dans mes poumons et ma tête se met à tourner. Sur la photo, Ash a un ou deux ans de moins qu'aujourd'hui. Sa coiffure est différente : ses cheveux sont disciplinés et séparés par une raie sur le côté au lieu de la tignasse en bataille qu'il arbore maintenant. Mais on le reconnaît *si bien.*

Brusquement, notre plan me semble trop périlleux, trop irréfléchi. Et si jamais quelqu'un le reconnaissait ?

Mon cœur cesse de battre une seconde. Je me demande soudain si Lucien n'a pas tout planifié dans ce but : se débarrasser d'Ash. Pour mieux me sauver moi, coûte que coûte.

Je songe alors au conseil qu'il m'a donné au moment de nous quitter. La clé. Je n'ai même pas pensé à demander à Garnet de me la montrer. Et s'il n'était pas de mèche avec Lucien, en fin de compte ?

— Tout va bien, mesdames ?

Un régimentaire s'est placé en travers de notre chemin. Il a l'âge de Garnet et il est très grand, et son visage est auréolé d'une masse de boucles noires.

Il me jauge de pied en cap. Son regard me met très mal à l'aise. J'aurais aimé porter dix couches de vêtements supplémentaires.

Je ne sais pas quoi répondre, du coup j'esquisse une révérence.

— J'ai vu que vous avez failli vous faire renverser par une diligence. Il faut être plus vigilantes. (Ses yeux se posent sur la blessure à ma joue.) Vous ne voudriez pas avoir d'autres bleus comme celui-là.

Il tend le bras comme s'il avait l'intention de me toucher le visage ; je me dérobe et il éclate de rire.

— Je ne vais pas vous faire de mal. Je suis ici pour assurer votre protection, assure-t-il en bombant fièrement le torse. Vous avez entendu parler du compagnon, n'est-ce pas ?

Je hoche vivement la tête.

— Un individu dangereux. Mais ne vous inquiétez pas, nous n'allons pas tarder à lui mettre le grappin dessus. (Il me décoche un clin d'œil.) On vous a déjà dit que vous aviez des yeux incroyables ?

Je finis par retrouver ma voix.

— Nous devons rentrer à la maison. Notre maîtresse va se demander où nous sommes passées.

— Je vous escorterais volontiers...

— Non merci, répliqué-je en le contournant, entraînant Raven dans mon sillage.

Raven marmonne des paroles incompréhensibles, mais je continue sur ma lancée sans me retourner. On se faufile à travers la foule à vive allure. Je n'ai qu'une idée en tête : semer le régimentaire. Aussi, je mets un moment à m'apercevoir que j'ai perdu Ash de vue. Je ralentis le pas, balayant les alentours du regard à la recherche de la pile de journaux. Le flot de badauds nous contourne et se déverse sur une grande place, face à nous. Tout autour, d'autres rues débouchent sur cette même esplanade.

La place accueille un marché en plein air ; des étals sont disséminés un peu partout. Beaucoup d'entre eux exhibent des paniers en osier débordants de légumes – carottes, oignons, brocolis, pommes de terre, choux, betteraves, courges... L'odeur délicieuse du pain chaud flotte à proximité du stand d'un boulanger. Un homme au ventre rond interpelle les passants pour promouvoir son cidre, qu'il présente dans de grandes bouteilles en verre.

— Je ne le vois pas, déclaré-je. Et toi ?

Nous ne pouvons pas rester sans bouger – je crains que le régimentaire ne nous ait suivies. De toute façon, la meilleure manière de retrouver Ash, c'est de continuer à marcher. J'essaie de repérer Garnet à la place, mais l'endroit pullule de gardes en veste rouge ; impossible de les distinguer les uns des autres. Nous avançons lentement parmi les stands. Je perçois des bribes de conversations, dont la plupart portent sur le fugitif. L'incident suscite à la fois la surprise et l'indignation. Je sens que les habitants du Commerce raffolent de cette histoire, très juteuse. Un compagnon et une mère porteuse ! Je me demande si certains d'entre eux le connaissent personnellement, s'il a des amis sur cette place ou bien (cette pensée me donne des frissons) d'anciennes clientes.

Je peste en silence. *Allons, Ash. Où es-tu passé ?*

Brusquement, Raven se fige. Son visage s'est vidé de son sang, son regard se perd étrangement dans le vide, comme si elle avait aperçu quelque chose que je ne discerne pas.

— Qu'y a-t-il ?

— Elle l'a reconnu, bafouille-t-elle.

Sur ces mots, elle s'élance parmi la foule.

— Raven ! m'écrié-je en essayant de la rattraper par le bras.

Trop tard. Je me rue derrière elle, me faufilant tant bien que mal à travers les gens agglutinés, si bien que je finis par trébucher sur un panier de choux de Bruxelles. En un éclair, me voilà affalée de tout mon long par terre, les paumes écorchées, couverte de petits légumes verts en forme de balles de ping-pong.

— Rien de cassé, mademoiselle ? s'inquiète le marchand.

Sans prendre le temps de répondre, je me relève et file en bousculant les passants. Pas question de les perdre tous les deux. Je ne peux pas me retrouver à la fois sans Ash et sans Raven.

C'est alors que je l'aperçois. Ash, à l'angle opposé du marché. Le temps s'arrête un instant et le monde qui m'entoure marche au ralenti. Raven n'est qu'à quelques mètres de lui. Comment a-t-elle su où il était ? Elle tourne la tête vers la gauche. Je suis son regard et vois une femme alpaguer un régimentaire, puis pointer son index sur Ash.

Un souffle glacial m'envahit. Comme si un tourbillon se déchaînait à l'intérieur de ma poitrine. Les paroles de Raven résonnent dans ma tête.

Elle l'a reconnu.

Raven rejoint Ash à l'instant où le sifflet retentit.

— Il est là !

Le chaos éclate alors sur la Grand-Place.

Les régimentaires envahissent le marché ; ils sont partout. Les gens se bousculent, les stands sont renversés, des coups de sifflet résonnent aux quatre coins de la place… On me pousse et je m'écroule de nouveau par terre. Le temps que je me remette debout, Garnet et Raven ont disparu de mon champ de vision. Quant à Garnet, impossible de le distinguer dans cet océan de vestes rouges.

Je suis seule.

Je rejoins un angle du marché, luttant à contre-courant. Les gens sont perdus, affolés.

— Vous l'avez vu ?

— Il est ici ?

— Est-ce qu'ils l'ont attrapé ?

— Ici même, au Marché de Landing, imaginez un peu !

Je parviens finalement à m'extirper de la multitude. Je dépasse le dernier stand et m'engouffre dans une ruelle. Dans ma panique, je percute une blondinette.

Nous perdons l'équilibre en même temps.

— Je suis désolée, je…

La jeune fille cligne des yeux et me fixe d'un air hébété.

— Violet ? s'exclame-t-elle avec un petit cri de surprise.

C'est Lily.

7.

À peine s'est-on relevées que Lily me saute au cou.

La dernière fois que je l'ai vue, c'était dans le train qui nous conduisait de Southgate à la Salle des Ventes. Je me la rappelle fredonnant cette chanson du Marais de sa voix douce et mélancolique. Elle était tellement impatiente de devenir mère porteuse et d'entamer ce nouveau chapitre de sa vie !

— Violet, que fais-tu ici ? Pourquoi es-tu habillée en servante ? Qu'est-il arrivé à ton visage ?

Lily porte une simple veste grise et un chapeau mauve orné d'un ruban jaune. Elle a l'air en forme. En bonne santé. J'ai envie de me cramponner à elle. Histoire de m'assurer qu'elle n'est pas le fruit de mon imagination.

Mais je ne peux pas rester ici.

— J'ai besoin de ton aide, murmuré-je.

— Bien sûr. Tu es perdue ? Tu veux que je t'aide à retrouver ta maîtresse ? Oh ! Violet, j'ai cru que je ne te reverrais plus jamais ! Tu habites dans le

Joyau, n'est-ce pas ? C'est forcé. J'étais certaine qu'un membre de la royauté t'achèterait. Est-ce que ta propriétaire t'a conduite dans le Commerce pour y faire des emplettes ? Tu as revu Raven depuis la Vente ? Oh ! Tu as entendu parler de cette histoire de compagnon ?!

J'avais oublié à quel point Lily était bavarde. Une drôle de sensation bouillonne dans ma poitrine, un mélange de joie et d'exaspération.

Je l'interromps avant qu'elle ne poursuive.

— Lily, il faut que je me cache quelque part.

Elle fronce les sourcils.

— Que tu te caches ? Pourquoi ? Qui est-ce que tu fuis ?

À cet instant, une nuée de régimentaires passent devant nous. L'un d'eux s'écrie :

— Fouillez les ruelles.

Je recule contre le mur.

— Eux !

Elle jette un coup d'œil sur les gardes et me contemple de nouveau. Ça y est, elle a compris. Une seconde plus tard, elle glisse sa main dans la mienne.

— Suis-moi.

On dévale un méandre de ruelles étroites qui me semblent toutes similaires, des bâtiments en pierre rose, grise et rouge, des fenêtres aux carreaux étincelants, des arbres aux branches élaguées, dénudés à présent que l'hiver s'est installé. Plus on s'éloigne du marché, plus les maisons rétrécissent et s'épurent.

Lily finit par s'arrêter devant une résidence jaune pâle coincée entre deux autres, une rouge et une grise. Elle n'a qu'un seul étage, mais la porte d'entrée bleue où est accrochée une gerbe d'hellébores lui donne une touche chaleureuse.

— Vite, me presse-t-elle en montant les marches du perron à toute vitesse et en sortant une clé.

Nous franchissons le seuil pour pénétrer dans une pièce qui fait office à la fois de hall d'entrée et de salle de séjour. Sur ma gauche, un ensemble de fauteuils et canapés dépareillés, disposés autour d'une table basse en bois. Juste devant moi, un escalier.

— Par ici, m'indique Lily en m'entraînant au premier étage.

L'escalier débouche sur un couloir le long duquel court un tapis rouge élimé. Les portes sont fermées. Lily lève un bras et attrape une corde qui pendouille dans le vide. Une trappe s'ouvre et une échelle s'abaisse du plafond.

— Monte. Vite !

Elle referme la trappe sans que j'aie eu le temps de la remercier ou de lui demander à manger.

Je suis enfermée dans le grenier d'une maison inconnue, dans le Commerce.

Livrée à moi-même.

La fatigue me submerge bientôt et je sombre dans un profond sommeil malgré la faim qui me talonne et la peur qui m'étreint.

J'ai l'impression de ne pas avoir dormi depuis des lustres. Voilà bien vingt-quatre heures que je n'ai pas fermé l'œil. J'en avais vraiment besoin.

Pourtant, à mon réveil, je ne me sens pas mieux. Quand je rouvre les yeux, je ne sais plus où je suis. Pendant quelques secondes, je m'imagine de retour dans le donjon du palais du Lac. Puis je prends peu à peu conscience de mon environnement. Je sens sous mon corps les coussins éventrés du vieux sofa où je me suis effondrée. Ma vision s'accommode et je me rappelle.

Une odeur de moisi et de renfermé règne dans le grenier. Une petite fenêtre en demi-lune donne sur la rue. Une faible lueur filtre par la vitre, et je devine que la nuit est tombée. Quelques tapis roulés sont entassés contre un mur. Des draps mités sont empilés à l'arrière du canapé. Une lampe cassée, une poignée de cartons contenant des livres et de vieilles photographies, une cage à oiseaux vide, et des liasses de journaux jaunis par le temps sont éparpillées à travers la pièce étriquée. Comme le plafond est incliné, je dois m'accroupir pour accéder à la fenêtre.

Au bout d'un moment, un bourdonnement de voix me parvient et je m'immobilise. Celle d'un homme à laquelle répond celle d'une femme. Je plaque mes mains sur ma bouche au cas où. Il ne faut pas que je fasse le moindre bruit.

Impossible de comprendre ce qu'ils disent. Il me semble qu'ils sont au rez-de-chaussée. Les voix diminuent peu à peu et finissent par s'éteindre, leurs propriétaires ayant gagné une pièce trop éloignée de la maison.

Je m'assieds sur le canapé et les ressorts grincent. Je tremble comme une feuille et ma tête m'élance.

Ma solitude m'accable d'un seul coup. Où sont Raven et Ash ? Se sont-ils fait arrêter ? À l'idée qu'Ash se retrouve une fois de plus derrière les barreaux, mon ventre se noue. Ash, la tête sur le billot. Raven renvoyée dans le palais de la Pierre. Voire pire : sur l'échafaud, aux côtés d'Ash.

Je ferme les yeux très fort pour chasser cette image de mon esprit. Inutile d'imaginer le pire ; ce n'est pas ça qui va m'aider. J'appuie mes paumes contre mes paupières et une pluie d'étincelles apparaît dans mon champ de vision en contraste avec la pénombre de la pièce.

Ma nuque se met soudain à vibrer.

Un bref instant, je crains d'avoir perdu la tête. Mais je me souviens vite de l'arcane. Avec un petit cri étouffé, je tente de démêler le chignon que j'avais fait en toute hâte, dans une autre vie, quand Annabelle était encore de ce monde et que j'habitais sous le toit de la duchesse.

Je finis par libérer le petit dispositif de ma chevelure, arrachant quelques cheveux au passage, mais la douleur n'est rien. L'arcane s'élève dans les airs pour planer à quelques centimètres de mon visage.

— Lucien ? demandé-je dans un murmure.

— Où êtes-vous ?

— Je... je suis... je suis dans le Commerce. J'ignore l'adresse exacte.

— Que s'est-il passé ? Pourquoi ne vous êtes-vous pas rendue au refuge avec les autres ?

— J'ai eu... Oh, Lucien, est-ce que Raven et Ash vont bien ? Ils sont arrivés à bon port ?

— Oui. Mais que s'est-il passé ? s'impatiente Lucien.

Ouf ! Raven et Ash sont sains et saufs. À l'abri. Mes membres se relâchent sur le canapé.

— Je les ai perdus de vue au milieu de la foule. Et je suis tombée nez à nez avec une ancienne amie, une autre mère porteuse. Une fille qui était avec moi à Southgate. Je suis cachée dans son grenier.

J'ai envie de prendre l'arcane au creux de ma main, mais je redoute d'interrompre la communication si jamais je le touche.

— Comment ça ? De qui s'agit-il ?

— Je l'ai percutée de plein fouet. Nous sommes tombées dans la rue. Je ne savais même pas qu'elle habitait dans le quartier. C'est quelqu'un de bien, Lucien. Elle m'a aidée. On peut lui faire confiance.

— Violet, il faut se méfier de tout le monde.

— Lily était mon amie. Et en ce moment, c'est la seule personne sur qui je puisse compter.

— Elle n'a pas la clé, Violet. Vous devez toujours demander la clé.

— Garnet ne me l'a pas montrée non plus.

— Lui avez-vous demandé s'il en avait une ?

— Non...

Un silence s'ensuit.

— Quel est le nom de famille de votre amie ?

— Deering. Elle s'appelle Lily Deering.

— Lily Deering, répète-t-il. Je vais me renseigner à son sujet.

Il semble mécontent.

— Nous avons suivi les consignes à la lettre, reprends-je. Malheureusement, quelqu'un a reconnu Ash.

— Je suis content de vous savoir saine et sauve.

Lucien se retient de me dire le fond de sa pensée, je le sens. Il aurait sans doute préféré qu'Ash se fasse arrêter sur la place du marché. C'est peut-être ce qu'il escomptait depuis le départ.

— Nous reparlerons bientôt.

— Attendez ! (Après tout ce que j'ai enduré, j'en ai plus qu'assez des mystères. Je mérite d'obtenir des réponses.) J'ai suivi vos instructions de A à Z, pourtant vous ne m'avez donné aucune bonne raison de le faire. Pourquoi est-ce si important ? Pourquoi est-ce que je vaux la peine d'être sauvée ?

Nouveau silence.

— Vous êtes satisfaite de la manière dont est gouvernée notre Cité, Violet ?

— Vous voulez parler de la royauté ? Vous savez ce que je pense de ces gens-là.

Lucien pousse un soupir.

— Vous ne voyez pas le tableau dans son ensemble. Il ne s'agit pas seulement des mères porteuses. Mais d'un peuple tout entier réduit à l'esclavage pour répondre aux besoins de quelques-uns. Et c'est de pire en pire chaque année. Vous possédez une force, un pouvoir que vous ne soupçonnez pas. J'essaie pour ma part de vous aider à en prendre conscience et à vous en servir pour faire le bien autour de vous.

— Mais vous ne me dites ni ce que vous attendez de moi ni de quel pouvoir il s'agit, ni comment je suis censée vous apporter mon soutien. Laissez-moi vous aider, Lucien.

— Vous pensez réellement que le seul but des Augures est de concevoir des bébés royaux en bonne santé ?

Je ne m'étais jamais vraiment posé la question. Je n'aime absolument pas employer les Augures ; aussi, je n'ai jamais envisagé qu'ils puissent avoir une autre finalité que celle qu'on nous a enseignée. Cela dit, j'ai réussi à éteindre le feu dans l'incinérateur. Enfin, avec l'aide de Raven.

Lucien considère mon silence comme une réponse.

— Exactement. Vous possédez un pouvoir insoupçonné. Malheureusement, je ne suis moi-même pas en mesure de vous montrer comment l'utiliser.

— Et une fois que j'aurai appris à le maîtriser, que se passera-t-il ?

— Vous m'aiderez. Vous m'aiderez à abattre ces murs qui nous confinent, qui nous séparent les uns des autres. Vous m'aiderez à sauver non seulement les mères porteuses, mais tous ceux qui sont sous le joug de la royauté. Les caméristes. Les domestiques en général. Les ouvriers d'usine qui meurent de maladies pulmonaires. Les ouvriers agricoles qui nourrissent les familles royales, mais qui mangent à peine à leur faim. Les enfants qui meurent dans le Marais des suites d'infection et d'absence de soins basiques. Je ne suis pas le seul à penser que l'heure est venue de mettre un terme à la royauté. Nous sommes tous victimes de sa tyrannie. Nous souffrons par leur faute. (Puis il ajoute d'une voix presque imperceptible :) Nous méritons d'être libres.

Je songe à Annabelle, si douce et si fragile. Je revois son cou entaillé, pissant le sang, et je suis forcée de fermer les yeux pendant un instant pour ravaler un sanglot. Quel crime avait-elle commis ? Aucun. Celui d'être mon amie, peut-être. Annabelle ne méritait pas ça. Or sa mort restera impunie. La duchesse ne paiera jamais pour son crime.

Mes pensées se tournent ensuite vers Hazel. Combien de temps ma petite sœur pourra-t-elle encore aller à l'école ? Quand devra-t-elle aller travailler à l'usine, comme Ochre, pour subvenir aux besoins de notre famille ?

Combien de temps a-t-elle avant qu'on ne l'oblige à passer le test qui déterminera si elle est mère porteuse ? Mon estomac se noue. Hazel arrachée à notre famille, débarquant à Southgate, seule, apeurée. Son nez qui saigne tandis qu'elle apprend les Augures. Hazel debout sur l'estrade de la Salle des Ventes, face à un public de femmes toutes plus exécrables les unes que les autres. Non, pas question que Hazel suive mes traces.

Cela dit, je ne vois toujours pas comment je peux aider. Je suis furieuse d'être coincée dans ce grenier, seule et impuissante. Lucien perçoit mes doutes.

— Je ne vous demande pas de tout comprendre maintenant, Violet. Gardez l'arcane à portée de main. Quelqu'un va venir vous chercher.

Je voudrais protester, mais je suis trop vannée.

— D'accord.

— Reposez-vous un peu, ma chérie. Vous avez eu une journée éprouvante. (Il marque une pause.) Et surtout, rappelez-vous bien une chose : ne faites confiance à personne tant qu'on ne vous a pas montré la clé.

L'arcane me retombe dans la paume. Davantage de questions se bousculent à présent dans ma tête. Dans un soupir, je replace le petit appareil dans ma chevelure.

Je suis dans cet état étrange de somnolence, à mi-chemin entre le sommeil et l'éveil quand Lily vient me rejoindre.

Il est très tard. Le grenier est quasiment plongé dans le noir, éclairé par un minuscule rayon de lune qui s'est faufilé sur le plancher par la fenêtre. Je suis étendue sur le canapé, hantée par des images effrayantes. Des souterrains sombres, des flammes mourantes, le visage agonisant d'Annabelle, et des avis de recherche placardés aux murs de la ville.

La trappe s'ouvre dans un grincement.

Je me redresse si vite que j'en ai la tête qui tourne. La lueur vacillante d'une chandelle éclaire le visage de Lily qui grimpe l'échelle. Elle vient munie d'un plateau rempli de deux petits pots, un verre d'eau, une grosse bougie blanche et – mon estomac rugit – une assiette avec un couvercle d'où s'échappe une légère odeur de cuisine.

— Coucou, chuchote-t-elle en posant le plateau par terre.

Je me rue sur la nourriture. Lily m'a apporté quelques tranches de rôti braisé arrosé d'un jus de viande onctueux et agrémenté de pommes de terre à l'eau froides. J'ai très envie de dévorer tout cela avec les mains.

— Ça fait longtemps que tu n'as pas mangé ? demande-t-elle.

— Je ne sais pas, réponds-je la bouche pleine de pomme de terre.

Lily me laisse manger en paix jusqu'à ce que l'assiette soit nettoyée. Alors, je lâche un soupir d'aise et m'adosse au canapé.

J'avale une grande goulée d'eau pour me rincer la bouche.

— Merci.

Lily écarte le plateau.

— J'ai apporté ça pour ton visage, reprend-elle en dévissant les couvercles des deux pots de crème. Elle étale la première sur ma joue ; c'est un baume glacé à base d'huiles essentielles qui produit une sensation rafraîchissante. Il soulage mon bleu. Cora, la femme de chambre de la duchesse, avait appliqué la même crème sur ma pommette la première fois que la duchesse m'avait giflée. L'autre onguent sent l'antiseptique. Lily en tamponne ma lèvre coupée. Ça picote un peu.

— Voilà. Le bleu devrait avoir disparu d'ici demain.

Elle revisse les couvercles sur les pots et couvre l'assiette vide. Puis elle s'agenouille face à moi et me contemple avec ses grands yeux bleus.

— Alors, commence-t-elle d'un ton que je connais par cœur, un ton qu'elle adoptait chaque fois que le *Quotidien du Joyau* arrivait à l'Institut, le ton qu'elle a pris le jour où les numéros de lot ont été annoncés, ou chaque fois qu'un potin lui parvenait aux oreilles. Que t'est-il arrivé ?

Je suis repue et éreintée, et je n'ai plus la force de mentir. Je lui raconte tout – ou presque. Je ne mentionne pas le prénom de Lucien, me contentant de dire qu'une personne à l'intérieur du Joyau m'a aidée à m'enfuir. Je ne lui révèle pas non plus ma destination (de toute façon, je l'ignore moi-même). Je lui parle de Raven, du sérum qui m'était destiné. Lorsqu'elle apprend que c'est la duchesse du Lac qui m'a achetée, Lily fond presque en larmes.

— Une Maison Fondatrice ? Oh ! Violet !

Je lui parle ensuite d'Ash.

— Bon sang ! C'est toi la mère porteuse dont tout le monde parle ?

— Chut ! Moins fort, Lily !

Elle baisse la voix.

— Mais... on raconte qu'il t'a *violée.*

— C'est un mensonge, m'écrié-je avec véhémence.

— Est-ce que tu as... enfin, tu n'as pas...

Je lui fais signe que si.

Lily étouffe un cri de surprise et pose la main sur son cœur.

— Un amour interdit... Comme c'est romantique ! C'est sans doute l'histoire la plus incroyable de tous les temps. Encore plus belle que celle de l'Exéteur et de l'Électrice !

Sa naïveté m'émeut.

— Nous en reparlerons plus tard. (J'ai tellement mangé que j'ai du mal à garder les yeux ouverts.) Où sommes-nous ?

— Au 34 Baker Street. Ce n'est pas la meilleure partie du Commerce, mais c'est plus joli que le Marais, non ? Certaines personnes surnomment ces quartiers « le Coin des Pauvres », s'indigne Lily. Mais moi, je trouve cet endroit très agréable.

— Avec qui habites-tu ? Tes propriétaires sont gentils avec toi ?

— Oh ! Ils sont adorables ! Reed et Caliper Haberdash. Caliper est une maîtresse merveilleuse. Elle est plutôt âgée, elle a presque trente ans. Elle et Reed économisent depuis des années pour pouvoir s'offrir une mère porteuse. Elle ne peut pas avoir d'enfants, dit-elle d'une voix désolée. Pas pour les mêmes raisons que la royauté. C'est son corps qui ne fonctionne pas correctement. Ça la rend très triste. (Son expression s'illumine de nouveau.) J'ai coûté neuf mille sept cents diamants. Tu te rends compte ? Et toi, combien a-t-on payé pour t'acquérir ?

Sa question m'embarrasse.

— Je ne m'en souviens pas.

Je n'ai pas envie de parler du prix de mon corps. Peu importe qu'on m'ait achetée six millions de diamants ou bien six cents. Nous avons un sujet autrement plus important à aborder.

— Lily, tu ne peux pas tomber enceinte.

Elle paraît d'abord offensée, puis elle éclate de rire.

— Bien sûr que si ! Quelle drôle de remarque. C'est pour ça que nous sommes là, non ?

— Non, tu ne m'as pas bien comprise… (Je lui prends le poignet et le serre fort.) Ne les laisse pas te féconder.

— Violet, tu me fais mal, proteste-t-elle en dégageant sa main.

À cause de mon appétit et de ma fatigue j'ai oublié l'essentiel. Je suis furieuse de ne pas avoir pensé à lui parler de cela plus tôt.

— Lily, si tu tombes enceinte, tu mourras. C'est pour ça que les mères porteuses ne retournent jamais chez elles. L'accouchement nous tue.

Elle me fixe bouche bée pendant une minute. Puis elle secoue la tête.

— Non. Ce n'est pas possible. Caliper ne commettrait pas une chose pareille. Elle prend soin de moi, elle m'apprécie. Elle m'a même assuré qu'elle voudrait que je reste auprès d'eux après la naissance du bébé.

— Elle te ment !

Lily se fige. Je l'ai blessée, je le sais.

— Caliper ne me mentirait pas. Pas sur un sujet aussi important.

— Je... je suis navrée, mais c'est la vérité. J'ai vu la morgue où sont emmenées les dépouilles des mères porteuses. La personne qui m'a confié le secret le sait de source sûre.

L'expression de Lily se précise. Ses traits s'empreignent d'un étrange mélange de résignation et de détermination.

— Peu importe. J'ai eu rendez-vous avec le médecin hier.

— Mais tu n'es pas encore certaine d'être enceinte, n'est-ce pas ?

Elle cale une de mes boucles derrière mon oreille.

— Tu as l'air exténuée, Violet. Dors un peu. Je reviendrai demain, quand tout le monde sera parti.

— Dis-moi la vérité.

Elle hoche la tête et se mord la lèvre.

Lily est enceinte. Lily est morte.

— Non... Non, non, non...

— Chhh, murmure-t-elle. Ne t'inquiète pas, Violet. Tout va bien.

— Non ! m'écrié-je. (Je baisse la voix de peur de réveiller ses maîtres.) Non, rien ne va. Tout va mal. Tu ne peux pas... tu ne peux pas...

Lily me prend les mains et les serre fort.

— Écoute-moi. Je veux cet enfant. Je suis heureuse.

— Tu vas mourir.

— Tu n'en es pas certaine. Mais... (Elle indique la trappe, et la maison en dessous.) J'adore ma vie ici. J'aime ces gens. Or ils veulent cet enfant de tout leur cœur. Et contrairement à Raven et toi, j'ai toujours rêvé d'avoir un bébé.

— Ce n'est pas ton bébé.

Lily pousse un soupir.

— En effet. Ce n'est pas le mien. En revanche, ces gens sont devenus comme ma famille. Tu sais à quoi ressemblait mon enfance. Comment mes parents me traitaient. (Elle me presse la main.) Tu n'étais pas justement en train de m'expliquer à quel point il était important de faire ses propres choix ? Tu as choisi d'être avec le compagnon et tu as aidé Raven à s'enfuir au péril de ta vie. N'ai-je pas le droit de choisir ma destinée, moi aussi ? Ne puis-je pas avoir la même liberté que toi ? Celle de prendre mes propres décisions. Le choix, c'est la liberté, Violet.

Je secoue la tête.

— Tu mélanges tout. On ne choisit pas de mourir.

Lily me répond par un sourire comme si nous étions de retour à Southgate et que nous nous disions bonne nuit.

— Tâche de grappiller un peu de sommeil. Tu as eu une rude journée.

J'aimerais continuer à me battre, je voudrais la persuader qu'elle se trompe, mais la nourriture que j'ai engloutie appesantit mes paupières malgré moi. Je me rallonge sur le canapé et pose la tête sur un coussin râpé.

— Tu ne révéleras à personne que je suis là, n'est-ce pas ?

Lily baise ma tempe comme j'ai embrassé Annabelle la dernière fois que je lui ai dit au revoir. Les mésaventures d'aujourd'hui m'ont empêchée de songer à sa mort. À présent, son absence se fait ressentir douloureusement. Le chagrin s'insinue dans ma poitrine et m'oppresse.

— Non, murmure Lily. Je ne révélerai rien. C'est tellement bon de te revoir.

Les larmes me montent aux yeux et s'accumulent derrière mes paupières.

— Bonne nuit, Lily, conclus-je d'une voix cassée.

Elle ramasse le plateau et s'en va. Le bruit de la trappe qui se referme m'indique bientôt que je suis seule.

Il me semble que je continue de pleurer jusque dans mon sommeil.

8.

Je passe une grande partie du lendemain à me retenir d'arpenter le grenier.

Difficile de rester sans bouger. Je perçois des voix étouffées et les accords doux d'un violon. C'est agréable. Mais peu importe que ces gens soient gentils et qu'ils traitent bien mon amie. En lui faisant porter leur futur enfant, ils la condamnent à mort.

En fin d'après-midi, les voix cessent. La maison plonge alors dans le silence. Je me lève et vais jeter un coup d'œil par la fenêtre en demi-lune. J'aperçois un couple qui s'éloigne de la maison. Un homme grand vêtu d'un long manteau et une femme coiffée d'un chapeau blanc. La rue est quasiment déserte. Personne à l'exception d'un individu qui promène une meute de chiens. Les bêtes glapissent et entortillent leurs laisses les unes aux autres. Je les observe jusqu'à ce qu'ils disparaissent à l'angle de la rue.

Je retourne m'asseoir sur le sofa et palpe l'arcane dans ma chevelure afin de m'assurer qu'il est bien fixé. Je repense à ma conversation de la nuit dernière avec Lucien. Quelle est cette fameuse clé qu'il ne cesse de mentionner ? Et qui est cette personne censée m'apprendre à utiliser mon pouvoir ? Je me frotte les yeux. J'en ai ma claque de Lucien et de sa langue de bois, j'en ai assez de ne pas savoir ce qui m'attend. Je lui ai fait confiance. Il est temps pour lui de me rendre la pareille.

La cloche retentit à l'entrée et je me dresse d'un bond. Mon cœur résonne à mes tympans. Il me semble entendre la porte s'ouvrir et Lily parler à quelqu'un. Puis plus rien. Le silence s'installe.

Soudain, la trappe s'ouvre et je m'agrippe aux coussins.

— Lot 197 ?

Ce n'est pas la voix de Lily mais celle d'un homme. Je tressaille en entendant mon numéro de lot.

Je m'approche de la trappe et baisse les yeux. Un homme grisonnant, le nez chaussé de lunettes à monture dorée se tient au pied de l'échelle. Il lève la tête et m'observe d'un œil curieux.

— Qui êtes-vous ?

— On m'a envoyé vous chercher.

Les paroles de Lucien résonnent dans ma tête. *N'oubliez pas la clé.*

— Montrez-moi la clé, dis-je d'un ton ferme sans vraiment savoir ce que ça sous-entend.

L'homme ouvre sa veste en tweed et commence à déboutonner sa chemise, ce qui accroît mon malaise. Il écarte son col en grand. Sur sa clavicule, juste au-dessous de l'épaule est tatoué un petit passe-partout noir.

— Je travaille pour le Cercle de la Clé Noire.

— Qu'est-ce que c'est ?

— La Clé Noire est notre chef.

J'aurais dû me douter que Lucien utiliserait un nom de code.

— Venez avec moi, 197. Le temps presse.

Je descends l'échelle tandis qu'il reboutonne sa chemise.

— Ne m'appelez plus comme ça, insisté-je comme nous regagnons le rez-de-chaussée. Je m'appelle Violet Lasting. (Je ne laisserai plus personne m'appeler autrement que par mon nom.) Et vous ?

L'homme pince les lèvres.

— Vous pouvez m'appeler le Cordonnier.

— Depuis combien de temps êtes-vous… Oh !

Le corps de Lily gît par terre au pied de l'escalier.

— Qu'avez-vous fait ?

Je me précipite auprès d'elle, lui tourne la tête et fonds presque en larmes en sentant son souffle contre ma joue.

— Elle n'a rien, commente le Cordonnier. Elle se réveillera dans quelques minutes. Nous devons y aller.

— Que lui avez-vous fait ? Elle ne cherchait qu'à m'aider.

Le Cordonnier hausse les épaules.

— Simple mesure de précaution.

Je me dresse sur mes pieds, bouillonnante de colère.

— Le moment est mal choisi pour me faire une scène à propos d'une misérable dose de somnifère, poursuit-il. Nous avons du pain sur la planche. (Il récupère un gros paquet marron près de la porte.) Tenez, portez ça. Marchez quelques pas derrière moi et gardez la tête baissée.

— Une petite minute.

J'en ai plus qu'assez de recevoir des ordres. Je ne connais même pas cet homme, pas plus qu'il ne me connaît lui. Il me reste une dernière chose à accomplir avant de le suivre. Je me penche en avant et bouge le corps de Lily de sorte qu'elle se retrouve dans une position plus confortable. Je lui prends la main et la serre tendrement.

— Merci.

Puis je me relève, ramasse le paquet et regarde le Cordonnier droit dans les yeux.

— Maintenant nous pouvons y aller.

Nous franchissons le seuil. Je suis ses consignes et prends soin de laisser une distance entre nous. L'air est plus frais qu'hier et je contracte les mâchoires pour ne pas claquer des dents. J'aurais dû penser à emprunter un manteau à Lily.

Nous nous frayons un chemin à travers le marché de Landing, qui est plus calme aujourd'hui qu'hier. Il reste quelques traces de l'agitation de la veille. Un panier cassé ; un chou piétiné. Sur les réverbères, des pancartes à moitié déchirées représentant le visage d'Ash accompagné de l'inscription RECHERCHÉ – FUGITIF. Deux fillettes jouent pendant que leur mère chipote sur le prix des pommes de terre avec la marchande. En passant près d'elle, j'entends l'une des petites dire à l'autre : « J'ai fait la mère porteuse hier. Laisse-moi jouer le rôle de la royauté cette fois. »

Ma gorge se noue. Est-ce donc le genre de jeux auxquels se livrent les enfants dans le Commerce ?

Je suis si distraite que je suis sur le point de perdre de vue le Cordonnier qui tourne à un angle. Je me dépêche de le rattraper.

Nous avons rejoint une voie plus large et plus aérée, bien plus agréable que la rue où habite Lily. Je commence à comprendre pourquoi on surnomme son quartier « le Coin des Pauvres », même s'il est grotesque de parler de pauvreté au sein du Commerce, le deuxième cercle le plus riche après le Joyau. Les maisons sont séparées les unes des autres par des haies ou des murs en brique qui ne ressemblent en rien aux portails monumentaux qui enserrent les demeures du Joyau. Ces clôtures-là sont jolies et accueillantes. Et non pas menaçantes, surmontées de piques pour dissuader les visiteurs non annoncés. La plupart des bâtisses se composent de deux ou trois étages, sont entourées de porches et de terrasses ; certaines arborent même de petites tourelles à la manière d'un palais royal miniature.

Les passants sont bien habillés. Les hommes portent des chapeaux melon, de longs pardessus et une canne au pommeau argenté en guise d'accessoire. Les femmes sont vêtues de robes de couleurs vives en velours ou en soie ; leur toilette est agrémentée d'un col de fourrure et de gants en cuir. Des servantes en robe marron marchent dans leur sillage. L'une d'elles transporte une cage avec un perroquet d'un vert majestueux. Sa maîtresse aperçoit le Cordonnier et s'arrête.

— Je me rendais justement à votre magasin, énonce-t-elle sans prendre la peine de le saluer. Il me faut une nouvelle paire de chaussures pour aller avec la robe que j'ai achetée pour le Gala du Magistrat.

— Bien sûr, madame Firestone. Passez à la boutique, répond le Cordonnier. Je livre un paquet. Ensuite, je serai ravi de vous recevoir.

— Venez plutôt à la maison, répond la femme. C'est une commande particulière. Et ne m'envoyez pas votre apprenti comme la dernière fois. Ce garçon avait deux mains gauches.

Le Cordonnier hoche la tête bien que la remarque cinglante de cette femme l'ait visiblement blessé.

— Comme vous le désirez.

Elle reprend sa route sans même un merci, sa servante se hâtant derrière elle.

— Elle a l'air charmante, marmonné-je.

Le Cordonnier m'adresse un regard froid.

— Il y a pire qu'elle.

— C'est pour cette raison que vous travaillez pour… (Un peu plus, et j'allais prononcer le prénom de Lucien. Je me rattrape de justesse.) Pour *lui* ?

— Le moment est mal choisi pour répondre à ce genre de questions, réplique le Cordonnier.

Je serre le paquet de toutes mes forces. J'en ai assez qu'on me rabroue.

Le Cordonnier s'éloigne, ce qui m'oblige à trottiner pour ne pas le perdre de vue.

Nous finissons par quitter le boulevard flanqué de demeures chics et nous engageons dans des rues plus étroites. Nous passons devant un théâtre devant lequel est tendue une banderole : LE LONG RETOUR : NOUVELLE PIÈCE DE FORREST VALE. PLUS QUE DEUX REPRÉSENTATIONS !

Un peu plus loin, un restaurant pourvu d'une large vitrine exhibe des tables couvertes de nappes blanches.

Nous atteignons une rue pavée. Ici, les bâtiments sont grands et cubiques. Ce sont des hangars avec des auvents métalliques. Les fenêtres crasseuses sont munies de barreaux. Un chariot est stationné sous l'un des auvents ; deux hommes en déchargent de gros morceaux de viande sous le regard scrutateur d'un boucher qui porte un tablier blanc taché de sang. Il consulte le bloc-notes dans ses mains.

— Quatre diamants de plus par kilo que le mois dernier, grommelle-t-il. À quoi joue l'Exéteur avec tous ces nouveaux impôts ?

Il se rend compte qu'il s'est exprimé à voix haute et jette un coup d'œil inquiet aux livreurs. Mais ces derniers sont trop occupés pour y prêter attention.

Le Cordonnier s'arrête devant un petit entrepôt vert décrépi.

— C'est ici que nos chemins se séparent, déclare-t-il en me prenant le paquet des mains. J'espère que la Clé Noire ne s'est pas trompée à votre sujet.

— Pourquoi est-ce que vous faites ça ? questionné-je à brûle-pourpoint. Pourquoi m'aidez-vous ? Pourquoi l'aidez-vous... lui ?

Le Cordonnier détourne les yeux.

— Ils m'ont pris mon fils. Parce qu'il était grand et costaud. Il aimait fabriquer des chaussures, mais ils ont voulu faire de lui un régimentaire. Il leur appartient à présent.

Je croise son regard. J'y lis des années de colère, de chagrin, ainsi qu'un besoin désespéré de croire en un monde meilleur.

— Or la roue va bientôt tourner, ajoute-t-il.

Je ne me suis jamais demandé comment les régimentaires étaient sélectionnés. Alors quoi, je croyais qu'on leur laissait le choix ? Que des hommes se portaient volontaires pour remplir cette fonction ? Comme si le libre arbitre existait dans cette cité !

— Je suis désolée.

Il renâcle.

— Je n'ai pas besoin de votre pitié. J'aimerais juste récupérer mon fils. (Il fait coulisser la porte en métal.) Quelqu'un va venir vous trouver. N'ayez confiance en personne tant qu'on ne vous a pas montré la clé.

Sans autre cérémonie, il pivote sur ses talons et s'éloigne.

— Violet ?

La voix de Raven ramène mon attention vers l'entrepôt. J'en franchis le seuil et referme la porte derrière moi.

Mon amie se jette dans mes bras. Je sens ses omoplates saillantes sous mes mains tandis que je la serre contre moi. Son petit ventre rond s'écrase tendrement contre le mien.

— Je ne rêve pas, hein ? murmure-t-elle à mon oreille.

— Non. Je suis bel et bien réelle.

Elle s'écarte.

— Il a dit que je n'avais pas tout imaginé, que tu n'étais pas loin et que tu allais nous rejoindre, mais je ne le croyais pas. On m'a tellement menti ; je ne veux plus qu'on me mente.

Mon regard se pose derrière elle où se tient Ash. Il me décoche un sourire. Sans lâcher Raven, je lui tends la main. Il la serre fort.

— Tu es saine et sauve, souffle-t-il avec soulagement.

— Tu n'avais pas confiance en Lucien ? questionné-je d'un ton ironique.

— Je savais qu'il allait voler à ton secours. Mais je doutais fortement qu'il te ramène ici.

— Qui est Lucien ? demande Raven, le front plissé. Est-ce… est-ce…

Elle interroge Ash du regard.

— Je m'appelle Ash, lui rappelle-t-il gentiment.

Mon petit doigt me dit que ce n'est pas la première fois qu'elle lui pose la question.

— Lucien est caméristе. Tu l'as rencontré à…

Je suis sur le point de mentionner la morgue, mais je me ravise. Mieux vaut éviter d'employer ce terme.

— Dans la pièce avec le four.

Raven cligne des yeux.

— Oui. Je me souviens du feu. On l'a éteint toutes les deux. (Son visage devient blême.) Pourtant il a été brûlé, il a été brûlé vif. (Elle se prend la tête entre les mains.) Non, non, non…

— Raven, dis-je, en voulant lui caresser la joue.

Elle se dérobe et va se réfugier contre le mur opposé. Elle s'accroupit, passe ses bras autour de ses genoux et se met à marmonner les mêmes phrases qu'à la morgue. Sauf que cette fois, je comprends ses paroles.

— Je m'appelle Raven Stirling. Je suis assise contre un mur. Je suis réelle. Je suis plus forte que ça.

Elle se tape le pouce droit contre le front trois fois et répète le même mantra.

J'avance d'un pas vers elle, toutefois Ash m'enlace par la taille et me retient.

— Ne t'inquiète pas. Elle fait ça de temps à autre. Il vaut mieux la laisser un peu tranquille.

Mon corps se fond contre le sien. Je détourne les yeux de mon amie pour le contempler. J'effleure son visage lisse. Ses blessures ont disparu.

— Garnet m'a soigné. (Il touche la commissure de ma lèvre avec son pouce.) On dirait que quelqu'un s'est également occupé de toi.

J'acquiesce.

— Où est passé Garnet ?

Ash hausse les épaules.

— Il est retourné dans le Joyau, j'imagine. Je suis surpris qu'on l'ait revu, à vrai dire.

— Comment t'es-tu échappé ? Il y avait tellement de régimentaires…

Il lance un regard en direction de Raven.

— Elle nous a sauvés. Je ne sais pas comment. C'était comme dans les égouts, lorsque nous étions perdus et qu'elle a découvert la sortie. Parfois, elle… sait. Elle perçoit certaines choses. Pile au moment où le sifflet a retenti, elle m'a entraîné dans une impasse avec un passage secret dans le sol. Il donnait sur un souterrain qui débouchait sur différentes boutiques. C'était le bazar dans le tunnel, mais elle savait exactement où aller, quand s'arrêter, où se cacher. Nous sommes restés tapis dans le souterrain jusqu'à la nuit tombée. Puis elle a trouvé une issue qui nous a fait atterrir à une cinquantaine de mètres du marché de Landing. Ensuite, je nous ai amenés ici grâce à l'adresse que Garnet nous avait donnée. Je suppose que ça m'a aidé de connaître le quartier. (Il sourit.) Garnet était surpris que nous ayons localisé l'entrepôt. Ce n'est pas comme s'il nous avait vraiment aidés.

— Qu'est-ce que cette sorcière lui a fait ? marmonné-je.

Je revois les bras flasques et les petits yeux cruels de la comtesse de la Pierre.

Ash crispe les mâchoires.

— Je l'ignore. En tout cas, elle a des absences. Elle pense qu'elle est ailleurs. Elle est complètement traumatisée. Elle évoque souvent un certain Crow – son frère, je crois –, elle le voit brûler. Quant à toi, elle imagine qu'on t'arrache les yeux – c'était très dur à entendre. Elle se représente sa mère écorchée vive. (Il frémit.) Tout ça lui semble très réel.

Je ne connais pas les projets de Lucien, mais je veillerai à ce que la comtesse de la Pierre paie pour ce qu'elle a infligé à Raven.

La porte en fer coulisse de nouveau et un régimentaire apparaît dans l'encadrement. Je frissonne d'abord avant de m'apercevoir qu'il s'agit une fois de plus de Garnet.

— Ah, c'est bien. Vous êtes là ! s'exclame-t-il en fermant la porte. Nous avons un problème.

— Pour changer, commente Ash.

— Que se passe-t-il ? demandé-je.

— Rien, répond Garnet.

Il me tend une gourde. Je bois quelques goulées d'eau avec avidité avant de la passer à Ash.

— Les trains sont toujours annulés, reprend-il. Chaque parcelle du Commerce est inspectée par les régimentaires. Je crois que c'est la première fois de sa vie que Lucien est désemparé.

— Alors, qu'est-ce qu'on décide ? On attend ici, dans cet entrepôt ?

Garnet hausse les épaules.

— Je ne vois pas d'autre option.

— Mais nous ne sommes pas à l'abri. S'ils fouillent chaque centimètre carré du Commerce, ils vont finir par nous débusquer.

— Je ne suis pas Lucien, réplique-t-il. Je n'ai pas des tas de plans de secours dans mon sac.

— Que fabriquez-vous ici, alors, rétorqué-je. Si vous ne voulez pas vraiment aider, allez-vous-en !

Je ne veux pas me défouler sur Garnet. Mais il est hors de question qu'on traîne ici. Il faut que nous bougions, à présent.

Garnet s'empourpre.

— Vous ne pensez pas que j'ai envie de vous aider ? Que croyez-vous que j'ai fait jusqu'à maintenant ? Je vous ai sortie du palais, j'ai aidé votre petit copain à s'évader. J'ai menti à ma mère. J'ai conclu un arrangement avec Carnelian. Pour l'amour du ciel, j'ai même permis à l'un des disciples de Lucien de me tatouer !

Il déboutonne sa chemise. Juste au-dessus de son cœur apparaît le tatouage d'un passe-partout identique à celui du Cordonnier.

Je suis stupéfaite.

— Et si votre mère le découvre ?

Garnet semble embarrassé.

— Ça n'arrivera pas. Et le cas échéant, elle s'imaginera que c'est une blague ou bien que j'ai fait ça par défi. Elle ne le prendrait pas au sérieux.

— Je me suis trompée à votre sujet, dit Raven.

Je ne m'étais pas rendu compte qu'elle écoutait. Elle pose sur Garnet un regard déterminé.

— Vous n'êtes pas un lâche. (Ses yeux se voilent et se perdent dans le vide.) Vous n'avez jamais eu d'amis sincères. Vous aviez besoin de trouver une cause à défendre.

Garnet est embarrassé.

— Pensez ce que vous voulez.

Raven continue de le fixer.

— À partir du moment où on admet avoir besoin des gens, on prend le risque de les perdre, dit-elle. (Son regard s'éclaircit. Elle revient parmi nous.) Mais se reposer sur les autres, ça peut vous sauver la vie.

— À mon avis, déclaré-je, il faut qu'on s'en tienne au plan de départ et qu'on rejoigne la Ferme.

Si Lucien affirme que nous serons en sécurité dans la Ferme, je le crois.

— Nous appartenons désormais à ce groupe nous aussi. Le Cercle de la Clé Noire, dis-je, me rappelant les propos du Cordonnier. Même si nous n'en portons pas le tatouage.

Ash me regarde avec des yeux ronds.

— Je vous expliquerai ça plus tard. À moins que Lucien ne le fasse. Quoi qu'il en soit, réfléchissons à un plan. On ne peut pas demeurer ici les bras croisés.

— Vous avez des suggestions ? demande Garnet. Je suis tout ouïe.

Ash prend la parole.

— En vérité, je crois que j'ai une idée.

9.

— J'ai grandi ici, je connais la Fumée, dit Ash. Mieux que n'importe lequel d'entre vous. Il y a un train qui peut nous emmener dans la Ferme ni vu ni connu.

— Tous les trains sont bloqués à quai, objecté-je.

— Non. Pas chez Mme Curio. Ce train-là ne s'arrête jamais de circuler.

Ce nom me semble vaguement familier. De toute évidence, Garnet en a déjà entendu parler aussi. Il lance un regard ahuri à Ash.

— Vous avez perdu la tête ?

— Qu'est-ce que c'est que cet endroit ? questionné-je.

— Mon ancienne école de compagnons, m'explique Ash. Mme Curio est... était ma patronne. Je t'en ai parlé, tu te rappelles ? C'est elle qui m'a recruté.

Les pièces du puzzle se mettent en place. C'est la femme qui avait repéré Ash quand il avait emmené sa sœur, Cinder, à l'hôpital. Ce jour-là, Cinder avait appris qu'elle souffrait de la pneumoconiose des houilleurs. Seule raison pour laquelle Ash est devenu compagnon. « Je parie que toutes les filles sont folles de vous », Mme Curio avait-elle déclaré à Ash quand elle l'avait abordé.

— Quelle fonction exerce-t-elle dans cette école ?

Garnet lâche un ricanement.

— Elle dirige l'établissement, répond Ash. Elle supervise les compagnons, leur éducation et leur formation, et elle leur trouve des clients.

Sa gorge s'empourpre d'un coup. Il ne nous dit pas tout.

— Chaque école de compagnons possède sa propre gare, reprend-il, changeant de sujet. Leurs trains ne sont pas surveillés comme les transports publics. Si nous arrivons à monter à bord, nous aurons peut-être une chance d'atteindre la Ferme.

— En gros, nous sommes censés pénétrer dans votre ancien établissement, l'air de rien, et demander s'il est possible d'utiliser le train ? ironise Garnet. Je croyais qu'on vous avait formé l'esprit dans cette école. Or c'est l'idée la plus stupide que j'aie jamais entendue.

Ash lui décoche un regard assassin.

— Il y a plus d'une manière d'atteindre les quais.

— Tu veux dire qu'il n'y aura aucun régimentaire à bord du train ? continué-je d'une voix hésitante.

— Oh, il y en aura sûrement. Mais ça n'aura pas d'importance.

— Comment cela ? s'étonne Garnet.

— Tous ceux qui travaillent dans ce type d'établissement ne sont pas forcément des compagnons. Beaucoup sont là contre leur gré.

Je me hérisse.

— Tu es en train de nous expliquer qu'ils ont été kidnappés ? Pourquoi ?

— Ces garçons servent de partenaires aux compagnons. Ils sont là comme partenaires de combat, d'escrime. Ils sont également hommes à tout faire, au service de Madame. Quant aux filles, elles servent à… (Ash s'éclaircit la voix et le rouge s'étend à ses joues.) La pratique.

Il adresse un regard éloquent à Garnet, évitant soigneusement mon regard.

Garnet hausse un sourcil.

— Il y a un compartiment secret dans le train, poursuit Ash. C'est comme ça que ces jeunes gens passent la frontière, illégalement. Ce sera également notre voie de sortie.

Un long silence s'abat. Je songe à toutes ces filles, enlevées et emmenées de force dans des écoles de compagnons. Retenues prisonnières. Comme moi.

— Comment allez-vous entrer là-bas ? demande Garnet, pragmatique.

— Nous allons devoir attendre la tombée de la nuit, répond Ash. Et il va nous falloir de nouveaux habits…

Ash dresse une liste d'articles nécessaires. Garnet a pour mission de nous les rapporter.

Nous n'avons plus qu'à attendre. Je m'assieds près de Raven, qui n'a pas bougé d'un pouce depuis qu'elle s'est accroupie contre le mur. Ash s'installe sur une malle en bois près de la porte d'entrée, perdu dans ses pensées.

— Comment ça va, Raven ?

— Je ne suis plus dans cet horrible palais. Je ne m'étais pas sentie aussi bien depuis longtemps. (Elle cligne des yeux.) Est-ce que je t'ai remerciée ?

— Pour quoi ?

— Pour m'avoir sauvé la vie.

Je souris.

— Ne t'en fais pas pour ça.

Elle entrelace ses doigts aux miens. Les siens sont si fins et si fragiles que je crains de les briser en les serrant trop fort.

— Merci, Violet. (Elle place sa paume sur son ventre rond, à peine visible sous sa robe.) Parfois j'oublie, murmure-t-elle. Avant, j'avais mal tout le temps.

— Quand est-ce que tu es tombée enceinte ?

Raven ferme les paupières.

— Je… je ne sais pas. Émile, mon caméristе, m'a accompagnée dans le parc un après-midi. Je voulais voir si tu avais envoyé une autre fleur, mais je n'en ai trouvé aucune. Puis je suis allée rendre visite au médecin… (Une larme roule sur sa joue.) Ils l'ont fait grandir si vite en moi. Il me dévorait de l'intérieur. Mes os me faisaient souffrir et se ratatinaient. Il n'en finissait pas de se développer.

Je calcule brièvement dans ma tête. Son insémination remonte vraisemblablement à trois ou quatre semaines.

— Comment ?

Elle rouvre les yeux.

— Est-ce qu'ils ont déjà utilisé le pistolet stimulant sur toi ?

— Une seule fois.

Cet appareil sert à stimuler les Augures contre notre gré. Je me remémore le jour où le médecin l'a expérimenté sur moi. La douleur inouïe, la plante verte qui avait recouvert le lit médical et grimpé jusqu'au plafond. Après cela, j'ai réussi à faire pousser le chêne dans le parc. Ce jour-là, le docteur Blythe m'avait tenu un discours qui résonne encore dans ma tête.

Le pistolet stimule vos pouvoirs. Cependant il vous affaiblit physiquement. Les effets secondaires peuvent être très graves en cas d'abus.

Raven esquisse un sourire amer.

— Mon médecin l'employait sans cesse sur moi, surtout après que je suis tombée enceinte. Trois ou quatre fois par jour. J'avais beau vomir du sang et hurler de douleur, la comtesse s'en fichait pas mal. Elle voulait obtenir des résultats, un point c'est tout. (Elle tressaille.) Elle a obtenu ce qu'elle voulait. Il a dit… il a dit que j'étais enceinte de douze semaines ? Quatorze ? Je ne me souviens pas. Je ne voulais rien savoir.

— La comtesse désirait accélérer ta grossesse. C'est ce que la duchesse souhaitait également.

— La comtesse aimait les expériences, réplique froidement Raven. Voir jusqu'où elle pouvait aller. Elle voulait tirer les ficelles, contrôler mon esprit, mes souvenirs, les Augures, tout.

— C'est de là que… (Je déglutis avec peine.) C'est de là que viennent tes cicatrices ?

Raven se palpe le crâne d'une main.

— Elle prenait plaisir à me torturer, à planter son couteau dans mon cerveau. Elle aimait me faire voir des choses qui n'existaient pas, provoquer des hallucinations. (Son regard pétille soudain, vestige de son espièglerie passée.) Par contre, elle ne savait pas pour les murmures. Un jour, ils ont tenté quelque chose d'inédit. Le médecin pensait que ce serait une « expérience intéressante ». Ils se sont attaqués à une partie nouvelle de mon cerveau et ils ont cru que ça n'avait rien donné. Mais c'est là que les murmures ont commencé.

Je l'observe, hésitant à lui poser des questions. Je crains de raviver sa douleur.

— Qu'est-ce que te disent ces voix ?

— Toutes sortes de choses. Je sais quand quelqu'un a peur ou simule, quand quelqu'un ment ou aime en secret. Les murmures me le révèlent. Ils vont et viennent. C'est comme ça que j'ai découvert que la comtesse nourrit des pensées très sombres. À propos de sa mère. De son mari. De ses mères porteuses.

Raven se frotte les yeux.

— C'est comme si elle t'avait donné un sixième sens sans le faire exprès.

— Je savais que le jeune homme blond… Garnet… reviendrait, poursuit-elle. Il nous aime bien. Il se sent proche de nous. Et… (Son regard se pose sur Ash ; elle fronce les sourcils.) Ash. C'est bien comme cela qu'il s'appelle ?

Je hoche la tête.

— Il se déteste, dit-elle.

Une boule se forme dans ma gorge. Je ne sais rien de la vie qu'il a menée dans l'école des compagnons. Il n'a jamais partagé ces détails de son existence avec moi.

— Je veux redevenir comme avant, Violet. (Le visage de Raven se radoucit et elle renverse la tête en arrière.) Émile était gentil avec moi. Il m'apportait de la nourriture en cachette de temps à autre. Et il m'emmenait souvent dans le parc, où il me laissait t'envoyer des messages. Mais il m'a aussi raconté des choses. Il m'a dit que la comtesse achetait une mère porteuse chaque année. Elle se fiche d'avoir un héritier. Ce qui l'intéresse surtout, c'est de voir ce dont on est capables. Jusqu'à quel point on peut supporter la douleur. (Elle affiche un visage triste.) Il me croit sans doute morte à l'heure qu'il est.

— Je ne m'en ferais pas pour lui à ta place.

— Tu ne comprends pas. Tout ce que j'avais au monde, dans ce palais, c'était lui et toi. Je me raccrochais à l'espoir que tu allais bien, que la duchesse ne te torturait pas, même quand ils m'enfermaient dans une cage, ou me muselaient. Mais ça a été tellement dur quand ils ont commencé à m'inciser le cerveau. Elle m'a volé mes souvenirs et s'en est servie pour me faire du mal. Je n'étais plus en mesure de distinguer le vrai du faux. Émile m'a aidée. Il me rappelait qui j'étais. Parfois, il prononçait ton nom quand j'avais des trous de mémoire. (Une larme roule le long de sa joue.) Il n'avait pas le droit de dire mon nom, mais il me disait le tien.

— Elle le paiera cher, Raven. Je te le promets.

— Comment, Violet ? Comment sommes-nous censées nous venger ? Regarde-moi, dit-elle en se désignant d'un geste dépité. Je ne suis plus que l'ombre de moi-même. Et je ne redeviendrai plus jamais comme avant. Les dégâts sont trop profonds.

Je m'agenouille face à elle et la regarde droit dans les yeux.

— Écoute-moi bien. Tu m'as soutenue à Southgate, alors que j'étais paumée. Tu m'as insufflé ton courage. J'ai bien l'intention d'agir de même pour toi aujourd'hui. J'ai songé à toi sans arrêt quand j'étais au palais du Lac. Tu n'as pas quitté mes pensées. Je puisais mon énergie en toi. À présent, laisse-moi te transmettre cette force. (Je pose la main sur son épaule.) Je vais t'aider à aller mieux. Je vais te protéger.

Raven pose encore sa main sur son ventre.

— Est-ce que tu peux me protéger de ça ?

Je baisse les yeux. Ma gorge est tellement nouée que j'ai du mal à respirer.

Elle appuie sa joue contre mes doigts.

— Je suis si fatiguée, Violet. Est-ce que je peux aller dormir, maintenant ?

— Bien sûr.

— Tu ne vas pas t'en aller ? panique-t-elle.

— Non. Je ne bouge pas.

J'étends les jambes afin qu'elle puisse reposer sa tête sur mes cuisses. En l'espace de quelques minutes, sa respiration a ralenti et son corps s'est relaxé. Je chasse doucement les cheveux de son visage. Elle ressemble à la Raven d'antan.

Elle l'est toujours.

— Elle va bien ? demande Ash à voix basse depuis la porte.

— Je ne sais pas.

Peu à peu, la lumière baisse et la nuit se substitue au jour. L'entrepôt s'assombrit et l'air se rafraîchit. Je croise les bras autour de mon buste, et je grelotte malgré moi. Ash s'approche et m'enlace. Je m'abandonne contre lui, heureuse de l'avoir à mes côtés. Sa chaleur m'irradie.

— Tu as sauvé beaucoup de gens, constate-t-il.

— Pas encore.

— Tu n'es pas tendre avec toi-même.

Je ne réponds rien. À vrai dire, je ne me sens pas particulièrement fière de moi en ce moment. Je n'ai pas le sentiment d'être une sauveuse.

— Tu crois que ton plan va marcher ? Qu'on va réussir à s'enfuir à bord du train des compagnons ?

— Je l'ignore, Violet. Mais je n'ai pas d'autre idée. Comme tu l'as fait remarquer à juste titre, on ne peut pas rester ici.

J'acquiesce en silence. Je devrais probablement dormir un peu, mais mon esprit carbure, en proie à une multitude d'images auxquelles je ne préférerais pas penser – Raven dans une cage, Lily enceinte, Annabelle baignant dans son sang…

— Comment était ta vie au sein de l'école des compagnons ? demandé-je au bout d'un moment. Tu ne l'as jamais évoquée.

Il se crispe. Ma question lui déplaît. Il finit pourtant par y répondre.

— C'était très agréable. On était aux petits soins pour moi.

Un sourire m'échappe.

— Tu mens. Tu parles sur le ton que tu emploies avec tes clients. Cette politesse exagérée. Tu ne l'utilises que lorsque tu mens.

Un long moment s'écoule avant qu'il ne reprenne :

— C'était atroce.

Je me redresse pour lui faire face. Le faible éclairage projette des ombres autour de ses yeux. Il refuse de croiser mon regard, mais je ne détourne pas le mien. Les secondes s'écoulent.

— Tu ne veux pas savoir, dit-il finalement. Crois-moi.

— Si je ne voulais pas savoir, je ne t'aurais pas posé la question. Tu as parlé de jeunes garçons qu'on enlève, de filles dont on se sert comme esclaves sexuelles et j'ai le sentiment qu'il y a tout ce pan de ta vie que je ne comprends pas. Que se passe-t-il dans ces établissements ?

Son corps se raidit.

— Tu veux vraiment savoir ? Bien. Après avoir été arraché à ma famille à l'âge de quatorze ans moyennant la prise en charge médicale de ma sœur, j'ai suivi une formation d'un an. Mon instruction couvrait le domaine de l'art, de l'histoire, des mathématiques, de la musique et de l'escrime... C'était sympa, au départ. Mais le jour de mes quinze ans, Mme Curio m'a convoqué dans sa chambre, où elle m'a enseigné des choses que je n'avais pas encore apprises. Ce fut ma première expérience sexuelle.

Des picotements désagréables remontent le long de ma colonne.

— À partir de là, mes cours ont changé d'orientation. On m'envoyait des jeunes filles. Madame m'ordonnait de leur donner du plaisir. Je ne voulais pas. Les filles étaient terrifiées. Mais on ne tient pas tête à Madame. Mes enseignants observaient. Ils formulaient des critiques et m'instruisaient. C'était humiliant. Puis j'ai eu pour consigne de charmer des jeunes filles le jour et de coucher avec leur mère la nuit. J'ai eu des rapports avec des femmes assez âgées pour être ma grand-mère. Tout ça parce que Mme Curio m'a repéré devant l'hôpital et m'a trouvé beau.

Ash se lève brusquement et se met à arpenter les lieux, la bouche déformée, les poings crispés.

— Maintenant, tu comprends pourquoi je déteste mon apparence, combien je hais mon visage ? Sais-tu combien de fois j'ai porté un rasoir à mon œil et songé à me défigurer ? Mais c'est Cinder qui m'a permis de ne pas commettre l'irréparable. Elle avait besoin de moi. Si je saccageais mon joli minois, je perdais mon poste, et l'argent qui servait à son traitement. J'en ai vu beaucoup attenter à leurs jours. Tu connais le taux de suicide parmi les compagnons ? Non, personne ne le sait car on n'en parle pas. Qui cela intéresserait-il, hein ? Mais j'ai connu six garçons qui se sont donné la mort – et je ne te parle que de ceux que j'ai connus personnellement. Ceux qui ne se tuent pas se mutilent le corps, à des endroits qu'on ne peut pas voir – d'ordinaire sous le genou ou entre les orteils. À moins qu'ils ne se droguent aux opiacées jusqu'à ce que leur addiction devienne visible. Alors on les « marque » et on les jette à la rue. Certains développent un goût violent pour le sexe ; ils violent les filles de la maison ou bien fricotent avec des prostituées. À chaque ami que tu te fais, tu en perds trois, peu importe comment, peu importe pourquoi, de toute façon, il y a sans cesse un nouvel arrivage de jeunes recrues. Nous sommes anonymes ; on nous jette aussi facilement qu'un vêtement démodé. (Il me regarde avec une méchanceté que je ne lui ai jamais connue.) Voilà à quoi ressemble la vie dans une école de compagnons.

Je reste sans voix. J'essaie de paraître placide, voire compatissante, mais les muscles de mon visage refusent de m'obéir. J'avais présumé à tort que l'établissement où Ash avait été formé était un peu similaire à Southgate. Mais la drogue ? Les viols ? Le suicide ?

— Ça ne signifie rien. Tu n'es pas cette personne.

— Si ! hurle Ash, tirant brutalement Raven de son sommeil. Je t'avais mise en garde, Violet. Mais tu as voulu savoir.

— Je vous en prie, ne vous disputez pas, nous implore Raven en se prenant la tête entre les mains.

— Ce n'est pas le cas, la rassuré-je. Nous étions juste en train de… parler.

L'interruption de Raven a quelque peu calmé Ash.

— Je suis navré, s'excuse-t-il auprès d'elle. Je ne voulais pas te réveiller.

— Tu ne veux pas y retourner, devine Raven en se frottant les yeux. Tu as peur.

Un lourd silence tombe. Raven se tourne vers moi, le regard perdu dans le lointain.

— Il t'aime, tu comprends ? Il t'aime et il se hait. Il pense qu'il ne sera jamais assez bien, ni pour toi ni pour sa famille ni pour personne. On l'a enlevé aux siens, on lui a retourné le cerveau, on l'a corrompu et ce qui était bon en lui s'est dégradé et a pourri. Il a honte. (Elle revient à la réalité et dévisage Ash.) Nous avons tous des choses dont nous avons honte.

Ash est bouche bée.

— Comment sais-tu…

À cet instant, la porte de l'entrepôt s'ouvre en coulissant et nous bondissons de surprise.

— Voilà, déclare Garnet en lâchant un grand sac en toile et en refermant la porte. Je vous ai rapporté ce que vous m'avez demandé. (Il observe la scène : Raven et moi assises par terre, Ash debout face à nous, l'air choqué.) Est-ce que je vous interromps au mauvais moment ?

— Non, réponds-je en me levant.

— Dans ce cas, changez-vous et vite, réplique Garnet. J'ai confié notre plan à Lucien et il est plutôt…

L'arcane se met à vibrer. Je l'extirpe de mon chignon tandis que la voix de Lucien nous parvient.

— Ce plan ne me dit rien qui vaille, annonce-t-il d'entrée de jeu.

— Il ne me plaît pas plus qu'à vous, cependant ce n'est pas comme si on avait l'embarras du choix. Vous voulez que je gagne la Ferme ? C'est notre meilleure option.

— Ce n'est pas pour autant que j'y adhère.

Je lève les bras en l'air, exaspérée.

— Eh bien, vous faites plein de choses qui ne remportent pas mon adhésion, mais je vous suis quand même. À votre tour d'avoir confiance en moi.

— C'est le cas. C'est de *lui* que je me méfie.

— Si c'est à Ash que vous pensez, vous pouvez aussi avoir confiance en lui.

— Violet, une fois que vous serez dans l'enceinte de l'école des compagnons, je ne pourrai plus rien pour vous. Vous serez livrée à vous-même.

Je jette un regard à mes amis.

— Non. Vous vous trompez. Je ne serai pas seule.

— Vous voyez ce que je veux dire.

Je pousse un soupir.

— Oui. Et je n'ai pas envie de me chamailler avec vous, Lucien. J'essaie de découvrir un moyen de sauver notre peau. C'est ce que vous vouliez, non ?

Il ne répond pas immédiatement.

— Je sais, mon enfant, concède-t-il enfin d'une voix lasse.

— Que se passe-t-il dans le Joyau ? Est-ce qu'il y a quelque chose que nous devrions savoir ?

J'entends le sourire dans la voix de Lucien.

— La cote de popularité de la duchesse n'a jamais été aussi haute. Il semblerait que votre viol… (Ce mot me fait tressaillir) et l'évasion du compagnon lui aient attiré la sympathie des gens. Chacun désire lui rendre visite.

Ma gorge se noue et je me représente ma chambre au palais du Lac.

— Qu'est-il arrivé à… Annabelle ?

— Je ne sais pas. On a probablement conduit son corps à la morgue où il aura été incinéré. Personne n'en parle. Les domestiques n'osent pas aborder le sujet. Sauf pour témoigner leur soutien à Cora, évidemment.

Je fronce les sourcils.

— Pourquoi à Cora ?

— Vous n'étiez pas au courant ? Annabelle était la fille de Cora.

— Quoi ?!

J'ignorais tout d'Annabelle. Je me sens honteuse de n'avoir jamais pensé à lui poser de questions sur ses origines. Cora s'est-elle jamais montrée maternelle envers Annabelle en ma présence ? Dans mes souvenirs, elle la traitait comme n'importe quelle autre employée.

Comment peut-elle continuer à vivre là où sa fille est morte ? Comment supporte-t-elle de servir la femme qui a assassiné sa fille de sang-froid ?

— Je dois vous laisser, lance abruptement Lucien.

L'arcane se tait et tombe. J'ouvre la main juste à temps pour le rattraper.

Raven fixe l'espace où planait le dispositif quelques secondes plus tôt d'un air stupéfait.

— Je n'ai pas rêvé ?

— Non. Mais le temps presse. Il faut qu'on se change.

Ash a déjà fouillé dans le sac et en a sorti des habits.

— Violet…

Je secoue la tête.

— Ce n'est rien, dis-je.

— Si. Je n'aurais pas dû… je ne voulais pas crier.

— Je sais.

L'école des compagnons a l'air cent fois pire que Southgate. Or je n'ai aucun désir de retourner dans mon ancien institut. Je comprends la réaction d'Ash. Mais nous n'avons pas de temps à perdre en excuses.

Ash acquiesce d'un signe de tête et me tend le sac en toile.

10.

Je me réfugie à l'arrière de l'entrepôt avec Raven pour m'y changer à l'abri des regards.

J'ouvre le sac en toile, qui contient un tourbillon de couleurs, de dentelles et de satin. Je vide le contenu du sac et me mets à faire le tri. Les vêtements n'ont pas beaucoup de tissu. C'est le but.

Je brandis une paire de bas.

— Bon, m'exclamé-je avec un entrain un peu forcé. Quelle couleur préfères-tu ? Rouge ou rose ?

Elle hausse les épaules et je lui passe les rouges. Elle ôte sa robe marron et je remarque un bleu de la taille de mon poing à la base de sa colonne. Des veines mauves irradient tout autour.

— Oh, Raven !

Elle plaque sa main dessus, gênée.

— Les aiguilles, c'était encore pire, marmonne-t-elle en se palpant le cuir chevelu.

Les robes ressemblent davantage à des sous-vêtements. Des jupons en dentelle et des corsets-bustiers. Raven est tellement fine qu'elle nage dans le sien, mais le mien est extrêmement ajusté, exposant beaucoup trop de chair à mon goût. Si seulement j'avais une écharpe pour me couvrir la gorge !

Dans le sac, je déniche une trousse de maquillage contenant un rouge à lèvres criard, du blush pour rehausser nos pommettes, et de l'eye-liner noir charbon pour souligner notre regard. Nous nous peignons le visage à tour de rôle, bien que nous n'ayons aucune compétence particulière dans ce domaine.

— Bien, conclus-je en fourrant nos habits dans le sac. Allons-y.

Les regards que nous adressent Garnet et Ash quand nous les rejoignons sont à la fois flatteurs et embarrassants. Ceux d'Ash ne me dérangent pas plus que ça. Après tout, il m'a déjà vue dans mon plus simple appareil. Garnet, c'est une tout autre histoire. Il contemple d'ailleurs Raven comme s'il la voyait pour la première fois. Le maquillage adoucit son visage, un peu réanimé dans sa beauté passée. Sa peau est beaucoup plus lisse et pure, l'ivoire de son corset en satin fait joliment ressortir son teint caramel.

Raven finit par se rendre compte qu'il la fixe.

— Qu'est-ce qu'il y a ? l'agresse-t-elle.

Il s'empresse de détourner les yeux.

— Vous feriez mieux d'y aller, nous conseille-t-il.

Ash a enfilé une tenue semblable à celle qu'il portait le jour où je l'ai rencontré : un pantalon beige et une chemise blanche surmontée d'un long pardessus. Je me demande s'il s'agit de l'uniforme standard du compagnon.

— Reste près de moi, me suggère-t-il. Il fait très froid.

— J'imagine qu'on ne porte pas de manteaux ?

Ash me décoche un sourire canaille.

— Le but, c'est d'être le moins couvert possible.

Ce n'est pas pour moi que je m'inquiète mais pour Raven. Elle est mince et fragile en ce moment.

— Je ne suis pas en sucre, rétorque-t-elle, comme si elle avait lu dans mes pensées.

— Je croise les doigts pour que votre plan fonctionne, prie Garnet.

— Moi aussi, répond Ash.

Garnet nous inspecte les uns après les autres, ouvre la bouche, se ravise, et passe la main dans ses cheveux.

— Eh bien, je vous souhaite bonne chance !

Sur ces mots, il pivote sur ses talons et quitte l'entrepôt.

— Prêtes ? nous demande Ash.

— Attends, répliqué-je. Ton visage est placardé sur tous les murs des bâtiments de ce cercle. Et si…

Je ne me suis jamais servie de mes pouvoirs sur une personne, mais il m'est impossible de me payer le luxe de douter. Je tends le bras et agrippe une mèche de ses cheveux.

— Qu'est-ce que tu fabriques ? bredouille Ash.

J'invoque les Augures.

Un : le voir tel qu'il est. Deux : se le représenter mentalement. Trois : le plier à sa volonté.

Sa tignasse châtain se colore peu à peu en blond au contact de mes doigts. Ma tête m'élance.

— Voilà, dis-je en me massant la tempe gauche. Peut-être que ça va aider un peu. Je n'ai pas envie qu'on te reconnaisse encore.

Ash s'ébouriffe les cheveux et regarde sa main, comme si la couleur avait pu déteindre.

Il est manifestement impressionné.

On quitte l'entrepôt et on se déplace à travers la ville, privilégiant les ruelles sombres. Les rares passants nous jettent des regards réprobateurs. Pourtant, dans l'ensemble, le quartier est désert. Il est près de minuit. L'air est glacial ; en quelques secondes, mes dents commencent à claquer. Ash enroule son bras autour de mon épaule.

Au bout d'une vingtaine de minutes de marche, nous atteignons ce qui est vraisemblablement la zone la plus pauvre du Commerce. Les bâtiments sont vieux et décrépits, leur porche à moitié en ruine et leurs fenêtres barricadées.

— Bon, enlacez-moi toutes les deux, nous indique Ash. Faisons semblant d'être ivres.

Je me dis qu'un verre de vin ou deux – voire douze – ne m'auraient pas fait de mal. Cette rue coupe-gorge me donne froid dans le dos. Ash se place entre nous. Raven se pend à son bras tandis que je le prends par la taille.

Au premier croisement, nous dépassons une taverne. Puis une autre. Et une autre. Une musique forte – violons, percussions et banjo – se déverse brutalement dans la rue quand la porte s'ouvre à toute volée. Deux hommes jaillissent de l'établissement en se battant à coups de poing. Ils tombent par terre. Cela me rappelle trop la manière dont mon père est mort. Je me cramponne à Ash et nous pressons le pas.

Nous passons ensuite devant un trio d'hommes visiblement saouls comme des cochons. En nous apercevant Raven et moi, ils sifflent. L'un d'eux aborde Ash :

— Ça te dirait de partager ? J'ai du bleu si tu veux faire la fête.

— Casse-toi, rétorque Ash. Dégote-toi ta propre pute.

— Ash, sifflé-je une fois que les ivrognes se sont éloignés en grommelant. Sérieusement ?

Il part d'un rire sans joie.

— Bienvenue dans mon univers.

Nous tournons à l'angle d'une rue et une odeur m'assaille aussitôt les narines – un parfum fort et fleuri qui ne camoufle pas tout à fait une autre odeur, âcre.

— Salut mon joli, lance une adolescente de quinze ans au plus depuis le perron d'une maison rose et jaune très tape-à-l'œil ; elle porte encore moins de tissu que Raven et moi réunies. Tu veux une troisième femme ?

— Lâche-nous, m'écrié-je.

Elle hausse les épaules et allume une cigarette.

— Très convaincante, chuchote Ash au creux de mon cou.

— Cet endroit est horrible, déclaré-je à voix basse.

— Ce sont les Bas-Fonds, la destination de prédilection des amateurs de sexe et de drogue.

— C'est ça qu'il appelait le « bleu » ?

Il acquiesce d'un signe de tête.

— Une forme d'opiacé. Le liquide obtenu a une teinte bleue, d'où le surnom.

Nous croisons encore trois bordels et quelques tavernes avant d'atteindre l'extrémité des Bas-Fonds. Le changement de décor est radical. Les immeubles miteux sont soudain remplacés par un petit parc bien entretenu illuminé par des réverbères. Une tour horloge de l'autre côté de la place m'indique qu'il est minuit passé. Un couple est assis sur un banc non loin et un homme promène son chien à quelques mètres de nous. À part ça, le quartier est désert.

— On y est presque, murmure Ash.

Nous traversons le parc au pas de course. En nous apercevant, l'homme au chien secoue la tête d'un air dépité et marmonne dans sa barbe.

Une fois de l'autre côté, Ash m'agrippe le bras.

— Arrête-toi, ordonne-t-il.

Un mur surmonté de pointes minuscules s'étend le long de la rue. Cela me rappelle l'espace confiné de Southgate, véritable forteresse au milieu du Marais. Deux régimentaires effectuent leur tour de ronde devant l'enceinte. Ils marchent dans notre direction. À leur vue, ma gorge se noue.

— Embrasse-moi, chuchote Ash.

Je m'exécute et écrase ma bouche contre la sienne. Pour la première fois, je ne pense pas au contact de ses lèvres ou de son corps. J'ai seulement conscience de son cœur qui bat à l'unisson du mien. Je m'attends à ce que quelqu'un crie ou donne l'alarme à tout instant.

Finalement, Ash s'écarte. Je me retourne juste à temps pour voir les gardes disparaître à l'angle de la rue.

— Allons-y. Vite.

Ash traverse la rue en trottinant et Raven et moi le suivons. Il fait courir sa main le long du mur en pierre. Il s'arrête brusquement.

— Ici.

Je ne vois rien de plus qu'un mur. Pourtant Ash saisit une pierre et la tire à lui. Elle se détache du rempart, révélant un gros cadenas noir à combinaison.

— Tu connais le code ?

Ash fixe le cadenas pendant quelques secondes. Je suis sur le point de lui rappeler que nous n'avons pas toute la nuit devant nous lorsqu'il se met à le tourner. À droite, à gauche, puis à droite.

Un déclic retentit.

Ash ouvre une porte qui se fondait jusque-là dans le mur.

— Viens, souffle-t-il.

J'entre en premier, entraînant Raven à ma suite. Ash referme la porte sur son passage.

Je pivote sur moi-même et me fige net. L'école des compagnons n'est absolument pas comme je me l'imaginais. Six petits bâtiments en brique rouge sont éparpillés sur une vaste pelouse verte. Des sentiers serpentent parmi eux. Sur ma gauche, un lac qui commence à geler, entouré de bosquets. Des réverbères jalonnent l'ensemble de la propriété.

C'est un lieu très agréable.

— La gare se situe à l'autre bout, murmure Ash. Par ici.

Il emprunte un sentier ; nos semelles crissent sur le gravier, les talons de mes escarpins se tordent. Le domaine est plongé dans l'ombre. Pas un bruit, pas un mouvement.

Soudain, la porte arrière de l'une des bâtisses s'ouvre et nous nous figeons. Une silhouette apparaît dans la nuit et s'engage sur le chemin devant nous. Le craquement d'une allumette retentit et une cigarette s'allume. En nous voyant, l'homme part d'un éclat de rire.

— Tu es encore allé faire un tour aux Bas-Fonds, Till ? Madame est sortie, mais Billings est de garde. Si tu ne veux pas qu'il te voie en si charmante compagnie, tu ferais mieux de te dépêcher de les faire rentrer.

— Rye ? s'exclame Ash en s'avançant vers lui.

La silhouette se rapproche de nous. La faible lumière des réverbères éclaire son visage. C'est un jeune homme de l'âge d'Ash. Il est plus grand et sa peau est foncée comme celle de la Lionne. Des cheveux noirs crépus encadrent son très beau visage typé. Ses yeux s'écarquillent de surprise.

— Ash ? Qu'est-ce… comment… qu'est-ce que tu fais ici ? Toute la ville est à ta recherche ! Tu t'es teint les cheveux ? (Son regard se porte sur nous.) Tu choisis bizarrement ton moment pour commencer à expérimenter des professionnelles.

— Ce ne sont pas des prostituées, rétorque Ash. Il faut que nous montions à bord du train.

— Le train est parti, fait Rye en fronçant les sourcils. À l'heure qu'il est, il a atteint la Fumée.

Mon cœur chavire. Que fait-on maintenant ?

— Est-ce que tu veux bien nous héberger ? demande Ash. Il faut qu'on se cache jusqu'au retour du train.

Rye met une éternité à répondre. Il tire longuement sur sa cigarette et recrache une épaisse volute blanche dans la nuit. Puis il jette son mégot.

— Bien sûr, mon vieux. Je veux bien te donner un coup de pouce. Mais tu vas devoir m'expliquer comment tu as réussi à t'échapper du marché de Landing, alors qu'il grouillait de régimentaires. Allez, venez.

Rye nous conduit à l'intérieur, longe un couloir qui sent le pot-pourri et le bois de santal. Nous grimpons une volée de marches et remontons un corridor. Je suis tendue, prête à bondir à la moindre alerte. Je ne connais rien de cet homme, mais à partir du moment où Ash lui fait confiance, je le suis les yeux fermés. Cependant il y a tellement de garçons qui vivent sous ce toit... Je me sentais beaucoup plus en sécurité à l'entrepôt.

Rye ouvre une porte, allume la lumière et nous invite à entrer.

Nous pénétrons dans une très grande et très belle chambre. Deux lits sont disposés contre des murs opposés. La pièce est décorée dans des tons blancs et dorés. Un sofa rayé et un fauteuil assorti sont réunis près d'une grande fenêtre. Mais les objets les plus impressionnants de la chambre sont les deux miroirs gigantesques suspendus au-dessus de deux coiffeuses, si tant est qu'on puisse trouver ce genre de meubles dans la chambre d'un garçon.

L'un des deux lits est immaculé ; la coiffeuse du même côté de la pièce exhibe une variété de pots de crème, de fioles et de brosses. L'autre lit est défait, parsemé de vêtements ; la coiffeuse associée est sens dessus dessous ; les pots sont ouverts, débordant de crème, et des pilules orange sont éparpillées sur sa surface.

— Qu'on est bien chez soi, marmonne Ash en parcourant les lieux du regard.

— C'est ta chambre ? demandé-je.

Raven se méfie. Elle reste près de la porte.

— Rye est… était mon camarade de chambre.

Son expression change du tout au tout ; son regard se pose sur la coiffeuse soigneusement rangée. Il s'en approche comme un automate et saisit un cadre argenté contenant une photo. Il la serre des deux mains et s'effondre sur le lit.

Je m'assieds près de lui.

— C'est… ta famille ?

Ash me fait signe que oui. C'est un cliché en noir et blanc pris devant une maison très délabrée. Un homme massif dont Ash a hérité le nez enlace deux garçons costauds qui regardent l'objectif avec un grand sourire malicieux qui n'est pas sans me rappeler celui d'Ash. Une femme se tient près d'eux ; Ash est son portrait craché, c'est stupéfiant. Elle pose les mains sur les épaules d'une fillette à la chevelure bouclée arborant un sourire immense. Elle me fait penser à ma petite sœur même si elle ne lui ressemble pas du tout.

— C'est Cinder ? (Ash hoche la tête.) Elle est adorable. Où es-tu, toi ?

Il se racle la gorge.

— C'est moi qui ai pris la photo. L'un de nos voisins avait acheté un appareil. Il m'a montré comment m'en servir.

Il retourne le cadre et le démonte. Il sort la photo avec précaution, prenant soin de ne pas l'abîmer. Il la plie en deux et la fourre dans sa poche, abandonnant le cadre vide sur la coiffeuse.

— Alors, dit Rye, brisant notre bulle d'intimité. Tu veux bien m'expliquer ce que tu fiches ici, nom de nom ? Et qui sont ces filles ?

Raven lui décoche un regard noir. Rye s'est avachi sur son lit, où il dévisse le bouchon d'une petite flasque contenant un liquide bleu.

Ash pousse un soupir.

— Depuis quand est-ce que tu prends ces cochonneries ?

Rye hausse les épaules et sort un mince tube en verre de la flasque. Il renverse la tête en arrière et se verse une goutte du produit dans chaque œil.

— Tu n'imagines pas ce que j'ai dû faire pour ma dernière cliente, dit-il en clignant des yeux et en essuyant l'excès de liquide qui a dégouliné sur ses joues. J'en ai besoin. Prie pour ne jamais être assigné à la Maison de la Plume. Cette femme a des penchants très étranges.

Je me souviens de lady de la Plume, que j'ai croisée aux fiançailles de Garnet. Elle était plus ou moins semblable aux autres dames de sa caste. Je ne préfère pas songer à ce qu'elle fait à huis clos.

— Elle a employé six compagnons avant d'arriver à fiancer sa fille, poursuit Rye. Bale est passé en dernier. Il me semble qu'il ne s'en est toujours pas remis. Depuis son retour, il n'a pas encore repris du service. Moi non plus, d'ailleurs. Et je ne vais pas m'en plaindre. (Il éclate de rire.) Je suppose que ce n'est plus ton problème, de toute façon ? Fini, les clientes. (Il se rallonge contre son oreiller et pousse un soupir.) Tu te rappelles lady du Fleuve ? On se l'est tapée tous les deux, je me trompe ? C'était autre chose.

— Ash ne fait plus ça, interviens-je.

Rye ricane.

— Tu es qui, toi ? Sa copine ?

— Il faut qu'on monte à bord de ce train, rétorque Ash. Et on ne peut pas rester planqués dans cette chambre en attendant qu'il revienne.

— Mon frère, pour le moment, tu es coincé ici. Tous les bâtiments sont fermés. Tu ferais tout aussi bien de passer la nuit dans ton lit.

— Cet endroit est corrompu, déclare Raven. Je n'aime vraiment pas les ondes qui s'en dégagent.

— Nous partirons bientôt, la rassuré-je.

Elle va se placer devant l'un des miroirs et y contemple son reflet.

— Je les ai laissés te prendre tes yeux, dit-elle. Les arracher comme de petits bijoux et me les offrir en cadeaux. Ils m'ont demandé de choisir. Mais je faisais le mauvais choix chaque fois.

Raven se frappe la tempe ; je lui saisis le poignet avant qu'elle ne recommence.

— Je m'appelle Raven Stirling, bafouille-t-elle. Je me regarde dans un miroir. Je suis plus forte que ça.

— Ash, tu me dois vraiment des explications, insiste Rye en nous dévisageant Raven et moi d'un air incrédule. Que s'est-il passé ? Tout ce qu'on nous a raconté, c'est que tu as violé une mère porteuse et...

— Il n'a violé personne, le coupé-je.

Rye ouvre des yeux ronds.

— Non... ne me dis pas que c'est elle, la mère porteuse en question ? (Il affiche un air grave et se lève en sursaut.) Il faut qu'elles s'en aillent. Maintenant. Je veux bien t'aider toi, mais hors de question que je risque ma peau pour une mère porteuse. Tu as perdu la tête ? Est-ce que tu sais ce que...

— Je l'aime, l'interrompt Ash d'un ton résigné. Je suis tombé amoureux d'elle, Rye.

Celui-ci glisse la main dans ses cheveux crépus. Il s'assoit au bord de son lit et repose son menton au creux de ses paumes. Il nous regarde tour à tour. Je me sens ridicule dans cet accoutrement stupide. J'aimerais sortir de cette enveloppe corporelle et lui montrer cette place que je réserve à Ash. Il est inextricablement mêlé à mon sang, ma chair, mes os. Je veux que son camarade voie que nous sommes des âmes sœurs.

— Tu l'aimes ? Prouve-le, lance Rye en réponse à mes pensées.

— On s'est fait surprendre, dit Ash. Voilà ce qui s'est réellement passé. Tu me connais. Tu penses franchement que je forcerais une mère porteuse à coucher avec moi ? Que je poserais les yeux sur une mère porteuse ? J'excellais dans mon travail. Elle… (Il esquisse ce sourire qui me fait craquer.) Elle m'a pris au dépourvu. Mais une fois que je me suis autorisé à l'aimer, je n'ai pas pu reculer.

— Du coup, tu as mis ta vie en danger pour elle ?

— Oui.

— Et celle de Cinder aussi ?

Ash contracte les mâchoires.

— Inutile de me le dire.

Cette idée ne m'avait jamais traversé l'esprit. La vie de Cinder dépend entièrement de la profession d'Ash.

Les mots me manquent. Il savait. Il savait et il a quand même pris ce risque inconsidéré pour moi. Mon ventre est tiraillé par la culpabilité.

Rye se mordille la lèvre d'un air songeur. Puis il secoue la tête.

— Repose-toi. On en reparlera demain matin.

Il pose sur moi un regard curieux, comme si je sortais tout droit d'un conte de fées, comme l'esprit des eaux dans *Le Puits aux souhaits.* Puis il ôte son pull d'un geste gracieux. Il a la peau lisse, les muscles sculptés. À cette vue, mes joues me brûlent. Dans mon champ de vision périphérique, je vois Ash lever les yeux au plafond.

— Bonne nuit, Rye, déclare-t-il.

Rye me décoche un sourire envoûtant.

— Sauf si tu veux que je te dégote un peu d'X, Ash ?

— *Bonne nuit*, Rye, répète-t-il.

— Qu'est-ce que c'est que de l'X ? demandé-je tandis que nous gagnons la salle de bains avec Raven pour nous démaquiller. Encore une drogue ?

Ash devient rouge comme une tomate.

— Un contraceptif du marché noir.

Je pousse un cri étouffé.

— Quoi ?

Les moyens de contraception sont illégaux dans la Cité solitaire. On le sait tous.

Ash ouvre un tiroir de sa commode. Il détourne le visage.

— Il existe un sérum qui empêche les hommes d'être fertiles pendant quelques heures. Mais la voie d'administration est assez désagréable… Et si jamais on se fait prendre, on risque la peine capitale.

— Pourquoi est-ce désagréable ? questionné-je, alors qu'il me tend un immense tee-shirt en coton.

Il esquisse une grimace.

— Il faut se l'injecter à l'aide d'une seringue dans une zone très sensible du corps.

— Oh…

J'écarquille les yeux.

Nous nous lavons et nous enfilons nos pyjamas de fortune. Quand nous ressortons de la salle de bains, Rye ronfle très doucement.

— Prenez le lit, propose Ash. Je vais dormir sur le canapé.

J'aide Raven à se faufiler sous la couverture, puis je me tourne vers lui.

— Cinder… je n'y avais même pas pensé… Que va-t-il lui arriver ?

Il baisse les yeux.

— Je l'ignore.

— Est-ce qu'on peut faire quelque chose ?

Il part d'un rire sans joie.

— Violet, regarde-nous. On ne sait même pas comment on va s'en sortir nous-mêmes.

Il a raison. Je cherche des mots de réconfort, mais rien ne me vient à l'esprit. Dire que je suis désolée n'est pas suffisant. Et exprimer mes remords serait mentir. Je ne regrette pas ma relation avec Ash. Si c'était à refaire, je n'hésiterais pas.

— On trouvera une solution, assure Ash en me caressant le bras. Rye va nous aider.

— Tu es sûr qu'on peut se fier à lui ?

— Je me fie bien à Lucien, rétorque sèchement Ash. Je pense qu'à ton tour, tu peux avoir confiance en mon ami.

— Bien sûr, répliqué-je, quoique sa remarque m'ait vexée.

Il pousse un soupir.

— Essayons de dormir un peu. Nous en avons tous besoin.

Je me glisse sous les draps et Raven pose sa joue sur mon épaule. Ma tête s'enfonce dans l'oreiller. Cela fait si longtemps que je n'ai pas dormi dans un vrai lit que je m'endors au bout de quelques secondes.

11.

Je suis réveillée au petit matin par des murmures.

— … c'était un accident, chuchote Ash. Elle n'était même pas censée être dans cette aile du palais.

— Quand est-ce que tu as su que c'était elle ? s'enquiert Rye.

— Je ne sais pas précisément. C'est difficile à dire. Une fois que je l'ai vue, je ne pouvais plus… faire comme si je ne la voyais pas. Tu comprends ? D'ordinaire, on ne regarde pas les mères porteuses. Mais soudain, c'était devenu une personne à part entière, une jeune fille belle et intelligente qu'on traitait plus bas que terre. Tu devrais l'entendre jouer du violoncelle, Rye. Elle nous transporte sur une autre planète. Violet m'a donné le sentiment d'être de nouveau un homme. Elle m'a redonné goût à la vie.

— Ça a dû te faire un bien fou d'être avec quelqu'un de ton âge. En dehors des filles de la maison, j'entends.

— Ne sois pas si moqueur, Rye. Ça ne te ressemble pas.

— Il y a des mois que tu ne m'as pas vu. J'ai beaucoup changé.

— J'ai cru comprendre. Alors, tu te drogues à l'opium, maintenant ? Tu veux vraiment devenir comme tous ces types ?

Rye pousse un long soupir. Le matelas grince.

— J'ai craqué. Emory est mort. Miles est tellement accro qu'ils vont bientôt le marquer et le jeter à la rue. Jig est mort. Trac commence à se mutiler sur des zones visibles. Birch sera bientôt trop vieux pour remplir sa fonction. Toi, tu es en cavale. Qui reste-t-il de notre ancienne équipe ?

Un long silence s'installe.

— Emory est mort ?

— Oui.

— Mais il était toujours si joyeux…

— Je sais.

— Je n'avais pas l'intention de te laisser en plan.

— Ne commence pas à culpabiliser. Je suis responsable de mes choix. Comme toi des tiens.

— Aucun d'entre nous n'a choisi d'être compagnon, Rye.

— Bien sûr que si.

— On nous a menti, on nous a fait du chantage, on nous a soudoyés pour nous appâter. Ce n'est pas ce que j'appelle un choix. Si tu avais su en quoi ce métier consistait, est-ce que tu l'aurais accepté ?

— La question ne s'est jamais vraiment posée. Tu le sais mieux que personne. Ma famille avait besoin de cet argent.

— Exactement. Nous n'avions pas d'autre option.

— Tu te fais du mal. Je ne vois pas l'intérêt de penser à ça.

— Moi non plus, avant. Violet a changé ma vision des choses. Les mères porteuses sont comme nous. Elles n'ont pas le choix. Et pourtant je les ai traitées comme des meubles pendant longtemps. Je ne les considérais pas comme des êtres humains. J'étais aussi minable que les membres de la royauté que j'abhorre. (Il lâche un soupir.) Je ne veux plus être comme eux. Pas question.

— Où as-tu l'intention d'aller ? demande Rye après un silence. Où que tu ailles, les autorités te retrouveront. N'oublie pas que tu t'es mis à dos une Maison Fondatrice. Tu n'aurais pas dû tomber amoureux d'une mère porteuse du troisième tiers.

— Nous ne sommes pas seuls. Violet a un allié qui va nous aider à fuir. Je sais que c'est un homme de confiance même si je ne le porte pas dans mon cœur.

Rye ricane.

— Tu es jaloux ?

— Pas vraiment.

Son ton me laisse pourtant entendre le contraire. C'est étrange. Ash n'a aucune raison d'être jaloux de Lucien.

— C'est bizarre, reprend Rye. Ton évasion fait la une des journaux, alors que la disparition de la mère porteuse n'a même pas été évoquée. Pas un potin, pas une rumeur, rien. Tu es le sujet brûlant du moment, mais ta petite copine… enfin, cette histoire ferait l'effet d'une vraie bombe, non ?

— Je me suis posé la question. La duchesse est une femme d'une intelligence et d'une ambition incroyables. Si elle a caché la disparition de Violet, c'est qu'elle a une idée derrière la tête.

À cet instant, Raven se redresse comme un ressort, nous faisant tous sursauter.

— Quelqu'un approche, siffle-t-elle.

Ash se lève d'un bond.

— Cachez-vous dans la salle de bains, nous ordonne-t-il.

On s'exécute sans attendre. Ash refait le lit en quatrième vitesse. Pendant ce temps, Rye observe la scène d'un air perplexe.

— Que se passe-t-il ?

— Aie confiance en son instinct : si Raven dit que quelqu'un approche, c'est que quelqu'un approche, répond Ash.

Il finit de lisser les couvertures et nous rejoint dans la salle de bains. Il ferme doucement la porte.

Raven est lovée dans la baignoire. Elle se tient les genoux. Je me perche sur le rebord. Ash reste appuyé contre la porte de la salle de bains. Il pose son index sur ses lèvres et éteint la lumière.

La porte de la chambre s'ouvre et Rye se lève de son lit.

— Bonjour, Madame.

— Bonjour, monsieur Whitfield.

Sa voix est comme une lame tranchante couverte de miel, dure et douce à la fois. Ash s'affale par terre, la tête entre les mains. N'y tenant pas, je m'agenouille près de la porte à ses côtés et colle mon œil à la serrure.

Tout d'abord, je ne vois rien si ce n'est la coiffeuse désordonnée de Rye et le sofa rayé près de la fenêtre. Puis une femme apparaît dans mon champ de vision et s'installe sur le canapé, dans ma ligne de mire.

Impossible de lui donner un âge. Elle porte une épaisse couche de maquillage et j'ai l'impression que son visage a subi des modifications, comme si on lui avait tendu la peau pour en effacer les traces du temps. Elle a un regard félin. Son corps est drapé de satin et une pluie de perles pend à son cou et à ses oreilles. Elle est bien en chair, mais pas d'une obésité écœurante comme la comtesse de la Rose. Mme Curio est plantureuse ; la nature l'a dotée de larges hanches et d'une poitrine opulente. Elle a l'allure d'une personne expérimentée.

— Vous êtes-vous remis de votre mission auprès de lady de la Plume, monsieur Whitfield ? Je sais qu'elle requiert beaucoup d'endurance.

— Ce fut un plaisir, Madame. Je me porte comme un charme, je vous remercie.

Je ne vois pas Rye, mais je l'aurais cru sur parole si je ne savais pas que les compagnons excellent dans l'art du mensonge. Mme Curio esquisse un sourire.

— Je suis ravie de vous l'entendre dire. J'ai une nouvelle cliente pour vous. En fait, on vous a sollicité tout particulièrement.

— C'est un honneur, Madame. Qui est cette jeune femme ?

Le sourire de Mme Curio s'élargit.

— Carnelian Silver, de la Maison du Lac.

Mon cœur cesse de battre un instant. Mme Curio se caresse la joue en scrutant Rye d'un air songeur.

— La duchesse a insisté pour vous avoir vous et personne d'autre. Une Maison Fondatrice. C'est très impressionnant. Espérons que vous ne gâcherez pas cette opportunité qui s'offre à vous comme votre prédécesseur, votre ancien camarade de chambre.

— Bien sûr que non, Madame.

— Je ne permettrai pas qu'on raconte que ma maison est un nid de violeurs et de criminels.

— Non, Madame. Je suis impatient de faire la connaissance de Mlle Silver. Je suis certain que nous allons partager des moments fort agréables.

Mme Curio pince les lèvres.

— Venez là.

Mon œil est vissé à la serrure. Je voudrais détourner la tête, pourtant je n'y arrive pas. Je sens Ash se raidir près de moi.

Rye apparaît dans mon champ visuel. Il est toujours torse nu. Les muscles de son dos roulent au gré de ses mouvements. Mme Curio redresse le buste et passe sa main sur son torse.

— Très joli, approuve-t-elle en aventurant sa main plus bas. Hum, murmure-t-elle au bout de quelques secondes. Venez me rejoindre dans ma chambre ce soir. Je tiens à m'assurer en personne que vous êtes prêt pour la mission qui vous attend.

— Oui, Madame.

— Et vous vous présenterez devant le docteur Lane cet après-midi pour les tests habituels.

— Bien entendu, Madame.

Mme Curio se lève avec une grâce qui n'est pas sans me rappeler celle de la duchesse.

— Bien, mon garçon, conclut-elle en lui tapotant la joue.

Puis elle s'éloigne. J'entends la porte s'ouvrir et se refermer. Rye demeure immobile pendant quelques instants avant de s'approcher de la salle de bains. Il pousse la porte. Je m'écarte en vitesse.

— Apparemment, c'est moi qui vais te remplacer, déclare-t-il.

— Elle sait, répond Ash, la mine sombre. Elle sait que nous sommes liés d'une manière ou d'une autre. Elle fait ça pour me retrouver. Pour mettre la main sur Violet.

— Je ne peux rien lui révéler d'utile, souligne Rye. J'ignore où vous allez.

— Mais tu nous as vus, réplique Ash. Ensemble. Et tu as vu Raven.

Elle lève brusquement la tête en entendant son prénom.

— Il ne faut pas le lui dire. Personne ne doit savoir que je suis en vie.

— Est-ce que vous pouvez me lâcher une seconde ? s'exclame Rye. Je n'ai rien demandé, moi. Je ne vous ai pas prié de venir me compliquer la vie.

Ash se met debout.

— Tu as raison. Agis comme tu l'entends, c'est à toi de voir. Mais sache que si elle a demandé à t'avoir toi tout spécialement, c'est pour une raison. À un moment donné, elle te posera des questions à mon sujet.

Un sourire retrousse les lèvres de Rye.

— Il a toujours fallu que tu te démarques des autres, hein ? Le mec le plus recherché du Joyau. (Il secoue la tête.) Allez, nous allons vous dénicher une cachette plus sûre. C'est l'heure du petit déjeuner. Tout le monde est au réfectoire.

Raven sort de la baignoire et s'avance vers Rye d'un pas délibéré. Elle lui saisit le poignet et le fixe d'un œil perçant.

— Tu as peur, observe-t-elle. C'est normal. Tu as raison.

Elle se dirige ensuite dans la chambre. Rye hausse un sourcil.

— Je n'ai pas peur, proteste-t-il.

Ash et moi échangeons un bref regard.

Rye s'assure que la voie est libre, puis nous dévalons les escaliers et sortons du bâtiment par la même porte que la veille.

En plein jour, le parc est encore plus beau. Les sentiers en gravillons couverts d'une fine couche de gel étincellent comme des diamants. On s'est emmitouflés pour se prémunir du froid ; Ash nous a donné des chaussures lui appartenant. Nous les avons rembourrées pour ne pas les perdre, ce qui rend notre marche un peu maladroite.

Nous rasons les murs des dortoirs dont les fenêtres m'épient comme des yeux vides. Un édifice imposant se dresse soudain devant nous ; sa façade est couverte de lierre. En haut d'un escalier de pierre, une porte massive en chêne à double battant.

Et au-delà, à l'extrémité de la propriété, près du mur d'enceinte, un train noir flambant neuf stationne le long d'un quai. Il est plus petit que celui qui m'a emmenée à la Salle des Ventes. Il ne comporte qu'un seul wagon, tiré par une locomotive à vapeur. Des volutes de fumée s'en échappent, à croire qu'il est sur le point de partir.

— Il est là, s'étonne Ash.

— C'est étrange. Peut-être qu'il y a eu un changement de dernière minute. Le destin joue en votre faveur, pour le moment, commente Rye. Impossible qu'il se rende dans le Joyau – mon train ne part pas avant demain, une fois que le médecin et Madame en auront fini avec moi. Celui-ci se rend forcément dans les cercles inférieurs. (Il agrippe l'épaule d'Ash.) Tu ferais mieux de monter à bord pendant que tout le monde est en train de manger.

À cette idée, mon estomac se met à gargouiller.

— Merci, Rye, dit Ash en lui serrant la main. Sincèrement. Je ne sais pas comment on se serait débrouillés sans toi.

— Vous vous seriez certainement fait exécuter, rétorque Rye en ébauchant un sourire. Tu me revaudras ça.

— C'est vrai, acquiesce Ash d'un ton grave. Surveille tes arrières au palais du Lac. Je t'en prie. Ne t'inquiète pas pour la cliente, elle ne s'intéresse pas aux compagnons. En revanche, ne dis jamais, au grand jamais, à Carnelian que tu me connais. Elle te posera peut-être la question. Il faudra que tu lui mentes.

— Pour changer, ironise Rye.

Ash fait une moue dépitée.

— Je suis désolé.

— Cesse de t'excuser. Ce n'est pas ta faute. Arrête de te comporter comme si tu étais responsable du sort des compagnons. Ce n'est pas le cas.

— Je sais.

— Et prends soin de toi.

— Oui.

— Merci, dis-je à Rye.

Il me répond d'un hochement de tête.

— C'est sans doute la première fois que j'entends une mère porteuse parler.

Sur ces mots, Rye adresse un ultime regard à Ash et s'éloigne.

On s'élance vers la gare. Devant le bâtiment, une plaque en bois indique : ÉCOLE DES COMPAGNONS DE MME CURIO. Raven m'attrape par la main et m'entraîne sur le côté. Ash nous suit. Nous avons vite appris à nous fier à l'instinct de Raven. Quelques secondes plus tard, deux régimentaires jaillissent du train et longent le quai d'un pas nonchalant.

— Rien à signaler, annonce l'un.

— Il faudrait qu'il soit complètement stupide pour revenir ici.

Ils quittent le quai pour se diriger vers le parc. On se réfugie vers la gare.

— C'est injuste, rouspète le premier. On doit travailler deux fois plus. Tout ça parce qu'un compagnon s'est échappé. Ce n'est pas comme s'il avait violé la duchesse.

— Fais attention à ce que le capitaine ne t'entende pas parler de cette manière. Il risquerait de te muter dans le Marais sans que tu aies le temps de te retourner.

— Oui oui, répond le premier. Allons voir si la cuisine est ouverte. J'ai l'estomac dans les talons.

Nous attendons un moment. Le bruit de leurs pas s'éloigne et le silence nous enveloppe de nouveau.

— Allons-y, murmure Ash.

On monte les marches quatre à quatre et on rejoint le quai. Ash ouvre la portière du train et nous pénétrons dans le wagon. Contrairement à celui de Southgate, celui-ci comporte des rangées de banquettes en bois toutes orientées dans le sens de la marche. Des rideaux habillent les fenêtres et l'allée est tapissée d'une moquette verte.

— Où allons-nous nous cacher ?

Ash s'arrête à la troisième rangée.

— Ici.

Il se baisse et enfile son doigt dans une encoche. Un déclic retentit. La rangée de sièges se soulève, révélant un long compartiment rectangulaire.

— Allez-y toutes les deux. Il y a une autre cachette sous la sixième rangée. Je m'y faufilerai. Pourvu que le train parte bientôt.

— Et pourvu qu'il se rende dans la Ferme, ajouté-je.

Je pose les yeux sur le trou béant et un frisson me parcourt. On dirait une tombe ouverte.

— Je crois que je préfère encore le coffre de la voiture de Garnet.

— C'est toujours mieux que la morgue, réplique Ash.

Je me glisse à l'intérieur. Le compartiment est un peu plus profond que je ne le pensais. Je tends la main en direction de Raven. Elle contemple le trou, le visage blême, les lèvres blanches.

— Promets-moi que si je rentre là-dedans, j'en ressortirai.

— Tu as ma parole.

Elle me prend la main et je l'aide à s'allonger contre moi. À ma grande surprise, il y a largement assez d'espace pour nous deux.

Ash nous contemple d'un air inquiet.

— Bougez le moins possible et surtout, pas de bruit. Je viendrai vous chercher quand nous serons arrivés… à destination.

Nous n'avons plus qu'à croiser les doigts pour que le plan marche. Il rabat les sièges sur nos têtes et on se retrouve plongées dans le noir.

Ma vision s'habitue peu à peu à l'obscurité. Une faible lumière grise filtre à travers les lattes au-dessus de nos têtes.

— Violet ? murmure Raven.

— Oui ?

— Tu crois que là où nous allons, dans la Ferme… tu crois qu'il y aura quelqu'un qui pourra m'aider ?

Les contours de son visage sont doux, ils semblent presque fondus. J'ai envie de lui dire qu'elle n'aura pas de séquelles. Qu'il existe un moyen de réparer les dégâts causés par la comtesse. Mais je ne peux pas me résoudre à lui mentir.

Ses lèvres se retroussent en un sourire triste.

— C'est ce que je pensais. (Elle entortille une de ses mèches à son index.) Émile m'a dit que j'étais la plus forte de toutes les mères porteuses qu'il avait connues. Je suis la seule à avoir survécu à la fécondation.

Elle pose son autre main sur son ventre.

— Tu m'as dit qu'Émile était ton camériste ? (Elle acquiesce.) Eh bien, il avait raison. Tu es la personne la plus forte que je connaisse. En outre, Lucien est un génie. Peut-être qu'il découvrira une manière de t'aider.

— Il doit tenir très fort à toi.

— Je lui rappelle sa sœur. Elle était mère porteuse. Elle est morte.

Le silence s'étire entre nous.

— Est-ce que sa sœur est morte en accouchant ? demande Raven.

— Je l'ignore...

Je repense au bal de la Nuit la plus longue, où Lucien nous avait surpris ensemble, Ash et moi. Le soir où il m'a appris la vérité sur les mères porteuses. Ses paroles résonnent dans ma tête.

J'avais une sœur. Azalea. Elle était mère porteuse. J'ai tenté de la sauver. J'ai réussi pendant un temps. Et puis, un jour, j'ai commis une erreur.

Il ne m'a jamais vraiment expliqué ce qui s'était produit.

— Je vais mourir si j'accouche de cet enfant, n'est-ce pas ? dit Raven d'une petite voix.

Une boule de peur se forme dans ma gorge.

— Oui.

— Oui, répète Raven. Je le sens. Je le sais.

Jusque-là, j'ai volontairement chassé cette donnée de mon esprit. Raven porte une bombe à retardement dans ses entrailles. J'enroule les bras autour de mon torse comme si cela pouvait m'empêcher de craquer.

À cet instant, un bruit sec se fait entendre et la portière du train s'ouvre.

On s'immobilise. Des martèlements de bottes et des voix retentissent au-dessus de nous.

— Il est beaucoup trop tôt, se plaint un homme.

Ses mots sont hachés et sa voix est empreinte de cette confiance propre aux gens qui ont reçu une bonne éducation.

— J'ai apporté du café, monsieur, répond une voix plus jeune.

— Excellent.

— Et voici votre journal.

Le plancher grince tandis qu'on prend place sur un siège. Un papier se froisse, on verse du liquide dans une tasse et l'odeur du café vient me chatouiller les narines.

— Quelle affaire épouvantable, commente l'homme. Mme Curio s'est effondrée quand elle a appris la nouvelle. Je dois bien avouer que cela m'a aussi choqué. Ash Lockwood, violeur de mère porteuse ? J'ai formé ce jeune homme moi-même. C'était un compagnon d'exception. L'un des meilleurs.

— Peut-être est-ce un malentendu, monsieur Billings, réplique le jeune homme.

Un sifflet retentit et le train démarre dans un mouvement brusque.

— Ne dites pas n'importe quoi, rétorque M. Billings. On ne remet pas en question le témoignage d'une Maison Fondatrice.

— Bien sûr que non, monsieur. (Silence.) Pensez-vous que la famille de M. Lockwood acceptera le marché qu'on leur a proposé ? Êtes-vous sûr qu'il retournera auprès d'eux ?

Le cœur de Raven bat à l'unisson du mien.

— Pour l'amour du ciel, Red, où voulez-vous qu'il aille ? Je ne comprends même pas comment il a réussi à échapper aux autorités si longtemps... Sans prendre en compte l'incident du marché de Landing, évidemment. Quel chaos ! Non, il va finir par rentrer chez lui. Et d'après ce que je sais, son père sera plus que ravi de livrer un fils retors pour sauver sa fille mourante.

Cinder.

Je pense à Ash, seul dans sa cachette, non loin de nous. Apparemment, il connaît bien M. Billings. Je me demande s'il connaît aussi le dénommé Red. Je ne sais que peu de choses sur M. Lockwood, cependant les propos de M. Billings semblent assez pertinents. Ash n'a jamais été proche de son père.

Sauf que cet homme se trompe. Ash n'a pas l'intention de retourner chez lui.

Entre-temps, Cinder est en train de mourir.

M. Billings est sans doute plongé dans la lecture de son journal car le silence s'installe pendant un long moment. Je suis extrêmement tendue. Raven et moi n'osons pas bouger un cil, et des crampes se forment bientôt dans mon dos et mes épaules. Le train poursuit sa course à une cadence régulière. Il ne ralentit qu'une fois parvenu aux portes massives séparant le Commerce de la Fumée. Elles s'ouvrent dans un rugissement puissant. Des régimentaires pénètrent dans le wagon. Le claquement de leurs bottes me fait sursauter. Mon cœur bondit dans ma poitrine.

— Bonjour, monsieur, salue un garde à la voix très grave.

— Bonjour, répond M. Billings.

Le grattement d'un stylo sur du papier.

— Vous allez à la Fumée ?

— En effet.

— Seulement vous et ce jeune homme, c'est bien ça ?

— En effet. Et ce train a été fouillé par vos collègues avant de quitter l'école des compagnons.

Les régimentaires inspectent le wagon, comme nous l'indique le martèlement de leurs pas au-dessus de nous. Nous retenons notre souffle.

— Très bien, monsieur, déclare le régimentaire au bout de quelques instants.

La portière claque.

Je souffle un grand coup tandis que le train se remet en marche.

Nous sommes arrivés dans la Fumée. Plus qu'une frontière à traverser.

12.

Lorsque le train ralentit une nouvelle fois, je suis à bout de nerfs.

Mon corps est courbaturé et une migraine affreuse m'élance, comme après avoir sollicité les Augures.

— Nous sommes arrivés, monsieur, annonce Red.

Le plancher grince sous ses pas tandis qu'il gagne l'avant du wagon.

— C'est ce que je constate. Prends ma serviette, s'il te plaît. Normalement, la voiture nous attend. J'aurais préféré arriver dans la gare principale, c'est tellement plus proche. Mais à cette heure-ci, la circulation est complètement bloquée. J'espère que nous serons de retour dans le Commerce avant le déjeuner – chaque fois que je viens dans la Fumée, je suis pris d'une toux violente. Tu as pensé à apporter mes pastilles pour la gorge ?

Je n'entends pas la réponse de Red. De retour dans le Commerce ? Et la Ferme, dans cette histoire ?

Les deux hommes descendent du train. Ni Raven ni moi ne bougeons.

— Qu'est-ce qu'on fait ? murmuré-je.

La trappe de notre cachette se soulève. La lumière subite m'écorche les yeux. Je cligne des paupières jusqu'à ce que mes yeux s'acclimatent. La silhouette d'Ash apparaît au-dessus de moi.

Son visage est dur, son regard, embrasé. Il me tend la main et me hisse sans un mot. Mes jambes se dérobent sous moi et je m'affale par terre. Je me frotte vigoureusement les membres pour les dégourdir. Des picotements désagréables me parcourent les muscles, m'arrachant une grimace, tandis que le sang se remet à circuler dans mes cuisses et mes mollets. Raven s'écroule près de moi.

— Qu'est-ce qu'on fait, Ash ? Ce train ne va pas jusqu'à la Ferme.

— On pourrait se cacher dans la gare, suggère Raven. En attendant le passage d'un autre train.

Ash affiche un visage dur. Je ne l'ai jamais vu aussi remonté.

— Elle va mourir par sa faute, énonce-t-il d'une voix sépulcrale. Vous savez combien d'argent j'ai envoyé à ma famille ? Assez pour payer le traitement de Cinder pendant encore deux ans.

— Tu penses que la royauté a dépouillé ta famille ?

— Non, Violet, réplique-t-il en crispant les poings. C'est mon père. Il a fait exactement ce que je craignais. Il s'est accaparé l'argent.

Ash n'a jamais vraiment évoqué son père en ma présence. Durant un après-midi volé, dans ses appartements du palais du Lac, il m'avait tout juste avoué ne pas être proche de lui. Mais sa voix avait trahi un sentiment plus profond que du détachement. Du ressentiment. De la colère, voire de la haine. D'après lui, son père a toujours affiché une nette préférence pour ses frères, les jumeaux Rip et Panel. Des brutes épaisses avec qui Ash ne s'est jamais entendu, lui qui est toujours si discret et si réservé.

Son père serait-il capable de sacrifier Ash pour toucher une récompense ?

— Ash Lockwood ?

Nous nous figeons. Un petit visage couvert de suie apparaît dans le wagon par la portière entrebâillée.

— C'est bien vous ! La Clé Noire a demandé de garder un œil sur tous les trains arrivant dans la Fumée. Mais je ne m'attendais pas à vous voir pour de vrai. Pas mal, la couleur des cheveux. Comment avez-vous réussi à passer la frontière ?

La société secrète de Lucien est donc aussi présente dans la Fumée. Elle est plus étendue que je ne l'imaginais.

Le garçon pénètre dans le wagon. Il a environ douze ans. Il porte un pantalon trop court et un manteau élimé aux coudes. J'ai l'impression qu'il a le teint légèrement plus foncé que celui de Raven, mais avec la couche de suie qui lui couvre le visage, c'est difficile à évaluer. Ses cheveux noirs sont longs et mal peignés. Des mèches lui cachent les yeux.

Il a mentionné la Clé Noire.

— Montre-nous ta clé, lui dis-je.

Il retrousse la manche de son manteau et révèle un tatouage au creux de son coude. Un passe-partout noir.

— Vous êtes le lot 197, n'est-ce pas ?

— Je m'appelle Violet. Vous allez nous aider ?

— Bien sûr. On me surnomme le Voleur, formule-t-il en souriant de toutes ses dents. La Clé Noire pense que c'est plus sûr d'employer des pseudos. Mon véritable nom est ridicule de toute façon, donc ça ne me dérange pas. Vous allez vraiment renverser la royauté ? La Clé Noire affirme que vous avez une sorte de pouvoir magique. Je peux voir ?

Son enthousiasme m'arrache un sourire.

— Pas maintenant.

— D'accord. Il y a plus urgent, réplique le Voleur en chassant les mèches de ses yeux. Je dois vous conduire jusqu'à la gare principale. On a peut-être trouvé un train susceptible de vous emmener dans la Ferme. Par contre, vous ne pouvez pas sortir dans la rue avec cet accoutrement. Attendez-moi ici.

En un éclair, il a disparu.

— Qui est Cinder ? demande Raven.

Je lui décris brièvement la situation.

— Je comprends, dit-elle en scrutant Ash. Tu veux lui dire adieu.

Apparemment, elle a lu dans ses pensées.

— Ash, reprends-je d'une voix douce. Ne va pas la voir. C'est trop risqué.

— Je sais, rétorque-t-il sèchement en s'avachissant sur un siège. J'étais censé prendre soin d'elle et veiller à ce qu'elle reçoive son traitement. J'ai échoué.

— Tu as fait ton possible. Tu n'as pas eu le choix.

— Imagine que ce soit Hazel qui soit en train de mourir. Est-ce que ce genre de paroles te réconforteraient ?

Mon ventre se noue à l'idée que ma petite sœur puisse être mourante.

— Je ne sais pas.

Je mens.

— Ne t'inquiète pas, Violet. Je comprends. Je ne peux ni lui faire mes adieux ni confronter mon salopard de père. Depuis le temps, je devrais avoir l'habitude qu'on me dise ce que je dois faire.

— Je n'en ai pas l'intention, Ash. Mais c'est du suicide. Tu risquerais ta vie en te rendant chez tes parents pour la voir. Est-ce que Cinder voudrait que tu meures, toi aussi ?

— Tais-toi ! Ne te sers pas de cet argument. Elle est si proche… (Il regarde par la vitre.) La dernière fois que je suis passé dans cette gare, c'est quand on m'a emmené dans le Commerce. J'étais impressionné par le train. C'était sans doute la chose la plus propre que j'aie vue de ma vie. Il rutilait de mille feux. Tu sais, tout est couvert de suie dans la Fumée.

Ses traits se déforment ; il est sur le point de fondre en larmes. Mais, à cet instant, le Voleur revient.

— Bon… (Il s'interrompt en voyant l'expression d'Ash.) Tout va bien ?

— Sa sœur vit ici, explique Raven. Elle est mourante.

— Oh, répond le Voleur en affichant un air compatissant. La maladie des poumons ?

Ash hoche la tête.

— Mon meilleur ami a succombé à ça l'année dernière. Il n'avait même pas commencé à travailler dans les usines. Il a suffi qu'il respire l'air ambiant. Et autant dire que la royauté ne va pas distribuer des médicaments à un orphelin. Ce n'est pas juste. On nous garde parqués comme des animaux. Dans la Fumée, quand on naît dans la rue, on y reste jusqu'à sa mort. Et personne ne bronche. C'est comme ça, un point c'est tout.

— Pas toujours, proteste Ash.

— Est-ce qu'on t'a demandé si tu voulais être compagnon ? insiste le Voleur.

Ash fait la moue.

— Non.

— Voilà. Ils prennent, encore et encore.

— Que t'ont-ils pris ?

Le Voleur hausse les épaules.

— Mes parents.

— Je suis désolé, réplique Ash.

— Je ne me souviens pas d'eux. Bref, il faut qu'on y aille. Tartinez-vous ça sur le visage, dit-il en tendant ses mains.

Au creux de ses paumes, une poignée de suie.

Elle est douce comme de la poudre de riz. Mais lorsque j'en badigeonne mes joues, mon nez se plisse. L'odeur, un mélange de goudron de bois et d'asphalte, est entêtante.

Le Voleur se tourne ensuite vers Raven et moi.

— Vous avez des chapeaux ?

Nous sortons de nos poches les bonnets en laine que nous avons récupérés dans la chambre d'Ash, chez Mme Curio.

— Bien. Mettez-les, ça cachera vos cheveux.

— Comment la Clé Noire t'a recruté ? demandé-je en plaquant le bonnet sur ma tête.

— Je suis le meilleur pickpocket de cette partie de la Fumée, répond-il fièrement. Un jour, j'ai volé un objet pour elle. Ça l'a impressionnée.

— Tu l'as rencontrée en personne ? demandé-je, surprise.

Ça m'étonne que Lucien ait pris le risque de se faire connaître de tant de gens.

— Oh non. Personne n'a jamais rencontré la Clé Noire en vrai. Elle ne communique que par lettres, codes, ou messagers. C'est la Couturière qui m'a embauché. Elle me donne parfois à manger aussi. La nourriture est rationnée à l'orphelinat. (Il inspecte notre déguisement.) Allons-y.

— Je l'aime bien, me souffle Raven tandis que nous descendons du train.

— Gardez la tête baissée et les épaules voûtées, nous conseille Ash. Pour vous fondre dans le décor.

Je rive mon regard au sol et je compte les marches. Une, deux, trois, quatre, cinq, six, sept, huit... L'air est quasiment irrespirable ; il est si dense que je pourrais presque le mastiquer. Une odeur âcre nous assaille le nez et la gorge et nous pique les yeux. Le discours du Voleur prend tout son sens. J'ai l'impression qu'il suffit de respirer l'air ambiant pour contracter la maladie des poumons.

Une fois dans la rue, je ne peux m'empêcher de relever la tête. Le trottoir grouille de monde. Des bottes élimées, des pantalons usés et des visages creusés. Certains ont le regard fatigué et sont barbouillés de suie, comme nous. D'autres, propres et frais, entament à peine leur journée de travail. Je songe à mon père, qui travaillait dans la Fumée et ne rentrait souvent qu'au petit matin à la maison.

Quelques mois plus tôt, j'ai traversé la Fumée en train, le jour de la Vente aux Enchères. Je me rappelle les paysages défilant à travers la vitre. Les fumées industrielles grises et bleuâtres s'échappant des cheminées, la faible lumière baignant les rues noires de monde. Finalement, je n'en ai eu qu'un bref aperçu. Aujourd'hui, je suis plongée au cœur du troisième cercle de la Cité. Je renifle des effluves de graillon, je perçois les conversations à demi-voix.

Bousculée de toutes parts, j'ai le plus grand mal à suivre le reste du groupe. Le Voleur se faufile habilement parmi la foule, disparaissant par moments de mon champ visuel.

On enfile une allée large et pavée au centre de laquelle passent des rails. La voie est flanquée d'usines, des bâtiments élevés avec des fenêtres à barreaux, surmontés de cheminées massives qui pointent vers le ciel nuageux. On se laisse porter par le flot d'ouvriers qui se dispersent au compte-gouttes, au fil du chemin, pour s'engouffrer dans les bâtiments au milieu de la confusion et des bousculades.

Un bruit métallique retentit et une grande partie de la foule s'arrête, y compris le Voleur. Un train remonte les rails dans notre direction. Devant nous se dresse un poteau en bois sur lequel est peint en rouge le numéro 27. Au-dessous est placardée une affiche arborant le portrait d'Ash.

RECHERCHÉ – FUGITIF

Je jette des regards inquiets alentour, mais personne ne nous regarde. De toute façon, nous sommes méconnaissables.

Bang. Bang. Bang.

Le train approche.

— Menuiserie et ferronnerie du quart est ! crie le conducteur.

Ce véhicule est de loin la chose la plus propre de la Fumée. Rouge flamboyant, il contraste nettement avec ses passagers. Le conducteur porte un uniforme élégant et une casquette noire. À l'avant du train se trouve une pancarte portant l'inscription : WAGON N° 27. Au-dessous, dans une écriture élégante : SERVICE DE TRANSPORT DES OUVRIERS DE LA FUMÉE.

Le Voleur grimpe à bord et nous le suivons. Le wagon est plein à craquer. Tous les sièges sont occupés ; les gens sont pressés les uns contre les autres. Je n'ai même pas besoin de me tenir aux poignées qui pendent du plafond pour tenir debout. Près de moi, une femme crache du sang dans un mouchoir blanc. Personne ne fait attention à nous. Une atmosphère d'abattement règne dans la voiture. Je la sens, elle pèse sur l'ensemble des passagers comme un couvercle bas et lourd.

Est-ce dans ce climat qu'Ash a grandi ? La vie qui l'attendait ici aurait-elle été pire que celle qu'il a menée en tant que compagnon ? Je songe au Marais, à la puanteur qui émane de la terre par temps de pluie, aux enfants émaciés, aux ordures qui s'accumulent dans les rues. Si Ash voyait où j'ai passé mon enfance, il se dirait peut-être que j'étais mieux lotie au palais de la duchesse. Mais il ne faut pas se fier uniquement aux apparences ; derrière cette misère de surface, il y a des cœurs qui battent, et ceci dans chaque cercle.

À part peut-être dans le Joyau.

Le wagon descend la rue dans un cliquetis métallique. Peu à peu, les usines changent d'aspect. Une succession de bâtiments trapus en brique pourvus de petites cheminées crachant une épaisse fumée noire bordent à présent la route. J'arrive tout juste à distinguer l'inscription peinte sur la porte du plus proche : FONDERIE PADMORE, FILIALE DE LA MAISON DE LA FLAMME.

— Padmore, Rankworth, Jetting ! annonce le conducteur en ralentissant.

Certains descendent en se bousculant pendant que d'autres montent.

Une dizaine de minutes plus tard, le wagon marque un nouvel arrêt. L'air est un peu moins suffocant ici ; les usines sont en pierre grise et sont plus élevées. La fumée qui s'en échappe est moins foncée. À l'entrée, un panneau indique : BOISERIE JOINDER. FILIALE DE LA MAISON DE LA PIERRE.

— Joinder, Plane, Shelding ! lance le conducteur.

— C'est ici qu'on descend, nous indique discrètement le Voleur.

Nous sautons du wagon et nous mêlons à un essaim d'ouvriers qui se dirigent en masse vers l'entreprise Joinder. Mais au lieu de faire la queue pour entrer dans l'usine, le Voleur emprunte soudain une allée secondaire, un passage étroit qui débouche sur une artère principale. Un couple de régimentaires marche sur le trottoir opposé, s'arrêtant par intermittence pour importuner les ouvriers. Ash remonte le col de son manteau pour mieux cacher son visage.

— Nous ferions mieux de rebrousser chemin, dit-il. Passer par l'arrière des usines. Ça nous amènera directement à la gare principale.

Le Voleur se récrie :

— Ça fait un moment que tu n'as pas remis les pieds ici. Ces allées ont été barricadées. On est obligés de prendre le boulevard de la Pierre pour rejoindre Gray Street.

Ash veut protester mais le Voleur le coupe.

— C'est mon quartier. Je le connais comme ma poche. Vous allez devoir me faire confiance.

Une fois sur le boulevard de la Pierre, mon cœur se met à marteler mes côtes. Je vois des avis de recherche placardés sur tous les murs. À chaque coin de rue, sur toutes les portes et tous les poteaux. La voie est très animée. La circulation mélange diligences électriques, chariots tirés par des chevaux et bogheis. Des arbres sont plantés à intervalles réguliers, ce qui confère au quartier une atmosphère plus aérée et plus propre. Les bâtiments sont séparés les uns des autres. On passe bientôt devant une agence de la Banque Royale dont l'entrée est gardée par deux lions majestueux en bronze. Puis vient un bureau de poste auquel mène un escalier en pierre. Une grande portion de la rue est occupée par le cabinet du magistrat. Sur sa façade à colonnades flotte un drapeau géant arborant les armoiries de l'Exéteur, une flamme surmontée d'une couronne et barrée de deux lances. Le portrait d'Ash est à toutes les fenêtres des bureaux. Une diligence électrique est stationnée juste devant le bâtiment. Sur les portières, un cercle bleu barré de deux tridents argentés.

L'emblème de la Maison du Lac.

Une vague de panique s'empare de moi. Mon souffle se précipite.

— Ash, dis-je d'une voix étranglée en indiquant la diligence. C'est la duchesse.

— Non, Violet. C'est probablement un employé du palais. Un contremaître ou un inspecteur d'usine. Elle ne viendrait jamais ici en personne.

Il a beau vouloir me rassurer, il n'a pas vraiment l'air convaincu. Nous pressons le pas puis nous engageons dans une ruelle. Je sue à grosses gouttes en dépit de la fraîcheur de l'air.

Nous tournons à droite, à gauche et encore à droite. Les pavés laissent subitement place au bitume. On quitte la zone industrielle pour pénétrer dans les quartiers résidentiels. Les maisons se dressent autour de nous, de plus en plus nombreuses, alignées le long de la chaussée. Ce quartier me rappelle celui de Lily dans le Commerce, à cela près que les bâtiments ne sont pas colorés. Ils sont tous uniformes avec leur toit gris, leur cheminée inclinée et leurs fenêtres en verre poli. Devant chacune des portes descend un petit perron. La plupart des maisons sont décrépies. Une jeune femme est en train d'étendre du linge sur un fil tendu entre deux porches pendant qu'un bébé joue à ses pieds avec un hochet en bois. Quelques maisons plus loin, un vieillard grisonnant et bossu fume une pipe sur une chaise en rotin. Je sens son regard se poser sur moi et je baisse les yeux.

On tourne au coin d'une rue et Ash s'arrête net. Il saisit mon poignet et m'attire en arrière. Il s'accroupit derrière les marches d'un porche. Raven et le Voleur nous imitent.

— Qu'est-ce qu'il y a ? questionné-je.

— On ne peut pas faire de pause, commente le Voleur. Ce n'est pas prévu au programme.

Ash appuie la tête contre le bois abîmé et ferme les yeux.

— Je n'arrive pas à y croire, murmure-t-il.

— Ash, qu'est-ce qu'il y a ?

Il rouvre les paupières.

— Tu as vu la maison ?

Je jette un coup d'œil à l'angle de la rue. Les bâtisses sont alignées en rangs d'oignons. Elles sont en tout point identiques – petites et miteuses. Mais vers le milieu de la rue, un bâtiment de deux étages se détachant contre le ciel gris se démarque des autres. On dirait qu'il était autrefois de la même taille, mais que, depuis, il a dévoré les maisons mitoyennes, ce qui lui donne un aspect difforme et boursouflé. Sa façade a été repeinte dans un vert criard et ses volets sont bleus, un contraste étonnant avec le gris environnant. Une diligence électrique est garée devant et deux régimentaires sont postés à l'entrée.

— Quelle couleur horrible, observe Raven.

— Qui habite là ? demandé-je.

— Moi. Avant, répond Ash.

— Ah bon ? La maison ne ressemble pas à la photo que tu m'as montrée !

— Ça pue le fric, marmonne-t-il, les dents serrées.

Je jette un autre coup d'œil en direction de la maison. Au même instant, deux hommes en sortent. Le premier est un jeune homme avec une tignasse rousse gominée, l'autre un vieillard portant un manteau de laine et un chapeau melon. Red et M. Billings, deviné-je. Ils montent à bord de la diligence électrique, qui s'éloigne aussitôt dans la rue, laissant les deux régimentaires derrière eux.

— Ils sont partis, déclaré-je. C'était le type de l'école des compagnons.

Ash se tourne vers moi, le regard implorant.

— Je ne peux même pas… glisser un œil par la fenêtre ? Je ne lui parlerai pas. Je veux juste la voir. Avant qu'elle s'en aille pour toujours.

Je soutiens son regard. Ce serait de la folie.

— Il y a deux gardes à l'entrée. Ils t'arrêteront avant même que tu aies atteint la maison.

— Pas si je détourne leur attention, propose le Voleur.

— C'est une mauvaise idée, assuré-je. Tu tiens vraiment à risquer ta vie ?

— Risquer ma vie ? glousse le Voleur. Je peux semer ces deux guignols les doigts dans le nez. Vous seriez épatés. C'est mon quartier. Je connais chaque planque. Et les régimentaires ne me font pas peur. Je te comprends, dit-il à Ash. Tu veux lui faire tes adieux.

Ash blêmit. Je lui presse la main. Cinder est tellement proche. Et il s'est montré si peu exigeant avec moi.

— Je t'accompagne, déclaré-je.

— Non, Violet…

— Je ne te demandais pas ta permission.

Comment pourrais-je lui en vouloir ? À sa place, j'aurais sûrement fait pareil. J'ai bien donné le sérum à Raven. Je serais la première à risquer ma vie pour une personne que j'aime. C'est sans aucun doute sa dernière occasion de voir sa sœur vivante. Je ne peux pas lui refuser ça. Si Hazel était mourante et que je la savais proche, j'agirais exactement comme lui. En revanche, il est hors de question qu'il y aille seul. Je ne le laisserai pas tomber maintenant.

Sous les marches du perron, je repère une cachette.

— Raven, tu vas rester ici. Prends soin d'elle, prié-je le Voleur. Je compte sur toi pour qu'il ne lui arrive rien.

— Arrête de te comporter ainsi, proteste mon amie. Ne parle pas de moi comme si je n'étais pas là. Peut-être qu'on m'a trituré le cerveau, mais je suis toujours Raven Stirling. Je suis une grande fille.

Impossible de réprimer un sourire. Raven redevient peu à peu la battante que j'ai connue à l'institut. La comtesse n'a pas réussi à la briser.

— Je sais. Cependant, c'est plus fort que moi, je m'inquiète pour toi. Je t'en prie, prends soin de toi, Raven. Au nom de notre amitié.

Elle plisse les yeux.

— Tu as toujours été douée pour culpabiliser les gens.

J'éclate de rire.

— Ravie de ne pas avoir perdu cette faculté, rétorqué-je en fouillant dans mon chignon pour en extraire l'arcane. Tiens. Garde ça, juste au cas où.

Raven enroule les doigts autour du diapason.

— Tu vas revenir, assure-t-elle.

Je hoche la tête.

— Juste au cas où.

S'il nous arrive quoi que ce soit, Lucien pourra retrouver Raven. Je ne l'abandonne pas totalement.

— Prêts ? demande le Voleur. Vous n'aurez pas plus de quelques minutes.

Ash opine du chef.

— Surtout ne vous faites pas prendre, lance le Voleur avec un clin d'œil. C'est mon seul mot d'ordre.

Sur ces paroles, il s'élance dans la rue en direction des régimentaires.

— Je l'ai vu, hurle-t-il. Le compagnon. Je l'ai vu près de l'usine Joinder. Par là !

Il les attire dans la direction opposée à notre cachette. Les gardes mettent quelques secondes à réagir.

— Suivons-le ! s'écrient-ils, abandonnant leur poste de surveillance.

— Viens, Ash. Nous n'avons pas beaucoup de temps.

Raven se glisse sous les marches du perron tandis que nous dévalons la rue. Un porche asymétrique encercle la maison de ses parents ; le rez-de-chaussée arbore trois grandes fenêtres. Nous grimpons les marches à pas de loup et nous accroupissons sous la première fenêtre à l'instant où la porte d'entrée s'ouvre.

Une femme sort de la maison couverte d'un gros manteau et munie d'un sac à main. Sa ressemblance avec Ash me sidère. Elle a quelques années de plus que sur la photographie, mais Ash est bel et bien son fils, pas de doute. En nous apercevant, elle fronce les sourcils.

— Excusez-moi, que faites-vous… Oh !

Elle plaque sa main sur sa bouche.

— Mère ? commence Ash en se levant.

Ils se fixent en silence pendant un instant. Ça me rappelle le Jour du Jugement, quand les gardiennes de Southgate nous autorisent à rendre une dernière fois visite à notre famille avant la Vente aux Enchères. Ash n'a pas revu la sienne depuis quatre ans.

Mme Lockwood se précipite vers nous.

— Ash ! s'exclame-t-elle en le serrant dans ses bras. Oh, mon enfant ! Comme tu as grandi ! Tu es devenu un homme. Mais… que fais-tu là ? Tu n'aurais pas dû venir. On te cherche partout…

Elle examine le porche et s'aperçoit que les gardes ont disparu. Puis elle me voit.

— Qui est cette jeune… ?

— Mère, il faut que je voie Cinder. J'ai très peu de temps.

Elle saisit la gravité de la situation en un éclair.

— Bien sûr. (Elle rouvre la porte et entre dans la maison.) Mais parle à voix basse. Ton père et tes frères sont à l'arrière.

L'intérieur est semblable à l'extérieur. Il est évident que l'espace était autrefois beaucoup plus restreint et qu'on l'a agrandi au fil des ans. Sur ma droite, une cage d'escalier ; face à moi, une grande salle de séjour fournie de meubles dépareillés ; des pièces de collection mélangés à des meubles de récupération. Un fauteuil est disposé contre un mur près d'un tabouret en bois. Une table finement marquetée trône au centre de la pièce. Dessus, un plateau avec des tasses ébréchées. Dans un fauteuil près d'une fenêtre, une jeune fille frêle vêtue d'une chemise de nuit blanche lit un livre.

— Cinder ? murmure Ash.

Le livre tombe par terre.

— Ash ? dit Cinder, la respiration sifflante.

Elle est saisie d'une quinte de toux.

Cinder est l'ombre de la fillette de la photographie. Elle n'a que la peau sur les os. Ses joues et ses bras sont décharnés et ses yeux cernés de noir engloutissent la moitié de son visage. Sa chevelure naguère bouclée pendouille tristement sur ses épaules. Elle serre dans son poing un mouchoir taché de sang.

Ash s'écroule à genoux devant elle.

— Coucou, petit navet.

— Qu'est-ce que tu fais là ? Tu es fou. Tout le monde te cherche.

— Je voulais te voir.

Cinder pousse un soupir, puis se met à crachoter. Elle baisse les yeux.

— Père va te tuer.

— On n'était pas censés en arriver là. Je suis sincèrement navré, dit-il en lui serrant la main avec tendresse.

Sa tête s'affaisse en avant et ses épaules sont secouées d'un sanglot.

Cinder se penche pour déposer un baiser sur ses cheveux, un mouvement qui semble lui demander toute son énergie. Les larmes ruissellent le long des joues de Mme Lockwood qui observe la scène en silence.

— Ce n'est pas ta faute, répond Cinder.

— J'ai essayé.

— Je sais.

— Ça n'a pas suffi, murmure Ash.

Cinder a toutes les peines du monde à lever le bras pour lui caresser la joue.

— Si. Tu crois que je n'ai pas conscience des sacrifices que tu as faits pour moi ? Eh bien, tu te trompes. (Sa main retombe mollement sur ses genoux.) Tu te rappelles quand on faisait la course en allant à l'école et que tu me laissais délibérément gagner ?

— Non, ce n'était pas délibéré.

Un petit rire sifflant lui échappe.

— Bien sûr que si ! Et l'année où toutes les filles ont reçu des poupées de porcelaine à l'occasion de la Nuit la plus longue. Comme on n'avait pas les moyens, tu m'en as fabriqué une à partir de quelques brins de paille, d'une toile de jute et d'une vieille robe de Mère ?

Une boule énorme s'est formée dans ma gorge. Si grosse que je ne parviens plus à déglutir. Ash affiche une expression d'une tristesse infinie.

— C'était sans doute la poupée la plus moche de la ville, dit-il, essayant un brin d'humour.

Sa tentative me bouleverse.

— Non. Elle était parfaite. On s'est moqué de moi, mais je m'en fichais. (Cinder se renverse en arrière comme si la conversation l'avait épuisée.) Je suis désolée, Ash. Je suis désolée d'être tombée malade. C'est à cause de moi que tu as dû partir. Je suis désolée que Rip et Panel et tous ces garçons à l'école aient été méchants. Je suis désolée de ne rien avoir pu faire pour te garder ici auprès de moi.

— Arrête. Tu n'as rien à te reprocher. (Une larme roule le long de sa joue.) Je ne veux pas te quitter.

Cinder fronce les sourcils.

— Il faut que tu t'en ailles avant que Père ne te voie. Je t'en prie. Fais-le pour moi.

Ash met une éternité à répondre.

— Je t'en prie, insiste-t-elle. Il te dénoncera. Tu risques la peine de mort, Ash. Je ne veux pas que tu meures, toi aussi.

Cinder n'a aucune illusion sur son propre avenir. Elle accepte son sort et en parle avec un tel détachement qu'Ash s'effondre. Je ne l'ai jamais vu aussi désemparé.

— Bien, se résigne-t-il.

Elle lui décoche un sourire, révélant une incisive de travers.

— Je suis vraiment heureuse de t'avoir revu.

Ash dépose un baiser sur sa joue.

— Je t'aime, petit navet.

À cet instant, une voix d'homme parvient de l'arrière de la maison, suivie d'une porte qui claque.

— ... n'aurait jamais dû accepter ce boulot pour commencer. Il aurait dû rester avec nous chez Joinder, au service de la Maison de la Pierre. Ce satané garçon a gâché toutes nos chances. Tu penses que maintenant la duchesse va me laisser travailler ailleurs qu'aux fourneaux pour la moitié d'un diamant par mois ? Comment va-t-on survivre avec ça ?

Mme Lockwood pose sur son fils un regard terrifié.

— File ! souffle-t-elle.

— J'aimerais bien qu'Ash revienne à la maison. Il est tellement stupide qu'il en serait capable, rétorque une voix plus juvénile. Ensuite, ce ne serait plus ton problème.

Trois individus pénètrent dans la pièce. Je les reconnais pour les avoir vus en photo.

Le père d'Ash est un homme tout en muscles, le visage encadré de boucles brunes. Il arbore une expression mauvaise. Il a une bouteille de whisky à la main. Derrière lui se tiennent deux garçons identiques. Rip et Panel. Ils seraient le portrait craché de leur père s'ils n'avaient pas été plus petits et s'ils n'avaient pas eu le nez retroussé.

En apercevant leur frère, ils se figent.

Ash s'est levé et pose sur son père un regard enragé.

— Bonjour, Père.

— Tu… Comment es-tu entré, mon garçon ? (M. Lockwood se tourne vers sa femme.) C'est encore toi ! À force de le gâter, tu l'as empêché de devenir un homme, un vrai. Sa place est en prison !

— Ne lui parle pas comme ça, rétorque Ash.

— Tu n'appartiens plus à cette famille, Ash, intervient l'un des jumeaux. Tu croyais qu'on allait te protéger ? Quand ce type du Commerce est passé nous rendre visite, certain que tu serais revenu ici, j'avais envie de lui rire au nez. Mais je suppose que tu es vraiment aussi stupide qu'ils le croient.

L'autre jumeau ricane.

— Je n'ai plus douze ans, Panel, réplique Ash. Tes menaces ne m'effraient plus.

— Pourtant tu devrais faire dans ton froc, réplique Panel. On te balance aux autorités et tu es un homme mort.

— Et on reçoit un joli petit pactole, ajoute Rip.

— Les garçons, arrêtez, les supplie Mme Lockwood.

— Faites-le, répond Ash. Allez-y. J'ai toujours su que vous n'étiez que des lâches de toute façon. Alors prouvez-le-moi une dernière fois.

— Nous, des lâches ? rétorque Rip. Qui est-ce qui se faisait martyriser à l'école ? Qui est-ce qui se précipitait dans les jupons de Mère à la moindre petite contrariété ?

— Il ne s'agit pas de nous, espèce de crétin, rugit Ash. Il ne s'agit pas de savoir qui de nous est le plus fort, court le plus vite ou est le préféré de Père. (Il se tourne vers ce dernier.) Vous étiez censé vous servir de cet argent pour traiter Cinder. Si je suis parti, Père, ce n'est pas pour que vous vous appropriiez tout le voisinage et viviez comme un pacha. Vous n'appartenez pas à la royauté et vous n'en ferez jamais partie. Cet argent était pour elle !

— Cet argent me revenait ! s'écrie M. Lockwood. Je t'ai élevé, espèce de sale petit ingrat. J'ai mis de la nourriture dans ton ventre et des vêtements sur ton dos. J'ai dû supporter toutes tes faiblesses, tous tes échecs. Je suis *ton père* – j'ai mérité cet argent, et je l'ai dépensé comme bon me semblait.

— J'AI GAGNÉ CET ARGENT ! hurle Ash, le visage marbré de rouge. On m'a pris mon corps, on m'a volé ma dignité ! Et vous avez le culot de dire que vous avez mérité quoi que ce soit ?

— Tu parades au bras de riches héritières et tu trouves quand même le moyen de te plaindre ?! s'exclame M. Lockwood d'un ton incrédule. Tu avais un vrai don, mon garçon ! Et tu as tout fichu en l'air comme à ton habitude. Maintenant, c'est à nous de ramasser les pots cassés. (Puis, s'adressant aux jumeaux :) Allez chercher les régimentaires. Je ne sais pas comment il s'est débarrassé de ceux qui gardaient l'entrée, mais il doit y en avoir d'autres dans les parages.

À cet instant, la porte s'ouvre à la volée et un garde surgit dans la salle.

Un cri franchit mes lèvres. Ash et sa mère se retournent ; Cinder est saisie d'une nouvelle quinte de toux.

C'est la fin. Nous ne dépasserons jamais la Fumée.

On nous a retrouvés. Nous sommes fichus.

13.

— Arrêtez-le ! s'écrie M. Lockwood en pointant son fils du doigt.

Le régimentaire se tourne vers moi.

— Venez !

Garnet.

Nous n'hésitons pas un instant à le suivre. On se précipite dehors sans laisser le temps à M. Lockwood de réagir. Devant la maison stationne un chariot tiré par un cheval. Le Voleur tient les rênes ; il nous adresse un sourire fier comme s'il venait de gagner le gros lot à la foire locale. Une toile de jute est déployée à l'arrière du véhicule. Garnet la soulève, laissant apparaître Raven. Enroulée dans la position du fœtus, elle écarquille les yeux.

— Vite, siffle-t-il.

On se hisse à l'arrière du chariot et on s'allonge à côté d'elle. Garnet nous recouvre de la toile et le véhicule se met immédiatement en marche. Garnet reste sur place.

— Ça va, Raven ?

— Oui. L'arcane s'est mis à vibrer juste après votre départ. Je suppose que Garnet se faisait du souci pour nous. Je lui ai appris où vous étiez. Il était sûrement dans les parages car il est arrivé peu après, quand les cris ont retenti dans la maison. Et puis le garçon est apparu avec ce chariot, qu'il a volé à mon avis. Ils se sont montré leur clé respective et, ensuite, ils m'ont conseillé de me cacher là et je leur ai obéi. (Elle s'adresse à Ash.) Tu as pu voir ta sœur ?

Il fulmine.

— J'aurais dû le frapper.

— Je ne vois pas ce que ça t'aurait apporté, répliqué-je.

— Il est en train de la tuer et il n'en a rien à faire, rétorque Ash en abattant son poing contre la paroi du chariot. Comme s'il avait mérité cet argent. Comme s'il avait le droit de…

J'essaie de le réconforter.

— Tu as pu lui dire au revoir.

Il détourne le visage.

— Oui. Mais j'aurais préféré l'emmener avec moi.

Raven croise mon regard. Nous ne disons rien.

La route est criblée d'ornières et le Voleur conduit comme un fou. Nous sommes secoués dans tous les sens. Tant et si bien que je finis par être prise de nausées. Au bout d'une éternité, le chariot s'arrête enfin et la toile se rabat.

Une jeune femme d'environ vingt-cinq ans vêtue d'un manteau gris se tient devant le véhicule. Ses yeux marron se posent sur moi.

— Lot 197 ?

Cette fois, je ne prends pas la peine de la corriger. Le moment n'est pas propice.

— Montrez-moi votre clé, demandé-je.

Elle pivote sur elle-même et soulève le chignon qui lui couvre la nuque, révélant le tatouage d'un petit passe-partout noir.

— La Couturière va se charger de vous à partir de maintenant, nous annonce le Voleur. Mais je vous conseille de ne pas trop traîner. D'ici quelques heures, ce quartier grouillera de régimentaires.

— Merci, dis-je en me glissant hors du chariot.

— Pas de problème. Peut-être qu'un jour j'aurai l'occasion de voir ce fameux pouvoir dont parle la Clé Noire.

J'esquisse un sourire. Du coin de l'œil, j'aperçois une minuscule herbe poussant entre les pavés. Je me penche et l'arrache.

Un : le voir tel qu'il est. Deux : se le représenter mentalement. Trois : le plier à sa volonté.

Je sens la vie qui anime cette herbe. Ma paume se réchauffe tandis qu'un pissenlit jaillit entre mes doigts. Une légère douleur se fraye un chemin dans ma tête, telles des aiguilles invisibles qui me transpercent le cerveau. Mais elle est atténuée par l'adrénaline qui s'instille en moi, alors que la fleur s'épanouit dans ma main. Je présente le pissenlit au Voleur. Son expression de surprise m'arrache un léger et fier sourire.

Il le prend, visiblement épaté.

— Ouah, souffle-t-il en le tenant comme si c'était une pierre précieuse.

— Venez, nous interrompt la Couturière, pas le moins du monde impressionnée par ma petite démonstration. Il n'y a pas une minute à perdre.

Elle nous conduit jusqu'à un autre chariot, plus gros que le précédent, tiré par deux chevaux et chargé de barriques et de caisses. La Couturière grimpe dans le véhicule et soulève le couvercle des récipients.

— Entrez là-dedans, ordonne-t-elle en aidant Raven à se hisser à l'arrière du chariot.

Ash la suit et je monte en dernier.

L'une des barriques contient un rouleau de tissu et des pelotes de laine.

— Raven, monte dans celle-ci, dis-je, songeant qu'elle sera peut-être un peu plus confortable.

Nous écartons le tissu et aménageons un trou suffisamment grand pour que Raven s'y faufile. La Couturière indique une caisse pleine de feuilles de verre et de copeaux d'emballage.

— Je prends celle-là, dit Ash. Toi, mets-toi dans celui-ci, ajoute-t-il en désignant un tonneau à moitié rempli de perles colorées.

— C'est la dernière ligne droite, dis-je en lui prenant la main. Après cela, on n'aura plus à fuir.

Il esquisse un sourire triste et je devine qu'il pense à sa famille.

— Montez, nous presse la Couturière.

Ash grimpe dans la caisse et s'allonge sur le verre en frémissant.

La Couturière ne perd pas une seconde. Elle a déjà refermé le tonneau de Raven et s'apprête à faire de même avec la caisse où est étendu Ash. J'enfonce un pied dans la barrique de perles, puis j'y glisse le reste de mon corps, prise d'une sensation étrange. J'ai l'impression de m'asseoir dans un sac de petits pois secs. Je lève la tête ; la Couturière se tient au-dessus de moi.

— Ce chariot transporte des produits à destination de la Ferme, m'apprend-elle. Vous devriez être chargés dans un train dans quelques heures. (Son usage du conditionnel n'est pas pour me rassurer.) Je ne connais pas l'identité de celui qui vous réceptionnera, pas plus que je ne connais le lieu. J'ai agi comme j'ai pu.

Elle semble déçue par son intervention. Si seulement je pouvais me lever et lui faire face au lieu d'être accroupie dans une barrique.

— Merci.

— Cette ville est corrompue depuis trop longtemps, conclut-elle. Ils ne peuvent plus nous empêcher d'être nous-mêmes. Il ne faut plus qu'on les laisse nous dicter comment mener notre vie. Tous nos espoirs reposent désormais sur vous et sur la Clé Noire.

Ma gorge se noue. Sans me laisser le temps de répondre, elle referme le couvercle et l'obscurité m'enveloppe.

Je ne sais pas combien de temps nous restons sur le chariot, à prendre notre mal en patience. Les perles s'enfoncent dans ma peau et s'y impriment. Ma tête et mon dos me font souffrir. La peur et la fatigue n'arrangent rien.

Oh, Lucien. Pourvu que le jeu en vaille la chandelle !

Je m'en veux de penser cela. Évidemment que ça en vaut la peine. Eh bien quoi ? Je préférerais peut-être être de retour au palais du Lac, attachée à un lit d'hôpital à attendre l'accouchement qui entraînerait irrémédiablement ma mort ? Je songe à toutes les injustices que j'ai subies. Arrachée à ma famille pour être envoyée à Southgate, un véritable centre de détention. Puis prisonnière de la duchesse… je ressasse la mort d'Annabelle, revois son sang sur mes mains. Lily, enceinte et condamnée à mourir dans le Commerce. Je me figure le fils du Cordonnier, enlevé à sa famille pour suivre une formation de régimentaire, les parents du Voleur, exécutés par les autorités. D'accord, je ne connais pas ces gens, pourtant s'il m'est possible d'améliorer le sort d'une seule de ces personnes, cela n'en vaut-il pas la peine ?

Je me remémore l'état d'abattement général des ouvriers dans la Fumée. À quel point le sentiment d'échec pesait sur leurs épaules comme les nuages de suie dans les airs. Quel contraste avec le bal de l'Exéteur, où le champagne coulait à flots, où les convives dansaient dans des toilettes scintillantes hors de prix au son d'une musique divine ! Deux univers que tout sépare, pas seulement deux parties différentes d'une même ville. La royauté a beau prendre sans répit, elle n'est jamais rassasiée. Les dirigeants volent des jeunes filles à leur famille pour porter leurs enfants, arrachent de jeunes hommes à leur mère pour monter une armée, jouer le rôle de compagnon auprès des héritières, ou les servir. Nous ne sommes pas des objets. Nous sommes des êtres humains.

À moi de faire en sorte que tout cela cesse.

Au bout d'un moment, le chariot marque un arrêt brutal et le plancher vibre. Je me prépare au pire.

Je suis cernée par des voix qui crient ; des grognements d'hommes soulevant des objets lourds, le crissement du gravier, puis le sifflement assourdissant d'un train.

— Quelle direction ? interroge une voix.

— La Ferme. Le quart sud. Gare de Bartlett.

Je ne reconnais pas la voix du conducteur du chariot. Je me demande s'il appartient au Cercle de la Clé Noire. À moins qu'il n'ignore qu'il transporte des fugitifs.

— Papiers ?

Un léger froissement résonne. Je n'ose pas bouger, craignant que le bruit des perles ne nous trahisse.

— Très bien. Tout cela me paraît en ordre. Vous pouvez passer.

Le chariot se remet à avancer. Je perçois des bruits de locomotives et des voix masculines, et je manque lâcher un cri sonore à l'instant où on soulève mon tonneau. Je plaque une main sur ma bouche, et presse l'autre contre la paroi pour me stabiliser. Dieu merci, on ne me fait pas rouler. Je suis secouée dans les airs, trimballée en tous sens avant qu'on me dépose sur une surface stable dans un bruit sourd. Le tonneau glisse en arrière jusqu'à ce qu'il percute une paroi et s'immobilise totalement.

Une série de coups secs et de raclements retentit tandis que le reste des conteneurs est chargé dans le wagon.

Un nouveau sifflement déchire l'air et le train se met en marche.

Un poids se lève de ma poitrine. Nous sommes en route pour la Ferme !

Impossible de m'installer dans une position confortable. Les perles me compressent de toutes parts et je meurs d'envie d'étirer mes jambes. Mon ventre est tiraillé par la faim. Mon dernier repas commence à dater. C'était sûrement chez Lily. J'ai l'impression que c'était il y a des mois. Je me mets à rêver aux bons petits plats qu'on me concoctait dans le Joyau.

Des œufs à la coque avec des mouillettes. Du saumon fumé et du fromage frais sur des crackers. De l'agneau accompagné d'une sauce à la menthe. Du canard aux figues agrémenté d'une frisée.

Le mouvement du train et le ronronnement de la locomotive me bercent doucement. Je finis par m'assoupir pour me réveiller en sursaut lorsqu'une portière s'ouvre dans un coulissement brusque.

— Gare de Bartlett ! crie une voix.

— Lesquels, monsieur ? s'enquiert un jeune homme proche de moi.

— Ces trois-là. (La voix de Lucien me fait monter les larmes aux yeux.) Doucement, dit-il tandis qu'on saisit la barrique qui me contient et qu'on me soulève encore une fois dans les airs pour me redéposer brutalement.

— Voilà, c'est le dernier, annonce l'inconnu.

— Très bien. Tenez, c'est pour vous.

— Merci, monsieur.

Un claquement de fouet retentit, puis le véhicule sur lequel je me trouve maintenant se met à avancer. Au bout de quelques minutes, la voix de Garnet s'élève.

— On peut les faire sortir ?

— Pas encore, répond Lucien. Attendons d'avoir atteint les bois.

La route est criblée d'ornières. Je suis bringuebalée dans tous les sens et me cogne contre les parois. Pourvu que les bois ne soient pas trop loin.

La peur accumulée depuis quelques jours se dissipe lentement, remplacée par un petit bourdonnement d'excitation. Je suis dans la Ferme. Lucien est à mes côtés. Ainsi que Raven et Ash.

— Vous avez très bien géré la situation, commente Lucien au bout d'un long moment.

— Je tiens absolument à voir cet endroit de mes yeux, répond Garnet.

— Oui. Je pense que vous l'avez bien mérité. (Il marque une pause.) Évidemment, ça risque de ne pas plaire à Sil, je préfère vous prévenir.

— Ce n'est pas grave. Je n'ai pas peur d'elle.

Lucien part d'un rire léger.

— Vous devriez peut-être.

Nous empruntons un chemin plus régulier avant de nous engager sur une route encore plus cahoteuse que la première. Nous devrions être en sécurité à présent. Voilà des heures que nous sommes coincés dans ces conteneurs ! Je commence à songer à rappeler notre présence à Lucien quand le véhicule s'arrête.

Mon cœur se met à battre la chamade. Le couvercle du tonneau se dévisse et le visage de Garnet apparaît au-dessus de moi.

— Bonjour, Violet.

— Sortez-moi de là, supplié-je en lui tendant la main.

Quand je pose le pied sur le plancher, mes jambes se dérobent sous moi et je m'écroule dans ses bras.

— Asseyez-vous un instant, suggère Garnet.

Il m'amène au bord de la charrette en me soutenant et il m'aide à descendre. Lucien se tient devant moi, enveloppé dans un épais manteau de fourrure.

C'est plus fort que moi. Je fonds en larmes. Des sanglots embarrassants secouent ma poitrine et je suis prise de hoquet.

— Oh, ma chérie ! s'exclame-t-il tandis que je m'effondre dans ses bras. Je suis tellement fier de vous.

Je suis sur le point de le contredire. Après tout, je n'ai rien fait si ce n'est compliquer les choses pour tout le monde. Mais je n'ai pas l'énergie de protester. Pendant ce temps, Garnet ouvre les autres conteneurs.

Ash descend de la charrette et je l'enserre dans mes bras.

— Ce n'était certainement pas mon mode de transport préféré, murmure-t-il.

J'éclate de rire.

Garnet aide Raven à mettre pied à terre. Elle parcourt les environs d'un regard captivé.

— L'air est si pur ici, déclare-t-elle.

En effet. Je n'y avais pas prêté attention. Mais maintenant qu'elle le mentionne, je prends une grande inspiration tout en balayant les alentours du regard.

Il fait nuit. Deux lanternes sont suspendues de part et d'autre de la charrette, à l'avant, projetant un halo doré sur les arbres qui nous environnent. Des arbres ! Des arbres partout. Je tourne lentement sur moi-même, bouche bée. De petits arbres, de grands arbres, des arbres minces aux branches délicates, des troncs aussi larges que ceux des vieux chênes du Joyau, dans la forêt qui entoure le palais royal. Je me rappelle une forêt bien ordonnée, entretenue, domptée qui débouchait sur le jardin d'agrément du palais. Mais cette forêt-ci est encore plus belle et je mets quelques instants à comprendre pourquoi.

Cet endroit est naturel. Séculaire. Il ne porte pas l'empreinte de l'homme.

— Vous avez réussi ! dit Lucien en drapant mes épaules d'un gros manteau. Je sais que ça n'a pas été un jeu d'enfant, mais à présent, vous allez devoir nous aider à trouver notre chemin.

— Comment ça ?

Il désigne un arbre au tronc gris clair, non loin de là. Un symbole y a été gravé. Un *C* entrelacé à un *A*.

— Je ne connais pas la route au-delà de ce repère.

— Pardon ?

— Le *A* est pour Azalea. C'est elle qui m'a laissé cette indication. L'endroit où nous devons nous rendre est quasiment impossible à découvrir sans l'aide d'une personne qui possède le pouvoir des Augures.

— Je ne comprends pas.

Je jette un coup d'œil à Raven, qui hausse les épaules.

— Je sais que ça peut paraître étrange, réplique Lucien. Mais vous allez bientôt comprendre. Venez.

Il me conduit à l'avant de la charrette où un cheval au poil épais secoue sa crinière. Le souffle qui sort de ses naseaux produit de la vapeur blanche. Lucien décroche l'une des lanternes et me la tend.

— Vous allez marcher en tête de cortège. (Ash s'apprête à me rejoindre, mais Lucien l'arrête d'une main.) Non. Il faut qu'elle agisse seule.

— Dans quelle direction dois-je aller ?

— Suivez votre instinct.

Mon instinct ? Mon instinct me souffle que cela est impossible. Je préférerais déléguer mon rôle à un autre. Et moi qui pensais qu'une fois dans la Ferme, tout marcherait comme sur des roulettes. C'est Lucien qui élabore les plans. Moi, je ne demande qu'à être à l'abri. Je veux que mes amis soient en sécurité, et je ne veux plus avoir à fuir. Je songe à ce qui s'est passé depuis la nuit atroce où Ash et moi avons été pris la main dans le sac, j'entends de nouveau les promesses que Lucien m'a faites, je pense à Cinder qui est en train de mourir et à Lily qui va succomber à son accouchement, et les larmes jaillissent de mes yeux. Je lui arrache la lanterne des mains et m'élance à grands pas à travers bois.

Pas question qu'on me voie pleurer. Je ne les laisserai pas tomber. En même temps, je redoute que mon instinct m'abandonne.

Les claquements de sabots du cheval et le lent roulement de la charrette retentissent dans la nuit, et je sais qu'ils me suivent. J'ajuste le manteau autour de mon buste et brandis la lanterne devant moi. Les arbres se dressent sur mon chemin tels des fantômes, leurs branches tendues comme des bras squelettiques.

Plus je m'enfonce dans la forêt, plus les arbres sont touffus. Ils s'étirent et se contorsionnent dans des positions étranges, leur tronc ployé à des angles bizarres. Je crains que la charrette ne passe plus ou d'entraîner mes amis dans la mauvaise direction. Il n'y a pas de sentier, rien qui puisse m'orienter.

Comme je suis sur le point de rebrousser chemin, un courant d'énergie me traverse et se met à guider mes pas. Ma poitrine me tiraille un peu, comme si un crochet s'y était planté et s'y agrippait.

— Violet, tu as senti ça ?

Je suis tellement concentrée que j'ignore la remarque de Raven. Je tourne à gauche. La sensation redouble. Je suis attirée comme un aimant à travers les arbres. Je me laisse porter par mes pas sans même savoir où je vais, certaine de suivre la bonne direction. Comme si cette forêt m'était familière.

Une neige très fine se met à tomber, éclairée par le halo de ma lanterne ; elle se faufile entre les arbres tortueux. Je lève les yeux vers le ciel et j'ai le sentiment très étrange de me retrouver dans une sorte de monde miniature contenu dans une boule de verre. Et lorsque je pose de nouveau le regard sur les arbres, je distingue une petite lumière qui scintille.

Je presse l'allure, trébuchant contre les racines, contournant les troncs et plongeant sous les branches jusqu'à ce que je parvienne à la lisière d'une clairière. Au milieu se dresse une grande maison en brique flanquée d'un porche. Au loin s'élève une grange.

Le rez-de-chaussée est éclairé.

— Bien joué ! me félicite Lucien qui se rapproche bientôt avec la charrette.

Garnet est assis près de lui, les yeux grands ouverts. Ash et Raven, installés à l'arrière, se penchent pardessus le rebord pour mieux voir.

— Cet endroit est quasiment impossible à trouver, constate Lucien avec un sourire. Croyez-moi. J'ai passé des heures à fouiller cette forêt sans succès.

— Mais… où sommes-nous ?

— Dans votre nouvelle maison.

Son sourire s'élargit.

— Bienvenue à La Rose Blanche.

14.

La porte de la maison s'ouvre. Une menue silhouette se découpe à contre-jour et s'avance dans la nuit.

— Lucien ! s'écrie une voix féminine éraillée. Arrête de rôder dehors comme un voleur !

— C'est Sil, m'apprend-il.

Il me tend la main et je m'installe à côté de lui sur la charrette.

Les chevaux remontent le sentier qui mène à la maison au petit trot. Dans l'herbe est plantée une pancarte érodée par le temps. Lorsque nous passons devant, la lanterne l'illumine et je lis l'inscription à moitié effacée : LA ROSE BLANCHE. Je jette un coup d'œil vers mes compagnons, derrière moi. Ash a l'air un peu méfiant, mais Raven semble ravie. Elle balaie du regard les environs.

— Lucien, qui est Sil ? questionné-je.

Il hésite un instant.

— Je préfère que ce soit elle qui vous l'explique.

Je distingue peu à peu la maison et ses alentours. Devant le porche pousse un jardin sauvage en jachère par cette saison. Des guirlandes de lierre s'enroulent autour des rambardes et grimpent le long de la façade en brique rouge.

Lucien stoppe la charrette. Sil ne vient pas à notre rencontre. Elle reste campée devant la porte d'entrée, le visage plongé dans l'ombre.

— Bon sang, combien de gens m'as-tu ramenés ? aboie-t-elle.

— C'est Violet, rétorque Lucien en me désignant d'un geste.

— Je sais très bien qui c'est. Mais les autres ?

— Ce sont mes amis, interviens-je.

— Ils ne sont pas les bienvenus ici.

— Je ne vais nulle part sans eux.

Sil émet un petit cri mécontent.

— Tu aimes bien te compliquer la vie, je me trompe ?

Je réponds par un silence. Nous n'avons pas fait tout ce chemin pour rien. Pas question d'abandonner Ash et Raven maintenant.

— Sil…, bredouille Lucien.

Elle lui demande d'un signe de se taire.

— Entrez ! nous ordonne-t-elle. Avant qu'on meure tous de froid.

Je ne sais pas trop quoi penser de cette femme. À en juger par leur expression, Garnet, Raven et Ash sont aussi perplexes que moi. Lucien ne se le fait pas répéter. Il grimpe docilement les marches du perron et s'engouffre dans la maison dare-dare. Nous lui emboîtons le pas.

Le rez-de-chaussée est un espace ouvert. Il se constitue d'une seule grande pièce contenant à la fois un salon, une salle à manger et une cuisine. Le plancher est couvert de tapis noués main d'une grande variété de couleurs et de motifs. Peaux d'animal, patchworks… Un métier à tisser est disposé contre le mur sur ma gauche. La plupart des meubles sont fabriqués maison, même s'ils ne sont pas d'aussi bonne qualité que ceux de mon père. Un canapé trop rembourré. Une chaise à bascule placée auprès de la cheminée, où vacille un feu mourant. Une table. Dans le coin cuisine, un grand poêle en fonte, un évier immense, et un râtelier suspendu au plafond où est accroché un assortiment de casseroles et de marmites. Un escalier à l'angle opposé mène au premier étage.

Le contraste est surprenant entre cet intérieur et le décor opulent du palais du Lac, avec ses tapis molletonnés, ses lustres et ses lits à baldaquin. Pourtant je préfère cette maison. Au moins, elle est douillette. C'est un lieu qui est habité, aimé. Un foyer, un vrai. On s'y sent chez soi.

Quelque chose mijote dans la marmite sur le poêle, emplissant la pièce tout entière d'une odeur délicieuse de viande et de légumes. Mon estomac gargouille.

— Eh bien, voyons voir à quoi tu ressembles, lance Sil, interrompant le fil de mes pensées.

Je me retourne et me trouve face à une paire d'yeux argentés perçants. Sil est âgée, plus vieille que ma mère. Sa peau est couleur café au lait. De profondes rides soulignent ses yeux et sa bouche. Sa chevelure noire crépue, grisonnante aux tempes, forme une auréole frisée qui encadre son visage. Elle porte une salopette d'homme trop grande pour elle, une tenue de jardinier, sur une chemise à manches longues. De grosses cicatrices barrent sa main droite.

Elle est beaucoup plus petite que moi, néanmoins elle me toise de haut. Son attitude me rappelle étrangement ma rencontre avec la duchesse, bien que je sois beaucoup moins terrifiée aujourd'hui que lors de mon arrivée au palais du Lac.

— Alors comme ça, tu es la dernière à avoir obtenu le score parfait ? commente-t-elle, faisant allusion au dix sur dix que j'ai reçu pour le troisième Augure, la Croissance. Elle n'a pas l'air aussi forte qu'Azalea, dit-elle à Lucien.

— Elle possède toutes les qualités requises, rétorque Lucien d'une voix sèche.

Je l'interroge du regard.

— Comment ça ?

— Tu ne l'as pas informée ? commente Sil.

— De quoi veut-elle parler ? dis-je.

— J'ai exigé de Lucien qu'il me trouve une mère porteuse ayant obtenu un score parfait au test de la Croissance, répond Sil.

— Mais… je pensais… Lucien ?

Je ne comprends pas. Lucien n'a jamais mentionné ce détail. Il m'affirmait qu'il m'avait choisie parce que je lui faisais penser à sa sœur.

— Violet, assure-t-il en avançant d'un pas vers moi. (D'instinct, je recule.) Ce que je vous ai confié est vrai. Vous me rappelez énormément ma sœur, Azalea. Il s'avère aussi que vous excellez dans le domaine de la Croissance.

— Vous auriez dû m'en parler.

— Cela aurait-il fait une différence ? Vous seriez-vous davantage fiée à moi ? Moins, peut-être ?

Je refuse de répondre à cette question.

Sil part d'un rire cynique.

— Ce n'est pas vraiment la figure paternelle idéale, hein ? Azalea était déçue elle aussi.

Un voile de chagrin passe sur le visage de Lucien. Je prends sa défense.

— Ne dites pas ça.

— Il a fallu qu'elle meure pour qu'il comprenne – comprenne vraiment – que les choses doivent changer, poursuit Sil.

— Et toi, quelle est ton excuse pour t'être planquée ici pendant quatre décennies ? réplique Lucien. Cela faisait-il partie d'une stratégie ? Non. Tu avais la trouille, comme moi. L'histoire d'Azalea t'a donné un déclic à toi aussi.

Sil étrécit ses yeux gris.

— Tu ne sais pas ce que j'ai enduré pour en arriver là.

J'interviens.

— Vous ne savez pas ce que *nous*, nous avons tous enduré. Depuis le début, Lucien me rabâche que je possède de mystérieux pouvoirs que vous êtes censée m'aider à découvrir. Je vous en prie, faites-le. J'en ai ma claque des mystères et des mensonges.

Elle esquisse un sourire presque imperceptible.

— Vos désirs sont des ordres, milady. (Je serre les dents. Elle se tourne vers mes trois compagnons.) Vous trois, amenez le cheval dans la grange et déchargez les provisions. (Elle jauge Raven de la tête aux pieds ; son expression se radoucit quelque peu.) Combien de mois ?

Raven me questionne du regard.

— Je ne sais pas, énonce-t-elle en jouant avec son pull trop grand. Trois, peut-être ?

Sil s'approche d'elle et pose la main sur son ventre. Raven tressaille.

— Que t'ont-ils fait, ma petite ? murmure Sil.

— Le pire qu'on puisse imaginer, répond Raven du bout des lèvres.

Elle hoche lentement la tête avant de reporter les yeux sur Ash et Lucien, qui attendent dans l'entrée.

— Qu'est-ce que vous fabriquez encore là ? Oust ! Pas de nourriture tant que la charrette n'a pas été vidée.

Ash me consulte en fronçant les sourcils. Je hausse les épaules. Nous sommes venus ici pour une raison bien précise. Cette femme n'est sans doute pas très agréable, pourtant je ne pense pas qu'elle ait mauvais fond. Nous sommes en sécurité dans cette maison. Je le sens. Ash et Lucien franchissent le seuil et disparaissent dans la nuit.

— Assis, m'ordonne Sil en pointant la table de la salle à manger.

On s'exécute. Pendant ce temps, Sil va dans la cuisine. Elle revient avec deux bols de ragoût – un mélange de bœuf, de carottes et de petits oignons baignant dans une sauce brune onctueuse. Elle me donne une cuiller et je me jette sur la nourriture. Nous mangeons avec voracité sans piper mot. À part le cliquetis métallique des couverts contre la céramique et les soupirs de contentement occasionnels, on entendrait une mouche voler. En quelques minutes, les récipients sont vides. Une fois que nous avons fini, Sil pose son regard sur Raven.

— Il y a des chambres à l'étage, dit-elle. Tu as l'air fatiguée. Il faut que tu te reposes.

Raven hésite.

— Tu ne crains rien ici, mon enfant. Tu as ma parole.

— Je te rejoins dans peu de temps, assuré-je.

Manifestement, Sil a besoin de me parler en tête à tête.

Mon amie se frotte les yeux.

— D'accord, acquiesce-t-elle en poussant un soupir.

Elle se dirige vers l'escalier et monte les marches d'un pas lourd. Je remercie le ciel car, ce soir, nous allons tous dormir dans de vrais lits.

Entre-temps, Sil a fait un aller-retour dans la cuisine. Elle en a rapporté deux tasses de thé fumant.

— Tiens, dit-elle en m'en tendant une.

Elle s'installe dans la chaise à bascule.

Je vais m'asseoir sur le canapé près d'elle et hume le liquide sombre. Un parfum de terre s'en dégage.

— Ne t'inquiète pas, ce n'est pas du poison, remarque Sil en en prenant une grande gorgée.

Je porte le mug à mes lèvres et aspire le thé. Il a un goût d'écorce et de cannelle.

— Dans quel institut es-tu allée ?

— Southgate.

— Ah ! Une fille du quart sud, commente Sil en prenant une nouvelle goulée de thé et en se balançant dans son fauteuil. Moi, j'étais à Northgate. Quel cauchemar, cet endroit ! Une fichue prison !

Ma tasse manque me tomber des mains.

— *Northgate ?* Vous étiez mère porteuse ?

Sil lâche un petit rire sans joie.

— Je ne sais pas comment cet homme fait pour garder tous ces secrets, reprend-elle avec un mélange de réticence et de respect. Il m'avait promis qu'il ne te dévoilerait rien à mon sujet. Mais vu la manière dont il parle de toi, j'aurais parié qu'il vendrait la mèche.

Je n'en reviens toujours pas. C'est impossible. Sil ne peut pas être mère porteuse. Elle est trop vieille. Elle aurait dû mourir depuis belle lurette. À moins qu'elle ne se soit échappée de Northgate ? Ou qu'elle ait bénéficié de la protection de quelqu'un dans le Joyau ?

Je me masse les tempes. Trop de questions défilent dans ma tête. J'ai l'impression qu'elle va exploser sous la pression.

Sil vide le contenu de sa tasse.

— Ne réfléchis pas trop, tu finiras par te péter un vaisseau dans le cerveau. Je vais te raconter mon histoire depuis le début. Mais pour cela, j'ai besoin de quelque chose d'un peu plus fort que du thé.

Elle s'élance dans la cuisine et revient avec une tasse pleine d'un liquide qui sent fortement l'alcool. Elle se rassoit dans le fauteuil à bascule. Dans la cheminée, les flammes se ravivent comme si on venait d'y ajouter de nouvelles bûches. Je sursaute.

— Il fait froid, observe Sil en guise d'explication. Elle aspire une longue gorgée.

— Je suis née dans le quart nord du Marais il y a environ soixante ans. À l'âge de onze ans, j'ai été diagnostiquée mère porteuse. Ma mère avait succombé au typhus quand j'avais six ans. Mon père travaillait dans la Fumée. Il est mort dans l'incendie de son usine. C'est ma grand-mère qui m'a élevée, moi ainsi que mes trois frères aînés, jusqu'à ce qu'on m'envoie à Northgate. (Elle se gratte le menton.) J'ai entendu dire que, dans certains instituts, on permet aux jeunes filles de revoir une dernière fois leur famille avant la Vente. C'est vrai ?

— Oui. On appelle cela le Jour du Jugement. La veille des Enchères.

— Le Jour du Jugement, marmonne-t-elle. Quoi qu'il en soit, ça ne se passait pas comme ça à Northgate. Je n'ai jamais revu ma famille. J'avais seize ans quand la gardienne en chef m'a annoncé qu'il était temps pour moi de filer aux Enchères. La Vente à laquelle j'ai participé ne comprenait que vingt-deux lots. Je suppose que la royauté n'avait pas particulièrement envie de se reproduire cette année-là. J'étais le numéro de lot 22. J'avais les scores les plus élevés. Mon résultat au troisième Augure était parfait. (Elle plonge son regard dans le mien.) Je fus achetée par la duchesse du Lac.

Mon souffle se suspend. Il ne peut s'agir de la même personne. Sil est trop âgée. C'est donc la mère de ma duchesse qui l'avait acquise. Mes doigts s'engourdissent. J'ai l'impression qu'on m'a bourré la tête de coton ; le monde tombe dans le silence, les bruits sont étouffés, mes sens se mettent en veille. Sil affiche un petit sourire satisfait.

— J'ai pensé que cette information t'intéresserait. La Maison du Lac a du mal à garder ses mères porteuses, à ce qu'on dirait.

Elle avale une autre gorgée d'alcool. J'ai le sentiment qu'elle prend un malin plaisir à m'apprendre tout ça.

— La duchesse était une femme fragile. Toujours malade. Quant au duc… (Sil marque une pause ; son regard s'assombrit.) Il dirigeait sa maison d'une poigne de fer. Il était froid, dédaigneux et dévoré par l'ambition. D'ordinaire, c'est la femme qui gère la mère porteuse, mais pas dans le palais du Lac. Non, il avait de grands projets pour moi. Il m'a fait patienter plus longtemps que de raison. Autour de moi, les filles tombaient enceintes. Ou bien elles mouraient. Voire les deux. Puis, un jour, la prétendante au trône est morte.

Je me rappelle cette anecdote pour l'avoir étudiée en cours d'histoire. Au départ, c'était la sœur de l'Exéteur qui devait accéder au trône. Mais elle a fait une chute de cheval mortelle à l'âge de huit ans. L'Exéteur, qui n'avait que deux ans à l'époque, est alors devenu le nouvel héritier.

— C'est à ce moment-là que le médecin a commencé… ses consultations. Inutile que je te fasse un dessin, dit Sil d'une voix maussade.

Je pince les lèvres.

— Je suis tombée enceinte. Ce n'est qu'au deuxième trimestre qu'on s'est rendu compte que j'attendais des jumelles. J'ignore comment le docteur a pu passer à côté de ça. Ce salopard de duc voulait se débarrasser de l'une des deux. Mais sa femme a refusé. Il m'a demandé de choisir. De focaliser tous mes Augures sur seulement un des deux enfants, probablement dans l'espoir que l'autre meure. Et j'ai obéi. J'ai fait exactement ce qu'on m'a ordonné.

Je pose ma tasse par terre et me prends la tête entre les mains. La pièce tourne. Sil est la mère porteuse de *ma* duchesse.

— Une semaine avant le terme estimé de ma grossesse, on m'a conduite loin du palais. Il existait un endroit où on nous gardait jusqu'à l'accouchement. Un lieu complètement aseptisé, froid et blanc, avec un éclairage aveuglant. C'était horrible. Il y avait trois filles avec moi. On les a emmenées les unes après les autres. Elles ne sont jamais revenues.

Sil scrute le feu. Les rides aux coins de ses yeux et de sa bouche s'accentuent au fil de sa narration. Elle et moi connaissons parfaitement le sort réservé à ces jeunes filles. Mais ça n'explique toujours pas comment Sil s'en est tirée.

— Quand mon tour est venu, ils m'ont transférée en salle d'accouchement. Le médecin était là. Il m'a ordonné de pousser. Une infirmière me tenait la main. Elle était grasse et avait les paumes moites. Mais je me souviens surtout de la douleur. Une douleur inouïe. Pire que l'apprentissage des Augures. Le premier enfant est sorti. (Les yeux de Sil brillent comme du cristal et elle frotte sa main couverte de cicatrices contre sa mâchoire.) Je me rappelle m'être demandé comment une chose pouvait être à la fois si belle et si hideuse. Elle criait à pleins poumons. Sa sœur est née une minute plus tard. Elle était plus chétive. Plus calme. Puis ils les ont emportées et m'ont laissée seule. Ils m'ont abandonnée, à l'agonie. (Elle aspire une goulée d'alcool.) Les salauds.

— Mais comment... ?

Nous en venons au point essentiel. Je sens que c'est à partir de là que tout a commencé. C'est pour cette raison que Lucien m'a amenée ici.

— Comment avez-vous survécu ?

— Parce que je suis plus forte qu'eux ! s'écrie Sil en abattant son poing contre l'accoudoir du fauteuil. Nous possédons un pouvoir insoupçonnable. La royauté se l'est approprié, l'a détourné à sa convenance, mais nous sommes plus fortes que ça. Ce pouvoir nous appartient. (Elle se balance d'avant en arrière pendant quelques instants ; sa chaise grince.) À ton avis, qu'est-ce que sont les Augures, au juste ?

— Je ne sais pas. Une mutation génétique, non ?

— Ne me récite pas les conneries dont la royauté t'a bourré le crâne. Pense par toi-même. Que sont les Augures ?

Je songe aux images qui ont jailli dans mon esprit lorsque je me suis connectée au vieux chêne du parc de la duchesse et durant mes rendez-vous médicaux. Je revois l'arbre dans un champ, les branches bercées par la brise, et puis en hiver, dénudé, sous la neige. Je songe à la vive émotion qui s'est emparée de moi à cette vision.

— C'est… difficile à expliquer. Mais parfois, c'est comme si… je ne faisais plus qu'un avec la nature. Comme si je fusionnais avec la plante à laquelle je me connecte. Comme si je m'insinuais dans son essence profonde, son histoire. Et qu'elle me reconnaissait aussi.

— La vie est partout en ce monde, commente Sil. Tout est connecté. Nous les humains, nous nous croyons supérieurs car nous parlons et nous pensons ; comme si on ne pouvait pas s'exprimer autrement qu'avec une bouche, ou que, sans cerveau, on ne pouvait pas penser.

Elle s'arrête quelques secondes ; seuls les crépitements du feu résonnent dans la pièce.

— Les mères porteuses sont les rares personnes à avoir la chance de pouvoir ressentir ces connexions. Les pouvoirs que nous possédons ne sont pas destinés à faire l'objet de démonstrations de boudoir. Pourquoi penses-tu qu'on nous apprend en premier la Couleur et la Forme ? Ce n'est pas naturel. Ce sont ces pouvoirs qui provoquent les migraines et les saignements. Ils ne sont pas nécessaires. La royauté s'en sert pour nous contrôler et nous dompter. Il n'existe qu'un seul et vrai « Augure », si tant est qu'on puisse parler d'Augure, et il ne s'appelle pas la Croissance. Mais la Vie. Or nous ne la possédons pas, pas plus que nous ne la maîtrisons. En revanche, nous sommes capables de la ressentir. On nous apprend à contrôler les Augures, mais ce pouvoir-là est incontrôlable. On peut seulement l'accepter comme notre égal.

— Je ne comprends pas.

— J'étais étendue sur le lit médical. Je me vidais de mon sang. Je sentais la vie me quitter. Et j'ai demandé de l'aide. (Sil se frotte les paumes l'une contre l'autre.) Quelque chose dans cette salle a entendu mon appel au secours et a réagi. Une chaleur incroyable m'a inondée, l'hémorragie a cessé, et j'ai recouvré mes forces. Je... (Elle détourne le visage. J'ai le sentiment qu'elle s'autocensure.) Le décor s'est précisé autour de moi et j'ai éprouvé un étrange sentiment de bien-être. Comme si un chœur me fredonnait : « Tiens bon. » Et c'est exactement ce que j'ai fait. Je me suis accrochée.

— Vous avez entendu des voix ?

— Non. Tu comprendras bien assez tôt. Si tu en es capable, ajoute-t-elle avec un léger mépris. Pourvu que tu sois plus forte que tu n'en as l'air.

— J'ai affronté beaucoup d'épreuves, rétorqué-je, lasse de son attitude condescendante.

— Ah bon ? réplique Sil. Tu as déjà donné naissance à deux enfants pour t'apercevoir ensuite que tu n'es pas à l'hôpital mais à la morgue ? Tu t'es déjà retrouvée coincée dans une pièce avec pour seule compagnie un monstre qui crache du feu ? Si

Lucien connaissait l'existence de cet incinérateur, c'est grâce à moi. Tu imagines les efforts que cela m'a demandés, d'éteindre ce feu par moi-même ? (Elle retrousse sa manche et je m'aperçois que les cicatrices lui mangent l'ensemble du bras. Elles brillent à la lueur des flammes.) Je m'en suis sortie de justesse. Et je n'avais personne pour me tenir la main. Personne pour me soutenir.

— Je ne vois toujours pas ce que vous attendez de moi. Qu'est-ce que je fais ici ? Quel rôle dois-je jouer dans cette histoire ?

— Pendant trop longtemps, la royauté a abusé de notre pouvoir. Il faut réinstaurer un équilibre. Nous avons besoin de quelqu'un d'assez fort pour invoquer la nature tout entière, l'ensemble des éléments. Cette île a été découpée et reconstituée par la royauté. Elle veut retrouver son unité. La royauté possède une armée, de l'argent, des armes. Mais tout cela n'est rien face à la force brutale de la nature. Cette force a besoin d'aide. De *toi*. Penses-y. Pourquoi ont-ils construit ces murs entre les différents cercles ? Pour nous séparer les uns des autres, nous affaiblir. Se protéger de leur propre peuple. Ils vivent dans la crainte, comme tous les tyrans, qu'un jour leurs sujets se soulèvent et se retournent contre eux. Leurs murs sont épais, infranchissables. Mais imagine qu'il existe quelqu'un ayant le pouvoir de les fissurer, le pouvoir d'ouvrir un espace assez grand pour permettre à une armée de passer.

— Vous pensez que j'ai ce pouvoir ?

Je n'ai aperçu le mur d'enceinte du Marais ainsi que la Grande Muraille que de loin. Ils sont constitués d'une pierre noire très résistante. Comme l'a remarqué Sil, ils sont infranchissables.

— Oui, renchérit-elle d'un ton grave. Je pense que tu en auras le pouvoir.

— La royauté ne va-t-elle pas s'empresser de reboucher le trou ?

— Et combien de temps penses-tu que cela leur prendra ? Ça ne se réalise pas du jour au lendemain. S'ils ne peuvent plus isoler les différents cercles de la Cité… cela risque de donner un tour intéressant à nos affaires, non ?

— Pourquoi ne vous en occupez-vous pas vous-même ? Vous avez obtenu un résultat parfait au test de la Croissance. Pourquoi avez-vous besoin de moi ?

— Je suis trop vieille, maintenant. J'ai cru qu'Azalea pourrait s'en charger mais son pouvoir était… limité. Nous n'avons plus qu'à espérer que ma théorie sur toi se révèle correcte.

À cet instant, la porte s'ouvre à la volée et Lucien, Garnet et Ash pénètrent dans la pièce.

— Bien, déclare Sil sans leur laisser le temps de parler. Nous avons assez discuté pour ce soir. Il y a du ragoût sur le poêle. Les chambres sont à l'étage. Nous nous mettrons au travail dès demain.

Elle se lève, attrape un manteau et une écharpe accrochés à une patère et les enfile.

— J'espère que tu ne t'es pas trompé à son sujet, dit Sil en passant devant Lucien avant de sortir. Autrement, nous ne sommes qu'un troupeau d'imbéciles idéalistes. Et nous vivrons comme des cafards planqués sous un rocher pour le restant de notre fichue vie.

15.

Les hommes se servent une généreuse portion de ragoût.

— Qu'est-ce qu'elle t'a dit ? demande Garnet, la bouche pleine de carottes.

J'ai la tête encore retournée par notre conversation.

— Je ne suis pas encore sûre d'avoir tout compris.

— Ça viendra, commente Lucien. Azalea y était parvenue.

— Je ne suis pas Azalea, répliqué-je sèchement. J'aimerais que vous arrêtiez de me comparer à elle.

Lucien affiche un air peiné.

— Je sais bien. Mais je sais aussi que vous en êtes capable.

— Je ne comprends pas ce que vous attendez de moi, m'écrié-je en levant les mains au ciel. Je ne suis pas aussi forte que vous le pensez, Lucien. La Croissance n'est pas si puissante.

Alors je me rappelle cet après-midi au palais, juste avant que je ne rencontre Ash, lorsque la duchesse m'avait convoquée dans son petit salon et m'avait demandé de réaliser une démonstration de cet Augure devant lady de la Flamme. J'avais fait pousser une plante si vite qu'elle avait détruit des étagères remplies de porcelaines et décroché des tableaux du mur. Serais-je capable de reproduire la même chose à une échelle plus grande ?

— Vous n'en avez pas encore conscience, reprend Lucien. C'est tout. Si j'avais pu vous entraîner moi-même, je l'aurais fait. Mais il faut être mère porteuse pour cela. (Il pose sa cuiller.) N'avez-vous pas envie de savoir qui vous êtes vraiment ? De ne plus être réduite à un rôle de génitrice, un rôle qui vous a valu d'être arrachée à votre famille, qui vous fait saigner du nez et vous donne la migraine ?

— Ne feignez pas de prendre mes intérêts à cœur. Vous voulez votre révolution et, pour une raison que j'ignore, vous croyez que je peux vous aider à la mener.

— En effet, acquiesce Lucien. Mais ne souhaitez-vous pas cette révolution aussi ?

J'appuie mes doigts sur mes paupières.

— Je suis fatiguée. Je vais me coucher.

Je gagne le premier étage d'un pas lourd et traînant. L'escalier débouche sur un long couloir tapissé d'une moquette verte ternie. J'inspecte chaque pièce jusqu'à ce que je découvre Raven dans une chambre contenant des lits jumeaux. Elle dort à poings fermés. Le clair de lune se faufile à travers les rideaux et illumine son visage. Je m'assieds à côté d'elle pendant un instant. Elle va déjà beaucoup mieux qu'à son réveil à la morgue. Mais quand même… Mon regard se pose sur son ventre.

La porte s'ouvre dans un grincement et Ash pénètre dans la pièce. Il me tend la main et m'entraîne loin de Raven, dans une autre chambre. Il referme la porte derrière lui et je m'abandonne contre son torse ; il enroule ses bras autour de ma taille. Pour la première fois depuis longtemps, nous sommes complètement seuls.

— On a réussi, murmure-t-il contre ma chevelure.

— Oui.

Il sent le foin et la suie.

— Tu penses vraiment qu'on ne craint rien ici ?

— Oui, assuré-je en m'écartant pour le regarder.

— Cette forêt… J'ignore comment tu as réussi à trouver cet endroit.

Je hausse les épaules.

— Lucien avait raison. Comme toujours.

— Lucien n'est pas un être suprême. C'est un homme. Il peut commettre des erreurs aussi. Tâche de ne pas l'oublier.

Je me hérisse.

— Tu crois qu'il a commis une erreur en me sauvant la vie ?

— Non. Mais il te met la pression. Cela ne me semble pas très juste.

Je scrute le mur derrière lequel mon amie dort profondément.

— Raven va mourir, dis-je. Et je ne peux rien faire pour l'empêcher. En quoi le fait de renverser la royauté l'aidera, elle ? C'était l'objectif de tout ça. Me sauver moi pour que je parvienne à en sauver d'autres. Et même si j'y arrive, dans le fond, qu'est-ce que ça changera au vrai problème ? Puis-je voler au secours de tous les compagnons dont on abuse ? Puis-je aider toutes les Cinder qui meurent de maladie des poumons, ou les Annabelle qui sont assassinées par leur maîtresse ? (Les larmes me montent aux yeux et dégoulinent le long de mes joues.) Peut-être que Lucien aurait dû choisir quelqu'un d'autre. Et s'il s'était trompé ?

Ash pose l'index sous mon menton et me force à relever la tête. Du bout des doigts, il me caresse le cou.

— Écoute-moi bien. Raven allait mourir seule, dans la douleur, en donnant naissance à un enfant qui n'est pas le sien. Ou bien elle aurait succombé avant. Tu l'as aidée à s'enfuir. Peut-être que ce n'est pas la solution parfaite, mais au moins, elle se retrouve avec ses amis au lieu d'être enfermée dans le palais de la Pierre. Et tu m'as sorti de mon cachot, alors que j'étais condamné à mort. Cela fait déjà deux vies que tu sauves du Joyau, sans compter la tienne, que tu sembles placer en dernier sur ta liste. Tu ne peux pas sauver tout le monde, Violet. C'est impossible. Alors ne t'impose pas des objectifs irréalisables. Et ne répète plus jamais que tu es le mauvais choix.

— Je ne veux pas perdre Raven.

— Je sais. (Ash repose son front contre le mien.) Cinder me manque déjà. Je sais qu'elle n'est pas encore partie, mais… C'était ma compagne de chaque instant chez mes parents. Elle m'a permis de tenir le coup.

Une larme glisse sous sa paupière et je la chasse du pouce. Le bas de son visage est couvert d'une barbe de quelques jours.

Il y a si longtemps que je n'ai rien éprouvé d'agréable. Voilà des jours que je vis dans l'angoisse. Toutes les tensions se désagrègent à l'instant où je pose mes lèvres sur les siennes.

Notre baiser est tendre et langoureux. Nous n'avons plus à nous presser, à nous préoccuper des leçons de Carnelian ou de l'apparition soudaine de la duchesse. Nous sommes à l'abri du danger et j'ai souffert de ne pas avoir partagé cette intimité avec lui. Je glisse mes mains sous son pull et lui caresse le bas du dos. Il applique sa bouche sur mon cou. Ses lèvres sont douces et chacun de ses baisers avive une flamme au plus profond de mon être.

En un battement de cils, je lui ôte son haut. J'avais presque oublié la douceur de sa peau, le dessin de sa clavicule, la puissance de ses épaules. Mes mains courent sur son ventre, lui arrachant un soupir de plaisir. Il agrippe mon pull et le remonte. Je lève les bras pour lui faciliter la tâche.

Au contact de son corps, un frisson de désir me parcourt. Ma peau s'électrise sous son toucher. J'engouffre les doigts dans sa tignasse à l'instant où sa bouche revient s'écraser sur la mienne.

Inconsciemment, je récite le mantra.

Un : le voir tel qu'il est. Deux : se le représenter mentalement. Trois : le plier à sa volonté.

Sans même avoir besoin d'ouvrir les yeux, je sais qu'il est redevenu châtain. Je veux qu'il soit lui, tout simplement.

Il part d'un rire léger contre ma joue.

— Tu as recoloré mes cheveux ?

Sa voix m'embrase la peau.

— Comment le sais-tu ?

— Un courant de chaleur me traverse quand tu le fais. Et puis… Ça chatouille.

— Ah bon ?

Je suis ravie qu'il trouve le processus agréable. C'est à peine si je ressens un léger élancement à la base de mon crâne.

Il glisse un doigt le long de ma taille et je lâche un petit gémissement de plaisir.

— Hummm…

On cogne à la porte.

— Violet ?

La voix de Lucien m'oblige brusquement à redescendre sur terre ; mon ventre se noue. Je m'empresse de revêtir mon haut.

— Super, marmonne Ash qui se rhabille aussi.

J'ouvre la porte.

— Bonsoir, dis-je, le souffle saccadé.

Mes joues me brûlent. Je ne pourrais pas avoir l'air plus coupable.

Le regard de Lucien navigue entre nous deux.

— Si jamais vous posez encore vos sales pattes sur elle, je vous casserai la figure.

— Vraiment, Lucien ?! m'écrié-je, exaspérée.

— Je crois que nous savons déjà qui de nous deux est le plus fort, réplique Ash.

— Ash !

— Je n'ai pas pris autant de risques pour que vous puissiez satisfaire vos… pulsions sexuelles, rétorque Lucien. Elle est ici dans un but autrement plus important.

— Vous pensez que je l'ignore ?

— Non, dit Lucien en faisant un pas dans la pièce. Je pense que vous n'avez qu'une seule idée en tête.

— Arrêtez tous les deux, interviens-je.

— Vous êtes un génie, Lucien. C'est de notoriété publique. Pourtant parfois vous pouvez être d'une bêtise affligeante.

— Pardon ?

Lucien fait un autre pas vers lui. Je le saisis par le coude pour le retenir.

— Vous haïssez les compagnons car nous possédons une chose qui vous manque. Mais vous ne voyez pas qu'on nous a pris quelque chose à nous aussi ?

Lucien lâche un rire froid qui me donne la chair de poule.

— Vous parlez sans savoir.

— Tout va bien ?

La voix de Garnet nous fait tous sursauter. Il s'appuie contre le chambranle de la porte, un sourire narquois aux lèvres. Je me demande depuis combien de temps il assiste à la dispute.

— Ça va bien, répond Lucien d'un ton sec. Nous avons tous besoin de dormir. Surtout vous, Violet. Vous avez une grosse journée qui vous attend demain.

— Je vais dormir dans la chambre de Raven, lui dis-je. Garnet n'a qu'à partager celle-ci avec Ash. Mais, Lucien… (Je plonge le regard dans ses yeux bleu sombre.) Je ne veux plus que vous vous immisciez dans notre histoire. Je ne me suis pas enfuie d'une prison pour pénétrer dans une autre. Vous allez devoir vous fier à moi. Je suis parfaitement capable de choisir par moi-même. Et c'est précisément ce que je compte faire.

Lucien hoche sèchement la tête, le visage grave. Puis il sort sans accorder un regard à Ash.

Garnet pénètre dans la chambre d'un pas nonchalant et assène une tape affectueuse à Ash.

— Eh bien ! s'exclame-t-il. Une journée riche en rebondissements ! Si vous voulez un peu d'intimité, ajoute-t-il en se penchant à mon oreille et en feignant de chuchoter, je ne dirai rien.

Je lève les yeux au ciel.

— Tu as effectivement besoin de te reposer, confirme Ash. Je ne sais pas ce que Sil te réserve, mais elle n'a pas l'air de plaisanter.

Un bâillement m'échappe. Ash m'adresse un sourire attendri. Il dépose un baiser sur chacun de mes yeux avant de s'emparer de ma bouche.

— File, murmure-t-il. On se verra demain au petit déjeuner.

J'ai beaucoup de mal à me séparer de lui, mais je suis éreintée. Quand je retourne dans la chambre de Raven, elle dort toujours. J'ôte mes chaussures et, sans prendre la peine de me déshabiller, je me recroqueville sous la couverture du lit vide. Les draps sentent la bruyère. Je songe à mon lit, dans le Marais, chez mes parents. Quand il faisait particulièrement froid ou par nuit d'orage, Hazel se faufilait sous la couette avec moi et nous nous endormions blotties l'une contre l'autre.

— Bonne nuit, Hazel, formulé-je comme j'avais l'habitude de le faire à Southgate, au moment du coucher. Bonne nuit, Ochre. Bonne nuit…

Mais avant d'en venir à ma mère, je suis happée par un profond sommeil.

16.

On cogne à la porte, m'arrachant brutalement à mon sommeil.

— Debout ! aboie Sil. Aujourd'hui nous allons voir ce que tu as dans le ventre.

Je pourrais facilement dormir une douzaine d'heures supplémentaires. Je me frotte les yeux et m'étire, puis me tourne vers Raven. Je préférerais la laisser dormir encore un peu. Mais je ne veux pas qu'elle se réveille seule.

Je la secoue par l'épaule.

— Raven. Il est l'heure de se lever.

Elle se redresse comme un diable sort de sa boîte.

— Tout est noir, trop noir, lâche-t-elle dans un halètement. (Elle pose sur moi un regard absent.) Ils vont t'arracher les yeux.

— Tout va bien, la rassuré-je en prenant son visage au creux de mes mains pour la forcer à se focaliser. Tu es Raven Stirling. Tu es réelle. Tu es plus forte que ça.

Le changement est visible. Ses joues rosissent, son regard redevient pétillant.

— Violet ? s'étonne-t-elle en parcourant la chambre des yeux. C'est vrai. Nous sommes en sécurité, n'est-ce pas ? Plus besoin de fuir.

— Non. Plus besoin de fuir.

Raven quitte son lit et se dirige vers la fenêtre. Je vais me placer à côté d'elle et nous contemplons l'immense clairière entourée de la forêt. La gelée scintille sur l'herbe à la lumière du matin. Un oiseau vole à travers le pré pour rejoindre les arbres.

— C'est calme, dit-elle.

— Très.

— Ça me plaît. (Elle se tourne vers moi, un sourire triste sur les lèvres.) C'est un endroit agréable pour mourir.

Sa remarque me fait l'effet d'un coup de poing dans le ventre.

— Ça ne se produira pas. Je ne te laisserai pas tomber.

Raven pose un baiser sur ma joue.

— J'ai faim, poursuit-elle.

Je respire un grand coup et tâche de garder mon sang-froid tandis que nous descendons dans la cuisine. Ça ne rendrait service à personne si je m'effondrais maintenant. Surtout pas à Raven.

Les autres sont déjà debout. Lucien est assis à la table de la salle à manger, une tasse de café à la main, un journal déplié devant lui. C'est la première fois que je le vois sans son accoutrement de cameriste – il porte un simple pantalon foncé et un pull gris.

— Lucien, commencé-je en arquant un sourcil. Vous avez l'air…

Il m'adresse un sourire ironique.

— Oui, ça change de d'habitude, n'est-ce pas ? Aussi surprenant que cela paraisse, je n'aime pas particulièrement porter une robe.

Je souris d'une oreille à l'autre, ravie de constater qu'il est de meilleure humeur qu'hier.

— Mangez, nous ordonne Sil depuis la cuisine où elle verse des flocons d'avoine dans un bol.

Elle le donne à Ash et se met à en préparer un pour moi, le mélangeant à une dose mesurée de sucre brun.

— Tu as bien dormi ? s'enquiert Ash.

— Comme un bébé. (Il a les cheveux humides et emmêlés ; j'ai envie d'y glisser mes doigts.) Tu t'es lavé ?

Il me sourit.

— Il y avait un moment. Ce n'était pas du luxe.

— Mangez, répète Sil en posant un bol devant moi. Ensuite vous pourrez vous laver, ajoute-t-elle en nous reniflant, Raven et moi. Ça ne vous fera pas de mal.

— Où est Garnet ? questionné-je en prenant une bouchée d'avoine.

Hum… Le sucre brun fond sur ma langue.

— Il est en train de bouder dehors, répond Lucien.

Il referme le journal et le place sous mes yeux. La une de *La Gazette de la Cité solitaire* annonce un MARIAGE ROYAL. Sous ce titre, en caractères d'imprimerie plus petits : LE CÉLIBATAIRE LE PLUS CONVOITÉ DU JOYAU SE MARIE.

Avec tout ce qui s'est passé, j'avais complètement oublié que Garnet devait se marier. Et pourtant j'ai même joué du violoncelle à ses fiançailles. Je frémis en repensant à la douleur qui m'avait saisie sur scène, cette nuit-là, quand j'ai fait une fausse couche qui a failli me coûter la vie. J'ignorais qu'une date était fixée pour le mariage.

— Oh… Je vois.

Je me suis habituée à la présence de Garnet. Il est devenu comme un ami. Ça me semble bizarre de me dire qu'il va retourner dans le Joyau et reprendre sa vie comme si de rien n'était.

— Est-ce qu'il va cesser de participer aux activités de votre confrérie ? Il porte le tatouage…

Lucien ébauche un sourire.

— Je suis flatté que vous considériez la Clé Noire comme *ma* confrérie.

— Allons ! Vous êtes la Clé Noire.

— Au risque de vous surprendre, je ne suis pas le premier dans la Cité solitaire à juger qu'il est temps pour la royauté de rendre des comptes. Il y a deux siècles de ça environ – personne ne s'en souvient et la royauté préfère faire comme s'il ne s'était rien produit – existait un homme dans la Ferme. Bulgur

Key[1]. Il a tenté un soulèvement contre la royauté, formé une société secrète, a provoqué beaucoup de tumulte dans la Ferme. Mais son action était limitée – il n'a pas réussi à rallier assez de gens à sa cause au-delà de son propre cercle. En fin de compte, il fut exécuté ainsi que tous les autres membres de la Clé Noire. Et l'histoire fut gentiment étouffée. (Lucien tapote son menton du bout de l'index.) J'avais le sentiment que son Cercle secret méritait de perdurer.

— Comment en avez-vous découvert l'existence si la royauté a tout fait pour la cacher ?

— La duchesse du Lac possède la bibliothèque la plus complète de la Cité. Comme vous le savez, elle m'y donne accès de temps à autre, dit-il en me décochant un clin d'œil.

Donc, sans en avoir conscience, la duchesse joue un rôle dans la rébellion.

— Vous ne craignez pas que ça se termine dans un bain de sang, comme la première fois ?

Ash m'adresse un regard éloquent. Je crois qu'il se pose la même question.

Lucien pose sa main sur la mienne.

— Non. Parce que, cette fois, la bataille n'est pas confinée à un seul cercle. Et nous avons un atout que Bulgur Key n'avait pas : vous.

---

1. *Key* signifie « clé » en anglais, d'où le nom de la société secrète (*N.d.T.*).

L'avoine se transforme en ciment dans ma bouche. J'avale ma bouchée à grand-peine et repousse mon bol.

— Qu'est-ce que vous allez faire pour Garnet ? s'enquiert Ash.

Je lui suis reconnaissante de changer de sujet.

— Il veut que j'empêche le mariage, répond Lucien. Comme si j'étais magicien !

— Vous n'en êtes pas loin, répliqué-je.

Lucien sourit.

— Merci.

— Il n'a pas envie de partir, intervient Raven en fixant la une du journal. Il se sent bien ici, avec nous.

À cet instant, Garnet jaillit dans la pièce.

— Oh ! Vous êtes debout, déclare-t-il en remarquant le journal. Pouvez-vous le convaincre de me tirer de ce stupide mariage arrangé ? Je ne peux pas passer le reste de ma vie avec Coral. Elle collectionne les dînettes. Quel genre de personne collectionne ces choses-là ?

— Je suppose qu'elle se sent très seule, remarque Raven.

Garnet fronce les sourcils.

— Sans doute. Mais est-ce à moi de lui tenir compagnie ? Je veux rester ici. Je veux vous aider.

— Eh bien, si vous voulez vraiment nous aider, épousez-la. Réfléchissez. De cette manière, nous avons quelqu'un au palais du Lac, quelqu'un qui saura tout ce qui s'y trame et pourra nous le rapporter. Vous savez à quel point c'est difficile de s'adjoindre des alliés au sein du Joyau ? C'est une bénédiction pour nous, Garnet. (Lucien s'enfonce dans son siège.) Je n'avais pas prévu que vous nous seriez d'une si grande aide. J'attendais juste de vous que vous gardiez un œil sur Violet.

— Merci, réplique sèchement Garnet.

— Je ne dis pas ça pour vous vexer. Vous m'avez agréablement surpris, ce qui n'est pas facile à faire – comme vous le savez vous-même.

Garnet s'effondre dans un fauteuil avec un profond soupir.

— Je croyais que vous militiez en faveur de la liberté de penser et de choisir, grommelle-t-il.

— En effet. Mais les sacrifices sont parfois nécessaires.

— Qu'est-ce que vous avez fait pour vous retrouver mêlé à la Clé Noire, Garnet ? demandé-je. Vous deviez être sacrément redevable à Lucien.

— Oui. Je serais curieux de savoir, enchérit Ash.

Même Raven a les yeux qui pétillent de curiosité.

Garnet devient rouge comme une tomate.

— Rien, marmonne-t-il.

— Il a proféré des choses extrêmement compromettantes et s'est fourré dans une situation encore plus embarrassante avec une jeune femme du Commerce, commente Lucien avec un sourire en coin. Il s'avère que le père de la jeune femme en question dirige ce journal. (Il brandit *La Gazette de la*

Cité solitaire.) De quoi provoquer un scandale que même sa mère n'aurait pu empêcher. Je lui ai évité de perdre son titre.

— Je me fiche de ce stupide titre de toute façon. Je n'en veux plus, proteste Garnet.

— Sauf qu'à présent, nous en avons besoin plus que jamais, rétorque Lucien.

— Vous n'avez qu'à poursuivre votre petite discussion, intervient Sil. Mais je vous la prends.

Elle pointe son index dans ma direction.

— Je ferai tout ce que vous voulez, assuré-je. Cependant je vous en prie, permettez-moi de me laver avant.

La salle de bains se situe au premier étage.

Elle dispose d'une immense baignoire pied de lion. Je fais couler l'eau chaude. L'air s'emplit bientôt de vapeur et le miroir se couvre de buée. Je m'y glisse et m'y prélasse jusqu'à ce que mes doigts soient tout fripés. Je me frotte le corps pour en chasser la suie, la terre et la sueur. Après cela, j'ai l'impression d'être une nouvelle personne. Je m'enveloppe dans une serviette blanche duveteuse, essuie la condensation sur la glace, et j'y contemple mon reflet. Je ne me reconnais quasiment pas.

Notre évasion a laissé des marques – mes yeux sont cernés, mes joues se sont creusées. Annabelle et Cora auraient camouflé ces imperfections d'une main experte à l'aide d'un assortiment de crèmes et de maquillage. Ma clavicule ressort plus qu'avant. En revanche, mon regard est plus perçant et mon port de tête plus fier. Mes épaules sont droites, mon menton haut. En observant mon reflet, je me croirais presque capable d'accomplir des prodiges.

Le placard de notre chambre est plein à craquer de vêtements de toutes sortes. Des vêtements d'hommes surtout. J'enfile un pantalon marron trop large et l'ajuste à la taille à l'aide d'une épaisse ceinture en cuir. Puis je passe un pull-over en laine trop grand. J'attrape une paire de chaussettes et redescends.

Garnet et Ash sont assis à la table de la salle de séjour ; ils jouent au jeu de l'Halma. Lucien est en train de discuter avec Sil dans la cuisine et Raven se balance doucement dans le fauteuil à bascule.

— Tu te défends plutôt bien pour un type du Joyau, remarque Ash tandis que Garnet lui prend trois de ses billes.

Ce dernier hausse les épaules.

— C'est Annabelle qui m'a appris.

Nos regards se croisent et je hoche la tête. Annabelle était la meilleure adversaire que j'aie eue à ce jeu.

— Bon, il est l'heure, déclare Sil en me tendant une paire de bottines élimées. Elles doivent être à ta taille. Allons-y.

Je les chausse sans attendre et emboîte le pas à Sil qui sort par la porte arrière.

— Bonne chance, me dit Lucien.

Un petit porche prolonge l'arrière de la maison. Le ciel est couvert de lourds nuages gris. Une légère brume s'accroche à la cime des arbres qui encerclent la clairière. Au loin se détache la silhouette de la grange. Sur ma droite, un petit étang. Entre le point d'eau et la grange, s'étend un grand jardin tapissé de feuilles mortes.

Sil descend les marches du porche et traverse le champ à grands pas. Je trottine derrière elle pour garder le rythme.

La rosée du matin se dépose sur ma chevelure ; des mèches indisciplinées se collent à mon front et mon cou. L'air est très froid, mais le temps d'atteindre la lisière de la forêt, je suis rouge et essoufflée. Sil marque un arrêt et porte son regard sur les branches au-dessus de nous, un petit sourire au coin des lèvres. Puis elle tapote affectueusement un tronc comme on caresserait un chien ou un cheval. Elle se promène ensuite entre les arbres, touchant chacun d'entre eux. Je marche dans son sillage. Par moments, elle s'arrête et fait courir sa main sur une branche en particulier ou bien s'accroupit et recueille une poignée de terre et l'égrène entre ses paumes. J'ai l'impression qu'elle a oublié ma présence. Puis soudain, elle se met à parler.

— La nature est désintéressée. Son seul désir est de survivre. L'humanité lui inflige des souffrances, creuse la terre, empoisonne les eaux, exploite les roches, les métaux et les pierres dans son propre intérêt. Nous en sommes les protecteurs. Nous sommes le lien entre l'humanité et la nature. La nature recherche sans cesse un équilibre. (Elle lève les yeux et contemple le réseau de branches qui s'entrelacent au-dessus de nous.) Cette île a perdu son équilibre depuis très longtemps.

Un bouleau élancé se dresse entre nous. Sil glisse ses doigts sur son écorce blanche.

— Quels sont les quatre éléments ? demande-t-elle.

Un bref instant, j'ai l'impression qu'elle s'adresse à l'arbre.

— La Terre ? dis-je d'une voix hésitante. L'Air, l'Eau. Et…

— Le Feu, achève Sil. On ne vous apprend donc plus rien dans ces fichus instituts ?

Je choisis de ne pas répondre. Cela fait à peine quelques heures que je la connais, mais j'ai déjà compris que ça ne servait à rien de lui tenir tête.

— On ne peut rien *créer* à proprement parler, reprend Sil. On peut seulement invoquer l'un de ces éléments. L'île nous a donné ce pouvoir. Elle nous a choisies pour être ses gardiennes. Tu dois apprendre à l'écouter. Les Augures sont une perversion de la nature. Quand tu fusionnes avec un élément, il n'y a ni douleur ni sang. Rien qu'une entente profonde et infinie. Pour que cette fusion s'effectue, tu dois t'abandonner complètement.

À cet instant, une feuille verte s'épanouit sur l'une des branches du bouleau qu'elle touche. Elle volette quelques secondes, bercée par la brise. Puis ses rebords virent au brun et la feuille fane et tombe.

— À ton tour.

Je réprime un sourire. Facile. Je fais pousser des feuilles depuis l'âge de douze ans. Sil ramasse une branchette par terre et la fait tourner entre ses doigts.

— Voyons voir ce que tu as dans le ventre.

Je place la main sur la branche la plus proche de moi.

Un : le voir tel qu'il est. Deux : se le représenter mentalement. Trois...

— Aïe ! m'écrié-je quand Sil me frappe le poignet avec la petite branche.

— Est-ce que je t'ai dit d'employer les Augures ?

— Oui, protesté-je en me frottant le bras.

— Ah bon ? C'est vraiment ce que j'ai dit ?

J'y repense et prends conscience qu'elle ne m'a rien dit de spécifique. Elle m'a juste donné pour consigne de faire pousser une feuille.

— Il faut le *demander*, précise-t-elle.

— Comment ?

— Qui t'a appris à respirer ? Personne. C'est instinctif.

Je replace ma main sur l'arbre.

Un : le voir...

— Aïe !

Sil m'a assené un nouveau coup de bâton sur les doigts.

— Cesse d'utiliser ce satané mantra !

— Comment savez-vous que je m'en sers ?

— Tu crois que je ne reconnais pas ton expression ? Tu penses que je ne sens pas émaner de ton corps ces ondes écœurantes de manipulation et de domination ? Tu empestes les Augures.

— En même temps, ce n'est pas comme si vous me donniez des consignes très claires.

— Tu ne m'écoutes pas.

— Mais si !

— Alors prouve-le-moi.

Je serre les dents et repose ma main sur l'arbre.

Hum… *Pousse s'il te plaît.*

Nouveau coup de bâton.

— Arrêtez ! Je fais ce que je peux.

— Non. Tu me prends pour une vieille folle. (Elle incline la tête.) Ce n'est pas grave. J'avais prévu cela. Azalea ne comprenait pas non plus au début. (Elle pousse un soupir las.) Mais il faut que tu apprennes. Passons maintenant à la partie pénible de l'apprentissage.

— Que voulez-vous dire…

Soudain, des racines jaillissent du sol et s'enroulent autour de mes pieds, de mes chevilles et de mes mollets.

Sil a pivoté sur ses talons et se dirige vers la maison.

— Sil ! Qu'est-ce que vous faites ? (Je m'efforce désespérément de me dégager.) Revenez !

Je me penche par terre pour examiner mes liens de plus près. Oui, ce sont bien des racines. C'est elle qui est à l'origine de ça. Elle a sans doute invoqué un arbre ou que sais-je encore. Le bouleau me retient prisonnière.

— Sil, vous ne pouvez pas me laisser ici. Lucien !

Le silence me répond.

— Ash ! crié-je cette fois à pleins poumons. Garnet ! Raven !

Je crois percevoir un bruit à l'intérieur du bâtiment, mais il se trouve trop loin. J'ai tellement envie qu'on vole à mon secours que c'est probablement le fruit de mon imagination. J'agrippe les racines. J'essaie de les arracher à l'aide de mes ongles et je tire de toutes mes forces pour les rompre. En vain. J'ai l'impression que plus je lutte, plus l'arbre se cramponne à moi.

Je finis par baisser les bras et je m'avachis par terre contre le tronc du bouleau, épuisée. Des larmes de frustration me piquent les yeux.

Si cela était ma première leçon, je viens d'échouer lamentablement.

17.

Les heures défilent avec lenteur. La nuit tombe peu à peu.

Mon estomac se contracte par manque de nourriture. Le bol d'avoine de ce matin n'est plus qu'un lointain souvenir. J'ai la bouche douloureusement sèche et ma langue est comme du papier de verre. Je fourre mes mains dans les manches de mon pull-over pour les tenir au chaud. Mais ce n'est pas suffisant ; je ne sens déjà plus mes doigts et mes orteils, engourdis par le froid.

Depuis le départ abrupt de Sil, je n'ai fait aucun progrès. Impossible d'invoquer un seul élément de la nature, quel qu'il soit. Quelle perte de temps !

Soudain, j'aperçois une petite lumière vacillante qui se rapproche. La silhouette de Lucien se précise bientôt ; à l'exception de sa lanterne, il vient les mains vides. Pas de nourriture.

— Comment allez-vous ?

— À votre avis ? dis-je d'une voix éraillée, la gorge poussiéreuse. Quand va-t-elle me libérer ? Je ne sais pas ce qu'elle essaie de prouver. En tout cas, ça ne marche pas.

— Azalea avait eu la même réaction que vous, réplique Lucien.

— Est-ce que Sil l'a attachée aux racines d'un arbre elle aussi ?

— Oui, mais pas le même arbre.

— Pourquoi ? Qu'espère-t-elle obtenir ?

— Sil se base sur sa propre expérience. C'est la seule manière qu'elle connaisse. Elle cherche à vous faire craquer, à vous affaiblir. De sorte que votre véritable pouvoir, quel qu'il soit, soit forcé de vous sauver.

— Et c'est comme ça qu'elle a formé Azalea ? Comment avez-vous pu permettre cela ?

Il secoue la tête.

— Je l'ignorais. Je n'étais pas ici tout le temps. Quand je suis revenu voir ma sœur, des mois plus tard, elle était attachée, amaigrie et affamée. J'étais furieux. Mais c'est justement ce jour-là qu'elle a compris. Je n'oublierai jamais son expression. J'aurais aimé être capable de voir le monde à travers son regard.

Lucien s'assied près de moi et contemple le ciel. Les premières étoiles commencent à apparaître.

— Azalea était très déçue par moi. Elle pensait que je n'en faisais pas assez, que j'aurais pu aider plus de gens, pas seulement elle. Mais j'étais égoïste à cette époque. Juste avant de mourir, elle a déclaré :

« Ce n'est que le début. » Elle savait que sa mort me ferait réagir. Elle avait raison.

Cette phrase remue un coin de ma mémoire. Elle m'évoque le visage d'une jeune fille indomptable aux yeux bleu vif. Je la revois poser sa tête sur le billot devant Southgate.

Un petit cri m'échappe.

— Je l'ai vue.

Lucien fronce les sourcils.

— Je vous demande pardon ?

— Vous ne m'aviez jamais expliqué comment elle était morte. Est-ce qu'elle a été... exécutée ?

— Oui, répond-il d'une voix presque éteinte.

— Lucien, elle s'est fait exécuter devant mon institut. Elle était si forte, si courageuse. Quand le magistrat lui a demandé si elle souhaitait formuler un dernier mot, elle s'est exclamée : « Ce n'est que le début. Je n'ai pas peur. » Avant d'ajouter : « Dites à Cobalt que je l'aime. » Vous le connaissiez ?

Sur sa joue, une larme roule, scintillante comme un diamant.

— C'est moi, murmure-t-il.

— Quoi ?

Lucien sèche ses larmes et détourne le visage. Avec mille précautions, il dénoue sa houppette. Un long ruban de cheveux châtains lui tombe sur les épaules.

— Je suis né sous le nom de Cobalt Rosling dans le quart ouest du Marais. Mon père était un homme très ambitieux. Il a vite compris que son fils unique était différent. À l'âge de cinq ans, je lisais le journal de A à Z. J'excellais dans le domaine des chiffres. J'adorais démonter l'horloge de la maison pour la réassembler ensuite. Le magistrat de notre quartier s'est alors intéressé à moi. Il a suggéré à mon père de me trouver un emploi dans le Commerce.

« Mais le Commerce n'était pas suffisant pour mon père. C'était dans le Joyau que se situait la vraie fortune – non seulement l'argent, mais le statut social. Mon père avait horreur de vivre dans le Marais. Les caméristes sont les serviteurs les mieux payés de la Cité. Ce sont les domestiques les plus révérés. Mais pour le devenir lorsqu'on est un homme, il faut d'abord se faire castrer. Autrement, on n'aurait même pas envisagé ma candidature. (Lucien passe la main sur la partie rasée de son crâne avant de la glisser le long de sa chevelure.) Évidemment, j'ignorais cela à l'époque. Un jour, quelques mois avant mon dixième anniversaire, mon père est rentré un peu plus tôt du travail. Il y avait un petit cabanon dans notre cour. Ma mère l'avait nettoyé des années plus tôt pour me permettre de faire comme si c'était mon atelier. J'avais l'habitude d'y...

Sa voix se brise et il secoue vigoureusement la tête comme s'il voulait chasser ce souvenir de sa mémoire. Je me sens étrangement paralysée. Il m'a toujours paru si sûr de lui, d'un sang-froid à toute épreuve. Je ne réussis pas à imaginer Lucien enfant. J'ignorais qu'il était originaire du Marais. Maintenant que j'y pense, ça tombe sous le sens – sa sœur était mère porteuse.

Je ne me suis jamais demandé comment Lucien était devenu caméristе. Peut-être que je ne désirais pas le savoir. C'était plus simple de se dire qu'il avait toujours été ainsi.

Il baisse les yeux au sol.

— Mon père m'a ordonné de descendre dans la cuisine. Ma mère pleurait à chaudes larmes. Azalea n'avait que deux ans. On avait nettoyé la table. Mon père m'a annoncé que j'allais rendre un grand service à notre famille. Je n'ai vu les deux hommes qui l'accompagnaient que trop tard.

Lucien se cramponne à son long ruban de cheveux.

— Ils m'ont attaché à la table.

Il parle plus vite à présent. Les mots jaillissent de sa bouche. Je me demande s'il a déjà confié cette histoire à quelqu'un.

— Ma mère hurlait. Azalea pleurait même si elle n'avait pas conscience de ce qui se passait. (Lucien enfonce les doigts dans la terre.) Je ne pouvais pas bouger. On a déboutonné mon pantalon et on me l'a ôté. (Ses épaules se raidissent.) Et puis il y a eu un feu dans la cheminée. Et une lame.

Il se prend la tête entre les mains et fond en larmes, le corps secoué de sanglots.

Je ne sais pas quoi dire. Et quand bien même je trouverais les mots justes, je ne pense pas que je serais capable de prononcer la moindre parole. Mon esprit est confus. Je pose doucement la main sur son dos.

— Oh, Lucien, murmuré-je.

Il se frotte le visage.

— Il a obtenu ce qu'il voulait. Il m'a vendu au Joyau. En échange, ma famille fut relocalisée dans la Ferme.

Lucien lève enfin le regard pour le river au mien. Il a les yeux rouges, mais ils n'expriment aucune colère.

— J'aurais pu mourir. Mon père n'était pas chirurgien, il ne savait pas ce qu'il faisait. J'aurais dû mourir et Azalea serait encore en vie peut-être.

— Ce n'est pas votre faute si elle est morte. De même que ce n'est pas la faute d'Ash si Cinder est en train de mourir ou ma faute si Raven…

Impossible de finir ma phrase. Je me racle la gorge.

— C'est à cause d'*eux*, Lucien. De nos dirigeants. Et regardez ce que vous avez réussi à faire ! Vous avez… infiltré leur système juste sous leur nez. Je n'ai rencontré qu'une poignée de vos partisans, mais vous leur avez redonné de l'espoir, l'espoir d'une vie meilleure. Vous apportez beaucoup à ces gens. (Je lui presse l'épaule.) Vous avez changé ma vie.

Soudain, un cri transperce la nuit. Il provient de la maison.

— Raven…

Lucien se dresse d'un bond et s'élance en direction de la ferme, sa chevelure voletant dans son sillage tel un long ruban soyeux.

Raven !

Je me lève en sursaut et m'écroule en avant à genoux, retenue par les racines.

Elle crie de nouveau.

— Non !

Je ne peux pas rester coincée ici. Pas maintenant. Raven souffre. Elle est peut-être en train de mourir. Elle a besoin de moi.

Je tire sur mes liens encore et encore, sollicitant mon articulation. Mes genoux me font mal, mais ça ne m'arrête pas. Je continue de me débattre contre les racines. Peu importe si je dois y laisser un membre, je dois aller au chevet de mon amie, coûte que coûte.

Comme par miracle, les racines relâchent un peu leur emprise. J'en profite et, d'un mouvement brusque, je libère un pied. J'ai l'impression de m'être disjoint le genou, toutefois je suis trop occupée à dégager mon autre pied pour ressentir la douleur.

— Laisse-... moi... partir.

Je dégage mon autre cheville. L'opération est un supplice et m'arrache des larmes de douleur, pourtant à peine me suis-je libérée de mes liens, que je m'élance à travers la clairière à toutes jambes. Je pénètre dans la maison en nage et à bout de souffle. Personne au rez-de-chaussée. Je grimpe les marches quatre à quatre jusqu'au premier étage, le cœur battant à tout rompre.

Ash et Garnet se tiennent dans le couloir, devant la chambre de Raven. Garnet fait les cent pas, l'air très inquiet. Ash fixe la porte.

En m'entendant, ils lèvent la tête.

— Qu'est-ce qui se passe ?

Un autre râle s'élève dans la chambre.

— Raven !

Je me rue sur la porte, mais Ash et Garnet se jettent sur moi et me saisissent par les bras pour me retenir.

— Lâchez-moi !

J'essaie de me débattre, mais j'ai épuisé toutes mes forces dans la forêt.

— Lucien est avec elle, réplique Ash. Et Sil aussi. Ils font… ils font leur possible.

— Elle a besoin de moi. (Je donne un coup de pied dans la porte.) Raven, je suis là !

— Vous ne pouvez pas entrer, dit Garnet, dont la chemise est tachée de sang. Croyez-moi, vous n'avez pas envie d'assister à cette scène.

Mon visage est ravagé par les larmes. Je m'avachis en avant.

— Je vous en prie, supplié-je dans un murmure. Ne la laissez pas mourir…

J'ignore combien de temps nous patientons dans le couloir. Au bout d'un moment, Ash et Garnet me lâchent, bien que le premier garde un bras autour de mon épaule. Quant au deuxième, il demeure dans les parages. Chaque son me déchire le cœur. Les murmures réconfortants de Lucien. Les plaintes de Raven. Puis plus rien d'autre que le silence.

La porte s'ouvre.

Lucien se tient dans l'encadrement. Je détourne le regard de ses mains, badigeonnées de sang, et de son visage, pour ne pas lire son expression.

Tout ce que je vois, c'est le corps de mon amie étendu sur le lit. *Raven.*

— Violet, bredouille Lucien.

Je le bouscule et me précipite à son chevet.

Sa peau est couverte de sueur. Ses yeux sont fermés, son visage paisible. Je m'effondre auprès d'elle.

— Raven, chuchoté-je. Réveille-toi. Allez. (Je la secoue doucement et sa tête pendouille d'un côté, puis de l'autre. Les larmes me brouillent la vision.) Tu es Raven Stirling et tu es plus forte que ça, proféré-je en élevant la voix, dans l'espoir qu'elle m'entende et rouvre les yeux. Il faut que tu te réveilles maintenant, Raven. Tu ne peux pas… tu ne peux pas m'abandonner. Je t'en prie, ne m'abandonne pas.

J'enfouis mon visage dans le creux de son épaule.

— Elle est partie.

Sil se tient près de la fenêtre.

— Elle a fait une fausse couche. Nous n'avons pas pu… (Elle soupire.) Il n'y avait rien à faire.

— Sauvez-la, dis-je, me relevant et essuyant mon nez sur la manche de mon pull-over. Guérissez-la comme vous vous êtes guérie vous-même après votre accouchement.

— Impossible. Je ne sais pas comment procéder. Elle est la seule à pouvoir se guérir.

— Non, rétorqué-je avec une extrême fermeté. Il faut que quelqu'un intervienne. Elle n'est pas censée partir comme ça. Elle mérite d'être heureuse, de tomber amoureuse et de mener une vie digne de ce nom.

Beaucoup de gens sont morts, et j'ai supporté ça du mieux que j'ai pu mais pas elle. Je me tourne vers le corps ensanglanté de ma meilleure amie et je songe – non je sais – que je sacrifierais ma vie pour la sienne. Je donnerais n'importe quoi pour qu'elle rouvre les yeux et me regarde de nouveau.

Si seulement on m'aidait. Si seulement on m'expliquait comment agir.

Je m'agenouille auprès du lit et repose ma tête contre son bras en lui serrant la main. Alors je le sens.

Un petit bruissement au creux de mon ventre, semblable à celui des feuilles à l'automne, une petite brise qui remue en moi. Un courant qui m'emplit peu à peu, tourbillonne dans ma poitrine comme une tornade et entraîne en son sein une sensation de chaleur agréable. Comme si, à la place de mon cœur, il y avait un petit soleil.

Je redresse le menton et recueille le visage de Raven entre mes mains. Je ressens des palpitations très faibles, quasi imperceptibles, un pouls presque inexistant, et je sais qu'elle ne m'a pas encore quittée.

L'extrémité de mes doigts me chatouille. Puis les picotis s'étendent à mon bras, un léger crépitement, semblable à des gouttes de pluie en une chaude soirée d'été. Ma peau est parcourue de fourmis, alors même que celle de Raven se met à trembler. Son pouls ralentit sensiblement. Elle m'échappe de nouveau.

Je ferme les yeux.

La Rose Blanche disparaît.

Je suis propulsée dans un endroit qui me semble à la fois totalement inconnu et étrangement familier. Je sais que je n'ai jamais mis les pieds ici parce que l'océan s'étend devant moi, à perte de vue. Or je n'ai jamais vu l'océan si ce n'est en photo. Je sens le parfum saumâtre de la mer transporté par l'air. J'entends le grondement des vagues qui se brisent en contrebas. Ce spectacle est à couper le souffle. Cette immensité bleu-gris n'en finit pas de m'impressionner.

Je me tiens au sommet d'une falaise escarpée. Nulle trace de la Grande Muraille qui enserre l'île. Derrière moi, une forêt dense. Et au milieu de la falaise se dresse une statue constituée d'une pierre d'un bleu-gris magnifique assorti à celui de l'océan. Elle s'élève en spirale en direction du ciel comme une vague en pleine formation. Des caractères y sont gravés, des symboles que je ne comprends pas.

J'avance d'un pas et la pluie se met à tomber. De grosses gouttes s'écrasent sur mon visage et mes épaules ; puis le vent se lève et les arbres dans mon dos se ploient comme des danseurs en transe. Je devrais avoir peur, mais j'ai seulement envie de rire. Du coup, je renverse la tête en arrière et laisse échapper un hurlement primitif, transporté par le vent jusqu'aux vagues. Et la terre frémit sous mes pieds.

Raven se tient de l'autre côté de la statue, mais j'ai l'impression de la voir au travers d'un panneau de verre : elle m'apparaît légèrement floue. Pourtant, c'est bien ma Raven, la Raven d'autrefois, avant que la comtesse ne me l'arrache, ne la torture et ne la laisse pour morte. Les agitations reprennent dans mon corps. Des remous qui me transmettent leur joie. À présent, je comprends ce que Sil voulait dire. À savoir que nous sommes tous connectés, que notre pouvoir ne saurait être contrôlé ou manipulé car il fait partie de toutes choses.

Oui, gronde la terre.

Oui, murmure le vent.

Oui, pleure l'océan.

Raven prononce mon nom du bout des lèvres et je donnerais n'importe quoi pour l'avoir à mes côtés, lui toucher la main ou entendre ses éclats de rire.

À peine cette pensée me vient-elle à l'esprit qu'un énorme éclair fend le ciel pour s'abattre sur la statue. Des flammes en lèchent les contours avant de se volatiliser, ne laissant derrière elles qu'une légère odeur de brûlé. Raven chatoie comme un mirage avant de disparaître à son tour.

J'ouvre la bouche pour crier, mais un froissement m'emplit la gorge et la pluie redouble ; je sais qu'il me faut m'accrocher, être patiente. Aussi, j'attends. Et je songe aux souvenirs que j'ai de Raven, aux fous rires que nous avons partagés à Southgate, aux aventures que nous avons connues ensemble, au rôle crucial qu'elle a joué dans notre fuite, elle qui nous a montré le chemin dans le souterrain, elle sans qui Ash se serait fait arrêter sur la place du marché. Je me rappelle le contact de sa main dans la mienne. Son baiser sur ma joue le matin même. Je m'ouvre et déverse dans l'espace qui m'entoure l'immense amour que j'éprouve pour elle. Je partage cet amour de toutes mes forces.

Autour de moi, le monde réagit. Le vent fait tournoyer mes cheveux autour de mon visage, la falaise tremble sous mes pieds, la pluie me fouette le dos. L'espace d'une seconde, j'ai l'impression que mon corps s'est désintégré. Je deviens la terre, la pluie et le vent. Je suis propulsée ailleurs, comme lorsque je joue du violoncelle, en un lieu intérieur où la souffrance, la peur et le chagrin n'existent pas. Et je rassemble mes sentiments pour les diriger vers une seule et unique pensée.

Raven.

Alors elle se matérialise devant moi. Juste devant moi. Elle a une mine rayonnante et elle m'adresse son sourire d'antan, plein d'espièglerie. Puis elle me parle sans même ouvrir la bouche.

— *Tu m'as trouvée.*

— *Oui, je t'ai trouvée.*

Soudain, je suis aspirée vers le haut, loin de la falaise et de la statue, et le décor se met à tournoyer. Je saisis Raven par la main et me cramponne à elle plus fermement que jamais. Puis je tombe en avant et je m'attends à être engloutie par le néant, sauf que ma joue atterrit contre quelque chose de doux.

J'ouvre les yeux.

Je vois une bande de couleur. Mon corps est tombé sur celui de Raven, et le dessus-de-lit emplit ma vision. Pendant quelques secondes, je reste étendue là, consciente du silence profond qui règne en moi. Ce que j'ai expérimenté n'a pas disparu – j'ai l'impression qu'il suffit que je me concentre pour retrouver cette sensation, qu'elle attend seulement que je la rattrape. Je prends une grande inspiration ; l'air a un goût différent.

Je redresse le buste.

Une énergie me parcourt le corps, une force se diffuse à travers mes veines et mes muscles. Je me sens… changée. Grandie.

Je regarde alentour. La chambre est chambardée, à croire qu'une tornade a dévasté les lieux. Les draps sont par terre ainsi que le contenu des placards. J'ai vaguement conscience des autres personnes présentes dans la pièce. Lucien se tient derrière moi,

Garnet et Ash contre le mur près de la porte, Sil près de la fenêtre.

Sil. Je ressens sa présence. Elle possède son propre goût, son propre poids. Comment se fait-il que je ne l'aie pas remarqué plus tôt ?

Je me tourne et reporte toute mon attention sur la seule personne qui compte en cet instant.

Le visage de Raven n'est pas aussi sain et lumineux que sur la falaise. Elle a le teint cireux et la peau couverte de transpiration. Ses lèvres sont sèches et gercées. Sa chevelure est terne et ses mèches indisciplinées sont collées à sa peau.

Mais ses yeux sont ouverts.

Des émotions déferlent en moi, à la fois familières et inconnues. Une nouvelle partie de mon être est née, une conscience qui, je le sais, m'accompagnera jusqu'à la fin de ma vie.

Dehors résonne un chant presque imperceptible. L'étang fredonne, ainsi que le vent et les arbres. Il y a tant de vie autour de moi que, pendant un instant, j'en ai le souffle coupé. Puis Raven parle.

— Tu m'as trouvée, murmure-t-elle.

Je bascule sur sa poitrine et fonds en sanglots. Je pleure de joie.

— Oui, je t'ai trouvée.

18.

Sil me demande de l'accompagner en bas.

Je fais promettre à Lucien de ne pas quitter le chevet de Raven, qui s'endort presque aussitôt. J'observe sa poitrine se gonfler et s'abaisser jusqu'à ce que je sois sûre qu'elle respire normalement et qu'elle est vivante.

Ash et Garnet demeurent également avec elle. Ils me regardent d'un œil nouveau, à la fois admiratifs et perplexes. Je passe en silence devant eux, curieuse de savoir ce qu'ils ont vu, ce qui s'est produit pendant que j'étais sur la falaise.

Comment la chambre s'est-elle retrouvée sens dessus dessous ?

Sil met la bouilloire sur le poêle. Je m'avachis sur un siège devant la table. Mes mains sont saisies de tremblements incontrôlables.

— Maintenant, tu as compris.

Je fais signe que oui.

— Comment te sens-tu ?

Je n'ai pas de réponse à cette question. J'ai l'impression de tout éprouver à la fois. Un fatras d'émotions auquel se mêle un sentiment étrange et inconnu pas totalement humain.

— Azalea était exactement dans le même état de stupeur que toi lorsque ça lui est arrivé. Sauf qu'elle n'a pas eu à ramener une amie à la vie. (Sil se gratte l'oreille.) Je n'ai jamais rien vu de pareil.

Je scrute les veinures de la table.

— Ma parole, tu es devenue muette, ma fille ? s'impatiente Sil.

Muette. Annabelle... À ce mot, mon esprit se déchaîne et le feu sous la bouilloire augmente subitement. Sil a un mouvement de recul. J'irradie la colère. Ma fureur est chaleur, comme le feu. Ma peau s'embrase.

— Ne dites plus jamais ça.

— D'accord, répond lentement Sil. Mais il faut que tu te calmes.

Je n'y parviens pas. Je bouillonne intérieurement. Et plus je m'échauffe, plus les flammes grandissent sur le poêle, engloutissant la bouilloire. Je m'écarte d'un bond.

— Qu'est-ce qui se passe ?

Sur le rebord de la fenêtre, un pot en céramique vole en éclats. Les racines de la plante qu'il contenait se faufilent sur le sol de la cuisine et ses feuilles doublent de taille. Cette plante est un ver dans le creux de mon ventre ; plus les racines se rapprochent de moi, plus il prend de la force. Je pousse un cri et un geyser jaillit du robinet de la cuisine. Le feu en moi s'éteint, cependant j'ai l'impression que ma peau a fondu, qu'elle dégouline autour de mon squelette et qu'elle va aller former une flaque par terre.

— Dehors, m'ordonne Sil. Maintenant !

Je m'élance à l'extérieur par la porte arrière ; les racines changent brutalement de trajectoire pour me suivre. Je claque la porte pour les stopper, puis je m'effondre sur les marches du porche, la tête entre les mains, le souffle haché. Je n'ose rien toucher. Je crains de relever la tête. Je suis prise de vertige. J'ai l'impression que mes organes sont pêle-mêle dans mon corps et que mon estomac est remonté dans ma gorge. Je me tâte le cou à deux mains, tâchant de me convaincre que chaque chose est à sa place, ma peau, mes muscles et mes os. Je forme un tout.

Une minute s'écoule avant que Sil ne vienne me rejoindre, même si le temps me paraît beaucoup plus long. Elle me tapote le dos, un geste qui me fait mal davantage qu'il ne me réconforte.

— Ne t'inquiète pas. Ce n'est pas la première fois qu'une plante envahit la cuisine ou qu'un feu se déclare dans cette maison. Loin s'en faut.

— Je ne peux pas... Je suis désolée. Je ne comprends pas ce qui m'arrive.

— Visiblement.

— Peut-être que vous auriez intérêt à me laisser seule. Je ne voudrais pas vous blesser par accident.

J'ignore quel nouveau pouvoir m'habite, mais je sens qu'il peut se révéler dangereux. Je suis devenue une menace ambulante.

Sil part d'un petit rire.

— Je n'ai pas peur de toi. Je sais exactement ce que tu es en train de vivre. Ça fait longtemps que je vis avec moi-même. Et si tu souhaites apprendre à vivre avec sans devenir folle, tu vas devoir m'écouter.

Elle me tend une tasse fumante. La vapeur chaude me caresse le visage. C'est agréable de tenir un objet normal entre ses mains.

— Comment ai-je pu ressusciter Raven ?

À présent, Sil rit à gorge déployée. Elle se frappe la main contre la cuisse.

— Qu'est-ce que j'en sais ? Eh bien quoi, tu penses qu'on est toutes pareilles ? Qu'on naît avec un mode d'emploi ? Est-ce que les arbres de la forêt sont identiques ? Et chaque goutte d'eau qui forme l'étang ? Bien sûr que non. La nature nous fait tous différents. Mais toi... (Elle siffle entre ses dents.) Je ne sais pas. Peut-être que tu es une sorte de guérisseuse. Peut-être que c'était un coup de chance extraordinaire. Ou bien peut-être que l'amour que tu ressens pour cette fille est tellement fort que ça t'a permis d'accomplir un miracle.

J'aspire ma boisson. C'est une tisane au chrysanthème, comme celle que ma mère avait l'habitude de préparer chez nous dans le Marais.

— Que s'est-il passé dans la chambre ? Qu'avez-vous vu ?

— Une tempête. Comme je te l'ai dit, ce n'est pas la première fois qu'on retourne la maison. Quatre éléments, rappelle-toi. L'Air. La Terre. L'Eau. Le Feu.

Je songe aux flammes qui ont avalé la bouilloire, à la manière dont je les ai senties monter en moi, comme si j'étais moi-même en feu. Un frisson me balaie.

— Je me sentais différente. C'était comme si…

— Tu avais renoncé à une partie de ton être, achève-t-elle calmement. Tu incarnes l'élément. Ça demande une période d'adaptation.

— Que dois-je faire à présent ?

Sil se lève.

— Viens avec moi.

Je pose ma tasse et la suis à travers le champ. Le ciel est constellé d'étoiles. L'air froid souffle sur ma peau, mais il n'est pas aussi pénétrant que lorsque j'étais attachée au bouleau. C'est à croire que le feu me consume encore.

Sil s'arrête au bord de l'étang et porte le regard au ciel. Les astres scintillent. La lune se reflète à la surface de la mare. Je ressens l'eau, sa texture lisse et son calme. J'ai envie de la toucher.

— Tu as le pouvoir de te connecter à chaque brin d'herbe qui constitue ce pré, chaque goutte d'eau, chaque branche de chaque arbre. Ils te répondront. Mais souviens-toi que tu ne contrôles pas cette énergie. Tu n'es que son égale. Il faut que tu t'en montres digne. Tu t'offres à un élément comme il s'offre à toi.

Je me baisse et place ma paume sur la surface de l'étang.

— Tu deviens l'eau, dit Sil.

Aussitôt, je ressens une connexion, comme si mes doigts étaient subitement fluides et malléables, comme s'ils étaient devenus l'eau qu'ils frôlent. Cette sensation gagne mon bras et ma poitrine. Je me liquéfie et me modèle à l'image de l'étang. C'est à la fois terrifiant et grisant. Des ridules se forment sous ma main et je me sens onduler à l'unisson de l'eau. Le vent me balaie les cheveux et me chatouille la nuque. Tout est si paisible et pourtant chargé de vie. Un pouvoir silencieux et tambourinant. Je suis en admiration devant cette énergie. Ça dépasse de loin le pouvoir des Augures.

— Regarde par terre.

J'écarte les mains de l'eau et mes mains me semblent à nouveau solides. Je me relève et contemple émerveillée mes pieds. Alentour se sont épanouies des petites fleurs blanches. Les pétales s'agitent sous mon regard avant de virer au marron. En l'espace de quelques secondes, les fleurs ont fané et sont mortes, ne laissant derrière elles aucune trace de leur bref passage sur terre.

— Les fleurs d'Azalea étaient bleues la première fois, commente Sil, les yeux rivés à mes pieds. Les miennes étaient d'un rouge grenat, le rouge le plus sombre que j'aie jamais vu. Comme du sang.

— Qu'est-ce que c'est ? questionné-je d'une petite voix.

Elle m'agrippe l'épaule. Ce geste m'ébranle.

— C'est la vie.

Puis elle retourne vers la ferme, me laissant seule. Je m'assieds par terre et pose la main sur l'herbe. Chaque brin me semble à présent unique. Une autre fleur blanche s'épanouit entre mes doigts. Elle s'entortille et se tend dans ma direction avant de faner, irrémédiablement.

Quelle beauté. Soudain, des centaines de fleurs blanches poussent autour de ma main, enroulant leur tige autour de mes doigts et de mon poignet. Leur petit visage blanc remue gaiement au gré du vent.

Je demeure assise là pendant très longtemps, attentive aux étoiles, à l'étang, à l'herbe et à la brise. Je ne me suis jamais sentie aussi connectée au monde qui m'entoure. J'ai le sentiment d'être une infime partie d'un univers vaste et insaisissable. Cela me donne l'impression d'être insignifiante et unique à la fois.

C'est étrange, pourtant je me sens plus en sécurité ici que dans la maison. Dans cet espace immense où circulent librement l'eau et l'air et où la terre s'étend sans retenue, je suis en paix.

Je songe aux ruelles sales du Marais et à l'air pollué de la Fumée. Je me souviens des paroles de Sil au sujet de la royauté qui a découpé cette île à sa convenance. Je me figure la royauté comme une araignée géante prenant tout au piège dans sa toile, s'engorgeant, gonflant, mais toujours insatisfaite. Nos dirigeants en voudront toujours plus. Il est temps de les stopper.

Pour la première fois depuis que la machine s'est mise en branle, j'ai le sentiment que cela est possible. Peut-être serai-je capable d'aider. Je me sens reliée à toute chose, emplie de l'énergie des éléments – peut-être puis-je percer leurs murs, faire tomber les barrières, encourager l'unification des cercles. Je tends la main vers l'herbe et elle se dresse et pousse pour atteindre mes doigts. J'ai l'impression de pousser moi aussi. Les brins me chatouillent la paume.

— Violet ?

Je pivote sur moi-même. Ash marche vers moi. Le vent se remet à souffler.

— Je suis venu m'assurer que tout allait bien. Bon sang ! s'exclame-t-il en posant les yeux par terre.

Une traînée de fleurs blanches illumine le sol. Elles pullulent à ses pieds, camouflent ses chaussures.

— C'est toi qui provoques ça ?

Je hoche la tête.

— Qu'est-ce que c'est ?

— La vie, dis-je dans un murmure pendant que les fleurs fanent. Comment va Raven ?

— Elle dort encore, répond-il en s'asseyant près de moi. Ce que tu as fait dans la chambre… était incroyable. Un peu terrifiant, mais incroyable.

— Je me sens capable de briser des blocs de roche. Je pourrais peut-être même soulever cet étang pour former un raz de marée si je le désirais, ou transformer le vent en ouragan. Alors je pense pouvoir les aider. Transpercer les murs qui divisent cette cité.

Ash m'adresse ce sourire qui me fait craquer et glisse sa main dans la mienne.

— Eh bien, si ce qui s'est produit dans la chambre est une indication de ton potentiel, je pense en effet que tu en es capable. Que tu as le pouvoir de réaliser tout ce que tu veux.

— Que s'est-il passé ? Raconte-moi.

— Tu t'es figée. J'ai prononcé ton nom, Lucien aussi, mais ton visage… tu n'étais plus parmi nous. Un vent s'est soudain mis à souffler dans la pièce. Doucement pour commencer. Mais très vite, les objets ont commencé à voler à travers la chambre. J'ai bien cru que tu allais briser les carreaux. Sil nous a hurlé de ne pas te toucher. Tu n'avais pas conscience de ce qui se passait autour de toi, tu n'entendais pas nos cris, tu ne sentais pas le vent. Ton expression… tu étais d'un calme impressionnant ; tu affichais une force redoutable. C'est difficile à décrire. (Il hésite.) Qu'est-ce que tu as ressenti à ce moment-là ?

Cela m'effraie d'être à l'origine d'une telle violence malgré moi. Je ne souhaite pas partager mon expérience de la falaise avec Ash, pas encore. C'est trop intime. En revanche, j'ai envie de lui donner une réponse.

— J'ai vu l'océan, énoncé-je d'une voix presque imperceptible.

Ash est perplexe. Je garde les yeux rivés à l'étang.

— C'était comment ? demande-t-il.

— Infini.

Un long silence s'abat entre nous. Même si ce n'est pas du silence à proprement parler. J'entends l'herbe pousser, l'eau onduler et l'air vibrer.

— Ce que tu as accompli avec Raven… tu pourrais l'accomplir avec une autre personne ?

Nous savons tous les deux à qui il pense.

— Je ne crois pas que ça marche comme ça.

Je ne mentionne même pas le fait qu'il est impossible d'entrer en contact avec Cinder.

— Non. Tu as sans doute raison, réplique-t-il.

Le vent ramène une mèche de cheveux dans ses yeux. Il la chasse en secouant la tête.

— J'aimerais en faire davantage, dit-il. J'aimerais être plus utile. J'ai passé des années à ne rien faire d'autre que séduire des femmes. Ça ne vaut pas grand-chose.

— Tu as d'autres valeurs. Des tas.

— Vraiment ? À part celle que les gens étaient prêts à payer pour mes services ?

— Je ne t'ai jamais payé. Et tu es bien trop précieux à mes yeux.

Ash enroule sa main sur ma nuque et m'attire vers son visage pour m'embrasser. Ses lèvres sont exquises, douces, chaudes et pleines de vie. Je pourrais le dévorer. J'aimerais sentir sa peau contre la mienne. J'ai envie de sentir son corps contre le mien, à présent que mes sens sont décuplés. Il s'écarte tandis qu'une nouvelle vague de fleurs pousse autour de nous et meurt.

— Tu ne saignes pas, observe-t-il en me caressant l'arête du nez.

Je me masse la base du crâne.

— Non. Et les migraines sont parties aussi. C'est parce que je ne détourne pas mes pouvoirs ; au contraire, je les embrasse. Je suis connectée à la nature d'une certaine manière. Je suis capable de m'unir aux éléments, en revanche, je ne les contrôle pas. (Je songe à la bouilloire mangée par les flammes.) Ça m'effraie. La nature renferme une telle puissance. Je ne pense même pas que la royauté sache que ce pouvoir existe. (Je soupire.) Je devrais sans doute rentrer. J'aimerais être auprès de Raven.

Ash me serre la main plus fort.

— Sil est en train de cuisiner. Elle préfère que tu restes là pour le moment. En fait, elle a suggéré que tu passes la nuit dehors. Apparemment, tu peux causer pas mal de dégâts pendant ton sommeil. Enfin, je suppose qu'elle se base sur l'expérience qu'elle a eue avec Azalea.

— Oh.

— Ne t'inquiète pas pour Raven. Ça va aller. Garnet et Lucien lui tiennent compagnie.

— D'accord.

— Violet, ajoute-t-il en m'effleurant la joue. Je vais demeurer dehors avec toi.

— Oh non, Ash. Ne te sens pas obligé. Enfin… tu devrais probablement éviter. Je ne veux pas te blesser.

— Personne ne t'aidera à traverser cette épreuve. Je sais que je ne peux pas comprendre ce qui t'arrive. En revanche, je peux rester à tes côtés. Être là pour toi. Je suis au moins capable de ça. Alors je ne bougerai pas. (Il me coule un long regard en coin.) Mais je t'en supplie, ne me fais pas partir en flammes en pleine nuit.

— Ce n'est pas drôle !

— Je te taquine. Sil m'a expliqué que tu ne peux rien créer, seulement affecter ce qui existe déjà. Aussi, à moins que tu n'aies l'intention de dormir avec une boîte d'allumettes et un bidon de kérosène, je pense que je ne crains rien. (Il me baise la tempe.) Je vais chercher une couverture et des oreillers.

Je le saisis par le bras et le retiens.

— Non. Reste encore un peu avec moi.

Ash incline la tête et revient s'asseoir à mes côtés. Il m'enlace par les épaules et me ramène contre son torse. J'inhale son odeur et écoute les battements de son cœur, forts et réguliers. Sa vie, la mienne, et celle de tous les êtres qui nous entourent s'entrelacent en cet instant.

Nous demeurons assis dans cette position, enveloppés par la nuit calme. Des tapis de fleurs blanches s'épanouissent et s'éteignent autour de nous.

19.

Lorsque je me réveille à l'aube, Sil est penchée au-dessus de moi.

Elle arbore sa salopette habituelle et une grosse écharpe en laine. Elle serre un porte-documents en cuir d'où dépassent des feuilles de papier jaunies par le temps.

Sil pose son index sur sa bouche et, d'un signe de la tête, elle m'indique de la suivre.

Ash dort d'un sommeil paisible près de moi. Je me dégage de ses bras et me glisse au-dehors de la couverture aussi discrètement que possible. Dans un soupir, il roule sur le dos, sans se réveiller. Nous avons dormi à l'ombre de la grange, non loin de la forêt. Sil ne s'enfonce pas dans les bois. Elle longe le champ, à la limite des arbres, sans perdre de vue La Rose Blanche, jusqu'à ce que nous nous soyons assez éloignées d'Ash. À l'autre bout de la clairière, une lumière gris pâle caresse la cime des arbres. Des rais orange et dorés filtrent à travers leurs branches.

— Je ne voulais pas t'embêter avec ça hier soir, commence Sil en brandissant le porte-documents. Tu avais déjà beaucoup de choses à digérer.

J'opine du chef. L'air est froid et la chaleur d'Ash me manque déjà. Je sens toutefois le monde s'éveiller autour de moi, et c'est un sentiment incroyable.

Sil s'arrête au pied d'un grand sycomore. Elle se baisse et s'installe par terre avec un grognement, s'adossant au tronc de l'arbre.

— Assieds-toi, dit-elle en tapotant l'herbe à côté d'elle.

Mes sens sont décuplés. Je perçois la terre en dessous de moi, sa texture riche et lourde, les racines qui vivent et se déploient dans ses profondeurs. Je parviens même à distinguer l'écoulement d'un fleuve souterrain.

— Tu ressens tout, n'est-ce pas ?

— Il y a tellement de choses. Comment… comment faites-vous pour mener une vie normale ?

Elle éclate de rire.

— Qui t'a dit que c'était le cas !

Le soleil commence à poindre, arrosant le ciel de rayons roses. Sil pose le porte-documents entre nous.

— Il faut que tu apprennes ton histoire. Quand ce pouvoir m'est venu, j'ignorais tout de lui. J'étais terrifiée. Et j'étais seule. Pendant des années, je me suis posé des questions sur les origines de cette magie qu'on avait détournée pour en tirer les Augures.

Puis Azalea est arrivée avec Lucien. Et il avait accès à la plus ancienne bibliothèque de la Cité solitaire.

— Celle de la duchesse.

Je me rappelle ce soir-là, au cours d'un dîner, quand la duchesse s'était vantée du fait que ses ancêtres avaient construit la Grande Muraille et qu'il était de son devoir de préserver la littérature de leur époque.

Sil acquiesce d'un signe de tête.

— Lucien a exploré la bibliothèque de fond en comble pour moi, volant certaines pages ici et là. Petit à petit, avec son aide, j'ai pu assembler les pièces d'un puzzle très compliqué. Enfin, j'ai fait du mieux que j'ai pu. Les seuls qui auraient été capables de nous expliquer vraiment tout ça sont morts depuis des générations.

Elle ouvre le porte-documents et me le tend. Je le prends avec une extrême précaution. Les feuilles qu'il contient sont très vieilles et je redoute qu'en les touchant, elles ne tombent en poussière. La première page est une carte de l'île, mais la Cité n'y apparaît pas. Elle me semble très différente d'aujourd'hui et j'ai du mal à me repérer. Quelques croix rouges sont tracées au niveau de la côte. Certaines zones sur les terres sont encerclées et accompagnées de légendes que j'ai de la peine à déchiffrer. « Dépôt de topaze », dit l'une. « Sol riche », indique une autre.

Je tourne la page. La suivante est noircie d'une écriture fine et penchée. On dirait une liste de noms, mais ils me paraissent étranges.

Pantha Seagrass
Jucinde Soare

Je compte vingt noms au total. Je suppose que ce sont toutes des femmes car ils ont une résonance féminine à mon oreille. Au bas de la page, est inscrite une note qui me file la chair de poule.

Date de l'exécution, 5 mars de l'Année de la Fondation.

L'Année de la Fondation. L'année où la Cité solitaire fut érigée.

Je passe à la page suivante. Elle est remplie d'illustrations très impressionnantes. L'une d'elles représente une femme brandissant une poignée de flammes. Une autre montre une jeune fille, les bras tendus en direction d'une vague bleue immense qui s'enroule vers elle et la surplombe.

D'autres pages sont trop tachées, gâtées par le temps pour être lues. Seules quelques bribes de phrases sont déchiffrables.

… *piétiner la source en plein cœur…*
… *à nous de diriger…*
… *clémence… de la mort…*
… *riches…*
… *promis…*

Mais c'est l'une des dernières pages qui retient mon attention. Sans doute parce que c'est la plus ancienne et la mieux conservée. Quelque chose me dit que lorsque Lucien l'a rapportée à Sil, elle en a pris le plus grand soin. Elle est presque entièrement lisible. Une date curieuse est inscrite en haut ; elle ne m'évoque rien. Ce document fut-il établi avant la Fondation ?

J'en entame la lecture. La première phrase me retourne l'estomac, comme si j'avais raté une marche en descendant l'escalier.

Cette île se dénommait Excelsior, le Joyau de la Terre.

Je lève la tête. Sil m'observe avec attention ; ses yeux argentés étincellent dans la faible lumière du soleil levant.

— Oui. Cette île avait autrefois un nom. Et ce n'était pas la Cité solitaire. Poursuis ta lecture.

La légende dépeint une terre noire d'une grande fertilité où n'importe quelle culture prospérait, d'où jaillissaient des arbres luxuriants qui fredonnaient lorsque la brise de l'océan agitait leur feuillage vert, une terre où vivaient des animaux sauvages de toutes espèces, des chats zébrés, des oiseaux au plumage royal et des lézards écailleux. Mais surtout, des grottes, une infinité de grottes recelant des pierres précieuses. Diamants, topazes, grenats, rubis, émeraudes, saphirs… Et bien d'autres encore.

Les phrases suivantes sont difficiles à lire. Je relève une référence à la Maison du Lac et une à celle de la Pierre. Une histoire d'alliances aussi, une autre mentionnant l'abondance de richesses. Le paragraphe qui vient ensuite est beaucoup plus clair.

À cette époque, l'île était perçue comme un mythe. Pourtant les habitants de Bellstar, dirigés par la Maison du Lac et celle de la Balance, et ceux d'Ellaria, dirigés par la Pierre et la Rose, savaient qu'elle existait pour de vrai. Beaucoup avaient tenté de la découvrir. Personne n'avait réussi. Ceux qui revenaient de leur périple parlaient de vents malveillants égarant leur navire, ou de vagues géantes qui emportaient leur équipage par-dessus bord. L'océan les engloutissait. Jamais ils n'entrevirent leur destination.

Toutefois, les familles royales ne renoncèrent pas. Des centaines de bateaux furent construits et la grande course débuta. Quel pays trouverait le Joyau de la Terre en premier et le proclamerait sien ? Je fus employé par la Maison de la Balance en tant que scribe. Mon père ne souhaitait pas que je fasse ce voyage. Mais il fallait que je voie cette île de mes yeux. De sombres jours…

Le reste du paragraphe est en partie effacé. Je saute à la page suivante.

En fin de compte, les quatre familles durent s'allier pour conquérir l'île dont la magie était si profonde et les fron-

tières si bien protégées. Malgré leur force, les natifs ne firent pas le poids face aux canons de l'envahisseur, la force brutale de l'arsenal royal. J'ai fourni un récit plus détaillé de l'attaque sur la côte ouest bien que, comme il ne dépeint pas la royauté sous un jour favorable, je suppose qu'il sera vite effacé.

Les exécutions prirent place à l'aube. Pas une seule femme du village ne fut épargnée, car qui sait laquelle d'entre elles possédait l'étrange et merveilleux pouvoir de parler à la mer, au vent et à la terre ? Elles s'appellent entre elles les Protectrices, les gardiennes d'Excelsior. Elles affirment qu'il est de leur devoir de protéger l'île.

La royauté est certaine qu'elle arrivera à mettre la main sur toutes ces femmes jusqu'à la dernière, mais je n'en suis pas si convaincu.

La fin de la page est indéchiffrable, rongée par les années. Mes mains tremblent si fort que je préfère refermer le porte-documents pour ne pas l'abîmer. Mon cerveau bourdonne tandis que je m'imprègne peu à peu de ma lecture. Les dirigeants ont toujours déclaré que cette île était autrefois inhabitée. Qu'ils l'ont découverte, s'y sont installés, ont construit la Cité solitaire. C'est l'histoire officielle.

Ils n'ont jamais évoqué l'existence d'indigènes.

— Oui, dit Sil d'une voix songeuse, contemplant les arbres à l'autre bout du champ. Ce sont vraiment des salopards, n'est-ce pas ?

— Qui étaient ces femmes ?

— Nos ancêtres. Nous sommes des descendantes des Protectrices. Les gardiennes de cette île, répond-elle d'une voix empreinte de respect. (Elle pose la paume sur la terre près d'elle.) Cette île nous transmet un certain pouvoir. En échange, elle compte sur nous pour la protéger. Mais pendant longtemps, nous avons erré sans savoir qui nous étions. Ils ont cru qu'ils nous avaient éradiquées, mais notre bon ami, le scribe, n'était pas du même avis.

Étrange. Je descends donc d'une très ancienne lignée de magiciennes.

— Alors cet endroit, c'était un lieu de magie, dis-je dans un murmure.

— Quel endroit ? demande Sil.

Je lui parle de la falaise et de la statue où j'ai trouvé Raven et d'où je l'ai ramenée.

— Tu as vu l'océan ? s'exclame-t-elle.

J'acquiesce. Sil se couvre la bouche d'une main et l'espace d'un instant, j'ai l'impression qu'elle est sur le point de pleurer.

— Je savais que nous étions connectées à l'océan, marmonne-t-elle, mais jamais je n'aurais…

— De quoi parlez-vous ?

— Quand j'étais en train de mourir à la morgue, j'ai entendu un son étrange, semblable au roulement des vagues et j'ai senti un parfum iodé. Je n'ai jamais senti l'eau de mer, mais dans mon esprit, ça ne faisait pas de doute. L'océan m'appelait. Il me réconfortait. (Elle cligne des paupières et détourne le regard.) J'aimerais tellement le voir de mes yeux. Ces murs… ces fichus murs sont dressés entre nous et l'océan depuis trop longtemps. (Elle me regarde, soudain exaltée.) Tu ne vois pas ? C'est *notre île.* On nous l'a arrachée. La royauté a assassiné nos aïeules pour s'en emparer et la proclamer sienne. L'enjeu est tellement plus grand que ce que tu n'imagines. On ne veut pas se contenter de stopper les Enchères. Il s'agit de mettre un terme à l'assujettissement d'un peuple entier et de venger le massacre de nos ancêtres. Heureusement, nous n'avons pas toutes disparu. Ils n'ont pas pu mettre la main sur tout le monde et il est temps pour eux de payer pour leur crime.

— Et vous me pensez capable de briser leurs murs ?

— Je crois que c'est ta destinée.

Nous restons assises en silence pendant un long moment. Tant de choses à digérer. Je porte la main au-dessus de l'herbe et sens les racines dans la terre pousser. J'ai le sentiment que je pourrais leur demander de jaillir du sol ou de s'enfoncer dans la terre. J'ai l'impression que les arbres m'ont attendue pendant des années. L'air est frais et piquant, empli d'attente. Du désir de protéger. D'être protégé. D'aider.

— Tu comprends vite. Cet endroit est très particulier. Ce sont les Protectrices qui m'ont guidée jusqu'ici. Cette forêt recèle une énergie incroyable. À mon avis, cet endroit était à l'époque d'une grande importance pour elles.

— Comment êtes-vous arrivée ici ?

— C'est une longue histoire.

Elle frotte sa main couverte de cicatrices.

J'attends. Elle pousse un soupir las et s'adosse au sycomore.

— Tu sais comment je me suis évadée du Joyau.

— Par l'incinérateur.

— Oui. J'ai erré à travers les égouts pendant des jours et des jours. J'étais affamée. Terrifiée. Quand j'ai enfin découvert une issue, je me suis retrouvée dans le Commerce. C'était la première fois que j'y mettais les pieds. Je ne savais pas où j'étais. Je me suis cachée dans une impasse derrière une boutique. (Son regard se radoucit.) C'est là que mes fleurs ont poussé pour la première fois. Mais je ne les ai pas trouvées belles. Elles m'ont fait peur. Je ne comprenais pas ce qui m'arrivait. J'avais l'impression de ne rien maîtriser. Comme toi cette nuit, sauf que c'était cent fois pire car j'étais seule. J'ai cru que je perdais la tête. Il s'est mis à pleuvoir. Il a plu pendant des jours, un rideau de pluie incessant. J'en étais la cause, je suppose, même si je l'ignorais à l'époque. Je faisais les poubelles pour me nourrir. J'ai volé des vêtements et des pansements pour mon bras. Mais je ne pouvais sortir de ma cachette que la nuit venue. Le vent me suivait partout. Les arbres ployaient. (Elle tapote affectueusement une racine qui ressort du sol.) Et puis un jour, j'ai pris mon courage à deux mains et je me suis aventurée un peu plus loin dans le Commerce. Je suis tombée sur une gare et me suis planquée dans le train. Je ne savais pas où il me conduirait, mais il fallait que je quitte le Commerce. Il m'a emmenée dans la même gare que celle où tu es arrivée.

De minuscules fleurs rouges poussent autour des genoux de Sil. Elle les effleure avant qu'elles ne fanent.

— Ce fut plus facile pour moi car je n'étais pas accompagnée d'un fugitif. (Elle me coule un regard narquois.) Personne ne me recherchait. On me croyait morte. Pourtant je fuyais la compagnie des gens. J'étais dangereuse. Je ne savais pas pourquoi, mais je portais la poisse partout où j'allais. Il y a une petite ville de l'autre côté de cette forêt. J'ai mis le feu à une boutique par accident. Une tempête s'est ensuite abattue sur le village, arrachant les volets des maisons. Un petit garçon a été blessé. Il fallait que je parte.

« Personne ne savait que c'était ma faute, évidemment. Personne ne prêtait attention à une adolescente errante. Cependant je suis quand même venue trouver refuge dans cette forêt. Elle m'a attirée à elle. Pendant deux jours, je me suis nourrie de noix et d'écorce et me suis abreuvée dans une rivière qui coule dans les bois. Mais une force me guidait. Plus je m'enfonçais dans la forêt, plus la connexion était forte. Puis je suis tombée sur cette vieille maison en ruine. Et j'ai su qu'elle m'attendait.

Sil porte son regard sur la ferme en brique rouge.

— Pourquoi s'appelle-t-elle La Rose Blanche ?

— C'est moi qui l'ai nommée comme ça. Je suis arrivée à l'automne. Il y avait un jardin près du porche. Il était tapissé de feuilles mortes. Rien n'y avait poussé depuis des années. Je me suis campée à cet endroit pour contempler les ruines, tâchant de me convaincre que je pourrais en faire mon foyer, que j'y serais en sécurité. Alors une rose s'est épanouie sur un buisson mort, juste devant moi. Plus blanche que la neige et plus douce qu'un pelage de lapin. Elle a poussé à partir de rien. Ça m'a redonné de l'espoir. Je me suis dit que j'étais capable de bâtir quelque chose de beau à partir de rien. (Elle secoue la tête.) Quelle imbécile d'idéaliste j'étais !

— Mais non. Vous l'avez fait, protesté-je en désignant La Rose Blanche.

— Disons que j'ai appris à cultiver ma nourriture, rapidement et facilement. Je n'avais plus besoin de voler. Je pouvais vendre mes récoltes ou bien faire du troc pour me procurer des vêtements et des provisions. J'ai réparé cette maison. Le pouvoir était plus fort ici. La connexion plus directe. Et j'en avais moins peur. En revanche, je me suis sentie… isolée du monde.

J'essaie de m'imaginer vivant seule dans la forêt pendant quarante ans avec pour seule compagnie un pouvoir étrange et inconnu. Je pense qu'à sa place, j'aurais perdu la raison.

— Puis, il y a trois ans de ça environ, cette fille surgit sur le pas de ma porte accompagnée d'un homme. J'ai su immédiatement ce qu'elle était, bien sûr. Mais elle n'avait jamais mis les pieds dans un institut – Lucien l'avait conduite à l'abri dès qu'elle avait atteint l'âge d'enfanter. Il l'avait cachée à différents endroits dans la Ferme. D'accord, sa famille avait été promue du Marais à la Ferme. Mais il était évident qu'elle n'allait pas échapper au test ; elle était née dans le Marais après tout. (Son regard se perd dans le vide.) Azalea était encore intacte. Son esprit n'avait pas été déformé contrairement à celui de toutes les autres mères porteuses. J'ai cru que je pourrais lui transmettre mon savoir. Je ne voulais plus supporter seule le poids de ce pouvoir.

« Azalea a mis beaucoup de temps à le ressentir. Ses résultats aux Augures auraient sans doute été beaucoup moins élevés que les tiens ou les miens. Elle se connectait seulement avec l'Air. Elle faisait des cauchemars terribles durant lesquels elle saccageait mon mobilier. Aussi, elle s'est mise à dormir dehors. De toute façon, elle préférait. (Sil esquisse un sourire et contemple le ciel.) Elle avait le cœur sur la main. Elle était d'un optimisme inébranlable. Pour la première fois depuis des années, j'étais heureuse. J'avais de la compagnie. Du coup, lorsqu'elle a commencé à parler de sauver les autres mères porteuses, à vouloir stopper la royauté, je lui ai rétorqué qu'elle devrait s'estimer heureuse d'être à l'abri. Lucien était d'accord avec moi. C'était la seule chose sur laquelle nous étions d'accord. (Elle part d'un rire léger.) Oh, mais Azalea était jeune et idéaliste, elle n'avait jamais vécu dans le Joyau. Vivre dans le Joyau, ça vous endurcit. C'est comme si on brandissait un miroir devant vous et qu'on vous montrait la partie la plus sombre de l'humanité. Ça change les gens.

Je frissonne.

— Et elle y croyait dur comme fer, poursuit Sil. Elle pensait qu'elle pourrait retourner les éléments contre eux, de la même manière qu'ils utilisent les Augures contre nous. Que c'était notre destinée. À cette époque, je commençais à fouiller dans notre passé pour apprendre notre histoire. Lucien était prêt à tous les sacrifices pour Azalea, y compris subtiliser des documents dans la bibliothèque de la duchesse juste sous son nez. Mais je ne voulais pas entendre parler de rébellion et lui non plus. Nous ne cessions pas de lui rappeler qu'elle était à l'abri ici, que c'était tout ce qui importait. (Elle se frotte le front.) J'avais oublié ce que c'était d'être jeune. Pleine d'idéaux. De penser qu'il est possible de changer le monde. J'étais égoïste. Je n'ai pas… (Sil déglutit avec peine et détourne le regard.) Je crois qu'elle s'est laissé attraper et diagnostiquer. Elle savait que c'était la seule manière. Elle ne désirait pas mener la même existence que moi, se retrouver coincée dans cette ferme pour toujours avec pour seule compagnie le vent et les arbres. Elle voulait plus. Pas seulement pour elle mais pour tout le monde.

— C'est à ce moment-là que vous avez fait équipe avec Lucien ?

Sil lâche un rire cynique.

— Équipe, c'est un bien grand mot. Parlons plutôt d'une alliance improbable. (Sa main court le long de l'écorce du sycomore.) Cet endroit a pleuré sa mort. Nous avons pleuré ensemble. (Elle me regarde droit dans les yeux.) Et maintenant que tu es là, nous avons repris espoir pour nos sœurs enfermées dans les instituts. (Elle s'apprête à se lever, mais s'arrête en plein élan.) Comment est-elle ?

— Qui ça ?

— La duchesse. Je suis… curieuse.

— Oh.

La duchesse est un être complexe. Mais le dernier souvenir que j'ai d'elle est imprimé dans mon esprit.

— Elle a assassiné mon amie. Juste sous mes yeux.

Ma gorge se noue.

— Alors j'ai créé un assassin, déclare Sil.

— Vous n'êtes pas responsable de la personne qu'elle est devenue.

— Oh que si ! rétorque Sil. Je te l'ai expliqué, son père était le mal incarné. (Elle se frotte la nuque.) Je sais que l'autre est morte. La plus jeune. Je l'ai lu dans les journaux. Elle a tourné le dos à la royauté.

— C'était peut-être votre œuvre aussi.

Sil se renfrogne.

Une voix résonne à travers la clairière.

— Violet ?

C'est Ash qui vient de se réveiller et me cherche.

Je me lève et chasse la poussière de mon pantalon. Sil récupère le porte-documents et le serre contre son buste.

— Il n'a pas sa place ici, tu sais. Il n'est pas des nôtres.

Mon dos se raidit.

— Sa place est avec moi.

— Il t'empêchera d'y voir clair. Il troublera ton jugement.

— Comme Azalea a troublé le vôtre ?

Les yeux de Sil lancent des éclairs.

— Précisément.

— Eh bien, je ne suis pas comme vous.

Et sur ces mots, je pivote sur mes talons et me dirige vers la grange, où Ash m'attend.

20.

— Tu veux dire que tu descends d'une lignée de magiciennes que la royauté a tenté d'anéantir ? récapitule Ash.

Nous marchons côte à côte en direction de La Rose Blanche. Je meurs d'envie de voir Raven. Chemin faisant, je lui ai fait part de ce que Sil venait de m'apprendre.

— Tu es obligé de le dire sur ce ton ?

— Sur quel ton ?

— Sur un ton dubitatif. Comme si tu ne me croyais pas.

— Mais bien sûr que je te crois. Enfin, plus rien ne m'étonne venant de la royauté. Massacrer une population indigène, les Maisons Fondatrices en sont bien capables. J'aimerais voir les papiers que Sil t'a montrés.

Je doute que ce soit possible. Mais je me garde bien de le lui dire.

— J'ai réfléchi à ce que Sil a raconté. À propos d'Azalea. Apparemment, elle pouvait seulement se connecter à l'Air. Je pensais... peut-être que les résultats que nous obtenons aux tests des Augures nous apprennent quelque chose d'utile. Le fait que Sil et moi ayons décroché un dix sur dix à la Croissance indiquerait que nous pouvons accéder à n'importe quel élément.

— Ça me paraît logique. Bien que je ne sois pas expert en la matière.

Je me mordille la lèvre inférieure.

— Qu'est-ce qui te tracasse, Violet ? Si tu parviens à te connecter à la terre, tu pourrais lui demander de faire tomber les murs ? N'est-ce pas ce que Lucien attend ?

— Le problème, c'est que je suis seule. Ce pouvoir est incroyable, certes, mais... les murs sont tellement épais. La royauté possède de l'artillerie lourde. Une armée. Imagine que je transperce un mur et m'aperçoive que je n'ai pas assez de force pour aller plus loin ? Est-ce que la royauté a vraiment besoin de ces murs pour se protéger ?

Nous avons atteint l'étang. Je m'accroupis au bord de l'eau et dépose ma paume sur sa surface froide. J'ai envie d'éprouver la même sensation que la nuit précédente.

Qu'est-ce que Sil a dit, déjà ? Que nous devons incarner l'élément afin de nous connecter à lui.

Je deviens l'eau.

Ma peau se fait lisse et glissante tandis que je me relie à l'étang. Elle ondule en moi, transparente et vive. Je la force à monter et je suis la vague qui s'élève loin au-dessus de notre tête. Ash pousse un petit cri de surprise et la vague vient s'abattre sur l'herbe, nous arrosant l'un et l'autre.

Je lâche sa main et le contemple, un sourire aux lèvres.

Il secoue la tête pour chasser les gouttes d'eau de sa tignasse.

— Désolée.

— Tu sais, rétorque-t-il en me prenant la main pour m'aider à me lever, dans l'établissement de Mme Curio, ils aimaient créer un climat de rivalité. Si on ramenait un gros client, on récoltait un certain nombre de points. Si on excellait dans un domaine particulier, on engrangeait davantage de points encore. Il y avait un grand panneau d'affichage dans le hall d'entrée où était enregistré le record de chaque compagnon. Si on accumulait un certain nombre de points, on recevait une récompense. Ils ne voulaient pas qu'on forme un front uni. Ils préféraient nous monter les uns contre les autres.

— OK, acquiescé-je même si je ne vois pas où il veut en venir.

Ash s'aperçoit de ma perplexité et ébauche un sourire.

— C'est de ça que vous avez besoin. D'un front uni.

— Vous ? À qui fais-tu référence ? Pour le moment, le front uni semble se résumer à trois mères porteuses, un caméristе, un compagnon, et un héritier royal. Un groupe pour le moins hétéroclite.

— Un front uni de mères porteuses, précise Ash en haussant les épaules. Toutes les mères porteuses ne sont-elles pas en possession de ce pouvoir ? À partir du moment où vous descendez toutes d'une lignée de magiciennes-guerrières ?

Le tableau prend soudain forme dans ma tête. Je songe aux paroles de Sil. Azalea avait seulement accès à l'Air. Je repense à l'incinérateur : Raven et moi avons dû unir nos forces pour éteindre le feu. *Ensemble*, nous avons réussi car nous étions plus fortes.

Les mères porteuses sont concentrées dans le Marais, dans les instituts. Quatre établissements dispersés aux quatre points cardinaux : nord, sud, est, ouest.

Nous n'avons pas besoin d'abattre l'ensemble des murs. Il nous faut juste en franchir un – celui du Joyau.

— Lucien ! hurlé-je. Tu es un génie, Ash, le félicité-je en lui saisissant le bras.

— Que se passe-t-il ? s'écrie Lucien en jaillissant de la maison, suivi de Garnet et (mon cœur se serre) de Raven.

Elle est enveloppée dans une épaisse couverture. Garnet a la main posée sur son dos comme s'il craignait qu'elle ne s'effondre. Elle a l'air fatiguée mais en bonne santé. Vivante.

— Comment ça va ?

Raven m'adresse un sourire espiègle. Son sourire d'avant.

— J'ai l'impression que le brouillard s'est enfin dissipé. Qu'un poids s'est soulevé. Je me sens… l'esprit clair. Pas tout à fait comme avant, mais c'est un bon début. (Elle fusille Garnet du regard.) Tu peux lui dire d'arrêter de me coller. Il est pire que ma mère.

— Tu t'es évanouie contre moi la nuit dernière, lui rappelle-t-il. Mieux vaut se tenir prêt.

La réalité me frappe subitement en plein visage. Raven n'est plus enceinte. La menace s'est levée.

— Pourquoi m'avez-vous appelé, Violet ? demande Lucien.

Il a revêtu sa robe blanche de caméristе.

— Vous partez ?

— Je dois retourner dans le Joyau. Garnet m'accompagne. Cela serait de mauvais goût qu'il rate son propre mariage.

Derrière Lucien, Garnet esquisse une grimace.

— Je viens d'avoir une idée, lancé-je. Je ne pense pas être assez forte toute seule. Vous voulez que je transperce les murs de chaque cercle afin que les populations des différents anneaux se mêlent les unes aux autres. Pour que les gens s'allient contre la royauté. Mais cela prendra trop de temps. Et nous ignorons si je suis assez forte pour cela. Imaginez que je ne parvienne à traverser qu'un seul mur ?

Ou que je sois blessée ? Vous vous retrouveriez alors seuls face à l'ennemi.

— Violet, je ne…

— Non, écoutez-moi jusqu'au bout. Je suppose que votre Cercle a des membres dans tous les cercles ? (Lucien hoche la tête.) Dans ce cas, laissez-les s'occuper de leur propre territoire, que chaque cercle lutte pour défendre ses propres droits. (Je songe au Voleur, qui connaissait son quartier comme sa poche.) Pourquoi mélanger les cercles si vite ? Je suis d'accord, il faut le faire, mais pas avant d'avoir déraciné la royauté. Ensuite, nous pourrons faire tomber les murs.

— Et le Joyau dans l'histoire ? interroge Lucien. Qui combattra la royauté sur son propre territoire ?

— Les mères porteuses, réponds-je d'un ton ferme et assuré.

Il hausse un sourcil.

— Je vous demande pardon ?

— Ash m'a fait remarquer qu'il était nécessaire de présenter un front uni. L'ennemi possède une armée de régimentaires. Je pense que, pour les affronter, il nous faut une armée de mères porteuses.

— Une *armée* de mères porteuses ?

— Il y a un tel potentiel retenu à l'intérieur de ces instituts où elles sont enfermées. Nous devons découvrir un moyen d'entrer en contact avec elles, et de leur montrer ce dont elles sont capables.

Et qui elles sont vraiment, ajouté-je en silence. Je me repasse mentalement les paroles de Sil. Nous sommes les Protectrices ; les gardiennes de cette île.

— Je crois que telle est notre destinée.

— Et comment comptez-vous pénétrer dans ces instituts ?

Je me rembrunis.

— Je l'ignore encore. En revanche, je connais chaque recoin de Southgate. Et beaucoup des filles qui y vivent. Je pense qu'elles se fieront à moi. Vous devez ramener ici trois filles du Joyau. Une de chacun des trois autres instituts du Marais. Celles qui ont obtenu les meilleurs résultats au test de la Croissance. Si ce test indique la compatibilité avec les éléments, nous devons rassembler les meilleures, celles qui ont accès au plus grand nombre d'éléments.

— Et une fois que j'aurai exfiltré trois autres mères porteuses et que vous les aurez formées, comment avez-vous l'intention de faire entrer tout un groupe dans le Joyau ?

La solution me semble soudain évidente, à croire qu'elle était juste sous mon nez depuis le début. Un sourire danse sur mes lèvres.

— Nous nous servirons de la Vente aux Enchères.

— Bien sûr ! acquiesce Raven.

— Je ne vous suis pas, intervient Garnet.

— La Vente aux Enchères, expliqué-je. Les trains qui conduisent à la Salle des Ventes. Nous devons mettre un maximum de filles dans ces trains. Ainsi, la royauté nous ouvrira d'elle-même les portes du Joyau sans même en avoir conscience. Nous n'aurons même pas besoin de franchir le mur de séparation.

Garnet émet un sifflement.

— Je dois bien admettre que c'est une idée de génie.

— La Vente aux Enchères n'aura pas lieu avant le mois d'octobre, souligne Lucien. C'est dans plusieurs mois.

Je me mords la lèvre. Combien de temps pouvons-nous nous permettre d'attendre ? Mes pensées se tournent de nouveau vers ma petite sœur. Je crains qu'on ne la diagnostique mère porteuse. Il faut mettre un terme à la Vente avant que cela n'arrive.

Ash prend la parole.

— Il faudrait que les attaques se produisent dans chaque cercle le jour de la Vente aux Enchères. La royauté ne verra rien venir. Je vous suggère de vous en prendre à des points stratégiques : aux casernes de régimentaires et aux bureaux des magistrats, par exemple. Peut-être même aux banques. Ils ne peuvent pas se battre sur tous les fronts à la fois. Pas s'ils subissent une attaque à l'intérieur même du Joyau en même temps.

Lucien lui décoche un regard dédaigneux.

— C'est un bon plan, dis-je.

— Je suppose que vous avez déjà une petite idée en tête, soupire-t-il. Des mères porteuses que vous aimeriez faire sortir du Joyau ?

J'acquiesce.

— Une autre amie ? s'enquiert-il.

— Non. Mais je pense qu'elle est exactement celle qu'il nous faut.

Et je lui décris la Lionne.

21.

— Comment se porte notre rebelle vedette ? demande Garnet d'une voix métallique.

L'arcane plane au-dessus de l'épaule de Raven, perchée au sommet d'une pyramide de ballots de paille. Deux semaines se sont écoulées depuis notre arrivée à La Rose Blanche, et Raven s'est métamorphosée. Elle a récupéré des forces et semble presque heureuse.

— Violet est bluffante, répond-elle. Le don, c'est inné chez elle.

Je deviens l'air.

J'accepte l'élément et me dissous en une infinité de molécules d'une légèreté incommensurable. Telle une brise, je soulève les fétus qui jonchent le sol de la grange. Ils restent suspendus là. Je sens le poids de chacun d'entre eux, les soupèse, les fais flotter jusqu'à Raven et tournoyer autour d'elle comme des planètes aux formes étranges en orbite autour du soleil.

Elle m'applaudit. Ash, qui assiste également à la scène, part d'un éclat de rire tout en brossant l'encolure du cheval de Sil qu'il a rebaptisé Navet. C'était le surnom qu'il donnait à Cinder quand elle était bébé.

— Elle devrait s'essayer à la broderie, suggère Garnet. Ou au tricot. Histoire de se donner un défi à relever.

— À moins qu'elle ne se mette à collectionner les dînettes, rétorque Raven avec un sourire narquois. Comme ça, elle pourra jouer avec ta femme.

— Sache que Coral possède précisément deux cent soixante-cinq articles en porcelaine en tout. Crois-moi. Elle les a comptés. En ma présence. J'ai été obligé de rester sagement assis, un sourire plaqué sur les lèvres, pendant qu'elle me présentait toute sa collection. Certes, c'est une obsession ridicule, mais sa passion est étonnante.

— Je suis impressionnée !

— Je vais faire comme si cette remarque n'était pas sarcastique.

Raven est plus proche de Garnet que moi. Ils se parlent beaucoup et adorent se lancer des piques, se taquiner gentiment. Il lui fait beaucoup de bien. Il lui rappelle la personne qu'elle était avant.

— Je pensais que tu appelais pour une raison précise, reprend Raven. Des nouvelles intéressantes du Joyau ?

Je romps ma connexion à l'Air et les fétus retombent par terre. Je tiens à me concentrer sur la suite de la discussion.

— Je n'ai pas revu Lucien depuis mon mariage, nous apprend Garnet. Je ne sais absolument pas ce qu'il fabrique. Ma mère prépare un sale coup, mais je n'ai pas encore réussi à lui tirer les vers du nez. Et je ne peux pas feindre un soudain intérêt pour les mères porteuses.

— Tu penses qu'elle prépare un coup qui impliquerait une mère porteuse ? demandé-je. Mais elle n'en a plus.

— Oui. Sauf que personne n'est au courant de cela dans le Joyau si ce n'est Lucien et moi. Ainsi que ce nouveau compagnon dont vous m'avez parlé, puisque, de toute évidence, il t'a vue, Violet.

— Il s'appelle Rye, rétorque Raven.

— Comment va-t-il ? questionne Ash qui pose sa brosse.

— Bien, je suppose. Je ne lui ai pas encore parlé. Il ignore tout de la Société secrète. Croyez-le ou non, Carnelian ne s'est toujours pas remise de ton départ. Elle lui parle de vous sans cesse. Dans l'espoir, j'imagine, qu'il lui raconte des histoires vous concernant. C'est un peu triste.

— Vous parliez de la duchesse, dis-je coupant court à la discussion, Carnelian est un sujet vain. Que mijote-t-elle à votre avis ?

— Comme je vous l'ai déjà expliqué, elle ne se confie pas à moi. J'essaie de jouer au fils parfait, voyez-vous. Le mariage est censé m'avoir remis dans le droit chemin. Je ne passe plus mes nuits à arpenter les tavernes du Commerce, etc. Elle prépare quelque chose, c'est sûr et certain. La nuit dernière, elle a porté une lettre à l'Exéteur. En personne. La dernière fois que ma mère s'est chargée seule de son courrier remonte à... en fait, c'est probablement une première.

— Et la Société secrète ? demande Ash qui jette une poignet de grains aux poules qui picorent dans leur poulailler. Des nouvelles ?

— Il faudra poser la question à Lucien, réplique Garnet. Ce que je sais, c'est ce que j'ai lu dans le journal. Et c'est parce que je suis au courant qu'il existe un organisme secret, autrement je n'y prêterais même pas attention.

Dans la Fumée et la Ferme, des membres du Cercle ont saccagé des propriétés royales. Des cabinets de magistrats et des casernes de régimentaires pour la plupart, comme Ash l'avait suggéré. Même si Lucien préférerait mourir plutôt que d'admettre qu'Ash a eu une bonne idée. Les auteurs de ces attaques frappent dans les cercles inférieurs afin d'affaiblir la royauté à la base. Ils n'ont pas revendiqué leurs actes, mais un article a mentionné le fait qu'une clé noire a été dessinée sur la porte d'un bureau de poste. Lucien n'avait pas l'air ravi de ça, d'ailleurs.

Ash est d'humeur maussade en ce moment. Je pense qu'il aimerait participer de manière plus active à la rébellion. L'isolement et le manque d'action le frustrent. Je le devine à son expression en ce moment même. Il est très tendu.

— Je vais courir, annonce-t-il.

Il gratouille une chèvre derrière l'oreille et quitte la grange à grands pas.

Ash court autour du périmètre de La Rose Blanche au moins deux fois par jour. L'exercice l'aide à canaliser son trop-plein d'énergie.

— J'ai dit quelque chose qu'il ne fallait pas ? s'étonne Garnet.

— Non, réponds-je dans un soupir. Il est juste frustré.

— Je le comprends. Mais au moins, il n'est pas obligé d'écouter une femme lui décrire en long en large et en travers la différence entre la céramique et la porcelaine tendre.

— Et laquelle des deux préfères-tu ? le taquine Raven.

— Oh, la porcelaine tendre, cela va sans dire. Saviez-vous que c'est la vaisselle la plus blanche qui soit ?

Raven et moi éclatons de rire.

— Je dois y aller, coupe subitement Garnet.

L'arcane se tait. Raven le rattrape avant qu'il ne tombe sur les ballots de foin. Elle saute par terre et me le tend.

— Tu penses que la duchesse prépare quoi ?

— Je l'ignore. Le fait qu'elle laisse croire au reste du Joyau que je suis toujours là ne présage rien qui vaille.

— Oui. Tu ne penses quand même pas qu'elle a volé une mère porteuse à une autre femme de la royauté ?

— Non. Ça aurait fait la une des journaux.

— Tu as sans doute raison… Je vais préparer du thé. Tu en veux ?

— Oui. Je te rejoins dans une minute.

Une fois seule, j'expire à fond et j'écarte les bras de part et d'autre de mon corps.

Je deviens l'air.

Des centaines de fétus se mettent à flotter tandis que je me connecte à l'élément. L'Air me donne un sentiment de légèreté absolument grisant. C'est comme si je volais tout en gardant mes pieds sur la terre ferme. Mon esprit s'élève jusqu'au toit de la grange avec les fétus.

En dessous, Navet se met à piaffer.

L'arcane vibre soudain dans ma main et je romps ma connexion à l'élément.

— Elle est en chemin, m'apprend Lucien.

Une pluie de fétus m'arrose la chevelure et recouvre la crinière de Navet. Elle secoue la tête et s'ébroue.

— La Lionne ?

— Le lot 199, oui.

Nous ne connaissons pas encore son prénom et cela m'agace.

— Qu'est-ce que vous lui avez dit ?

— Rien du tout. Je ne peux pas m'y prendre pareil qu'avec vous, Violet. Je vous enverrai les filles de la manière la moins compromettante possible.

— À savoir ?

— J'en reviens à mon plan originel, réplique Lucien avec une pointe d'impatience. J'ai versé du sérum dans son vin. Juste à temps, me semble-t-il. Je crois que la comtesse était sur le point de s'arranger pour qu'il ait un « accident ».

Un frisson me parcourt.

— Autrement dit, elle va débarquer ici sans avoir la moindre idée de ce qui lui arrive ?

— Je remplis ma part du contrat, rétorque-t-il. À vous de remplir la vôtre. Elle sera à bord du train qui entre en gare de Bartlett à deux heures, demain après-midi. N'oubliez pas de demander la clé.

— Bien entendu.

Le jour suivant, il fait un froid de canard. J'enroule mon écharpe autour de mon cou et l'ajuste, puis j'abaisse les rabats de mon chapeau sur mes oreilles.

Sil m'a donné une paire de lunettes teintées ridicules pour cacher mon iris. Par simple mesure de protection, juste au cas où on serait à ma recherche.

— Je veux t'accompagner, déclare Ash qui attelle Navet.

— Pas question, réplique Sil, installée à l'avant de la charrette.

Ash lui glisse un regard froid avant de se tourner vers moi.

— Je tiens à venir, insiste-t-il. Je veux me rendre utile.

— Je sais. Mais… c'est trop dangereux. Imagine que quelqu'un te reconnaisse une fois de plus ?

— Avec ton joli minois, tu risques d'attirer l'attention. Les régimentaires rappliqueraient en un éclair, remarque Sil.

— Violet m'a teint les cheveux la dernière fois. Elle n'a qu'à recommencer.

— Ash, j'ai dû employer les Augures pour y parvenir. Je ne veux plus… les utiliser.

C'est un demi-mensonge. Je peux toujours invoquer mes anciens pouvoirs. Mais pas question qu'Ash coure des risques inutiles.

— D'accord, répond-il sèchement. J'ai compris.

— Tu veilleras sur Raven en mon absence ?

— Raven va mieux. Elle n'a plus besoin qu'on prenne soin d'elle.

Je pose ma main sur son bras.

— Nous n'en aurons pas pour longtemps. Peut-être… peut-être que tu pourras venir la prochaine fois.

Ash hoche la tête, pourtant je sais qu'il n'est pas dupe. Il tapote le flanc de Navet et se dirige à grandes enjambées vers la grange.

Avec un soupir, je prends place près de Sil.

— Ce compagnon commence à me courir sur le système, grogne-t-elle.

— Il n'est plus compagnon, rectifié-je, alors que la charrette se met en branle. J'aimerais bien que Lucien et vous cessiez de le traiter comme tel. Et puis, il est… contrarié. Il aimerait nous apporter son aide.

— Et comment ? En jouant de son charme pour s'introduire dans le Joyau ?

— Vous ne savez rien de lui.

Sil lâche un petit ricanement.

La traversée de la forêt est très différente de la nuit où Lucien m'a amenée ici. Le ciel est clair, d'un bleu limpide. L'air est frais et piquant. Ma colère s'estompe bientôt, remplacée par la joie de quitter enfin le périmètre restreint de La Rose Blanche.

— Nous devons faire une escale, m'annonce Sil.

— Où ça ?

Je ne m'étais pas rendu compte à quel point je ne tenais plus en place, mais à présent que nous nous replongeons dans le monde extérieur, je suis excitée comme une puce.

— J'ai une course à faire pour Sa Majesté royale de la Clé, dit-elle d'un ton sarcastique.

Quand nous émergeons des bois, je réprime un cri de surprise. À mon arrivée dans la Ferme, il faisait nuit et j'ai effectué la majorité du trajet dans une barrique. Je découvre aujourd'hui le paysage et… il y a tellement d'espace. Je m'étais habituée à la clairière, à laquelle s'était réduit mon univers ces derniers temps.

J'en avais oublié à quel point le monde extérieur est immense.

Des champs s'étendent à perte de vue. Nous sommes au sommet d'une colline. Au loin, au creux d'une vallée, à flanc de coteau, niche une petite ville. Les toits des maisons sont pointus et de la fumée s'échappe des cheminées. Sur ma droite se dresse une grosse ferme au milieu d'un champ d'herbe jaunie. Je me demande ce qui poussera là, une fois le printemps venu. Mon souvenir le plus net de la Ferme remonte à mon trajet jusqu'au Joyau en train, le jour de la Vente. Je me rappelle les couleurs vives de la Ferme. Les nuances de rose, d'orange, et de vert… Aujourd'hui, le paysage est terne, noyé dans des teintes allant du jaune au marron.

Je suis toutefois émue par la beauté de ce vaste paysage.

— Dans quelle partie du cercle sommes-nous ?

— Le quart sud, répond Sil.

— Mon frère Ochre travaille dans le quart sud.

C'est agréable de me sentir près de quelqu'un de ma famille, même si c'est juste par l'esprit. Le sud de la Ferme est immense. Ochre pourrait être n'importe où.

Mes pensées dérivent ensuite vers ma sœur. De nouveau, je me soucie du temps que prendra le plan à s'établir. Nous devons stopper la Vente avant qu'elle ne soit diagnostiquée. Si seulement nous pouvions accélérer. Le mois d'octobre me semble à des années-lumière du jour présent. Nous ne sommes qu'en janvier.

Quand nous entrons dans la ville, j'ai du mal à refréner mon enthousiasme. Je contemple tout avec un étonnement sincère. Les gens, les femmes vêtues de longues robes de laine et de gros manteaux ; les hommes en salopette et chapeau rembourré ; les maisons aux façades couvertes de bardeaux rouge foncé et jaune ; l'épicier, le bureau du magistrat, la droguerie. Je ris en mon for intérieur : moi qui ai vécu au sein du Joyau pendant trois mois, moi qui y ai vu tant de choses incroyables, je suis aujourd'hui impressionnée par un marchand de fruits et légumes.

Nous nous arrêtons devant une taverne. Une enseigne en bois grince au vent. En gros caractères, le nom du lieu : LE PUITS AUX SOUHAITS. Je souris, me demandant si le propriétaire est un amateur du conte pour enfants du même titre. Une affiche blanche est placardée à l'entrée. Les lettres sont à peine visibles mais je parviens à déchiffrer :

RECHERCHÉ – FUGITIF

L'encre est a moitié effacée, néanmoins, le visage d'Ash est encore reconnaissable. Un frisson désagréable me parcourt. J'ai eu raison de ne pas l'emmener avec nous. Entre-temps, Sil a attaché Navet.

— Tu te tais et tu me laisses parler, marmonne-t-elle. Nous ne faisons que passer.

Le Puits aux souhaits est flanqué d'un grand porche en bois et d'une terrasse qui surplombe la rue. Des bribes de musique s'échappent par les fenêtres habillées de rideaux en dentelle blanche. Sa façade est peinte en jaune. Rien à voir avec les pubs que j'ai vus dans les Bas-Fonds, le quartier misérable de la Fumée.

L'intérieur est aussi agréable que l'extérieur. Le comptoir est constitué d'un bois sombre ciré. Derrière sont suspendues trois étagères exhibant des rangées de bouteilles d'alcool de toutes formes et tailles. Un miroir accroché au mur dresse une liste des plats du jour dans une écriture alambiquée. Des tables sont dispersées à travers la salle. Seules quelques unes sont occupées par des clients. Un vieillard flétri assis sur un tabouret au bar sirote un whisky dans un verre poussiéreux tout en feuilletant *La Gazette de la Cité solitaire.* Un homme à chemise rayée joue du piano dans un coin de la pièce.

— Sil ! s'exclame le barman en jaillissant par des portes battantes qui mènent, je suppose, à la cuisine. Il porte une assiette contenant un morceau de poulet rôti et une portion de haricots verts couverts d'amandes. Mon ventre se met à gargouiller.

— J'arrive tout de suite, dit-il.

Il se dépêche de servir son client pendant que Sil et moi nous installons au comptoir. Je remarque que Sil choisit le tabouret le plus éloigné du fumeur.

— Il n'est pas censé m'appeler comme ça en public, il le sait, grommelle-t-elle.

— Vous avez un nom de code, vous aussi ?

Sa bouche se crispe et ses joues rougissent un tantinet. Ignorant ma question, elle saisit un exemplaire de *La Gazette de la Cité solitaire* et fait mine de le passer en revue.

— Ça fait un bail que je ne vous ai pas vue, observe le barman en s'approchant de nous. (Il attrape une bouteille sur l'étagère derrière lui ainsi que deux verres.) Comme d'habitude ? Qui est votre jeune amie ?

— Personne, réplique Sil en posant son journal. Et elle ne boit pas.

Le barman est sans doute accoutumé à la brusquerie de Sil. Il hoche la tête et verse un doigt de whisky dans chaque verre. Sil vide le sien d'un trait. Il prend l'autre.

— Tiens, dit-elle, tirant un paquet de sous son manteau. Pour aider le jeune berger.

Le visage du barman se décompose.

— Ah oui. Il a l'air de se remettre plutôt bien, vu les circonstances.

— Quelles circonstances ? interviens-je.

Sil me foudroie du regard.

— Son grand-père voulait le vendre comme camériste, m'apprend le barman à voix basse.

— Mais il a bâclé le travail, poursuit Sil. Il a bien failli tuer ce pauvre enfant.

— Quelle horreur !

Le barman me lance un regard méfiant et je baisse les yeux. Il se tourne vers Sil.

— Vous avez un message de la Clé Noire ?

— Est-ce que je suis déjà venue ici sans en avoir un ? réplique-t-elle. (Son front se plisse sous l'effet de la concentration tandis qu'elle récite :) « Troisième depuis la droite, quatrième depuis la gauche. L'auberge de Westing. Ressemble à du gin. » (Elle conclut ses paroles d'un hochement de tête satisfait.) C'est ça. Et cette fois-ci, ne l'écris pas sur un bout de papier. Ça enlève tout l'intérêt de la chose !

Le barman acquiesce en silence, se répétant le message à voix basse.

— Bon, c'est pas le tout. Il faut que je me remette en route, déclare-t-elle.

Elle abat deux diamants sur le bar. Sur les deux pièces argentées scintillantes est gravé le visage de Diamante la Grande, l'Électrice qui a lancé la première Vente aux Enchères.

— Non. C'est offert par la maison, rétorque le barman qui refuse son argent.

Mais Sil sort sans récupérer l'argent. J'en profite pour embarquer un journal.

— Qu'est-ce que c'était que ce message cryptique ?

Nous grimpons sur la charrette et descendons la rue principale.

— On parlait d'armes, grogne Sil. Lucien connaît des gens dans la Fumée qui les fabriquent et les expédient ici. Mais c'est compliqué. On ne peut ni en faire ni en transporter plus de quelques-unes à la fois. Ça n'avance pas très vite. Nos forces rebelles sont constituées de fermiers et d'ouvriers. Et de barmen à la mémoire défaillante, ajoute-t-elle avec ironie.

Je songe à la Couturière, au Cordonnier et au Voleur, les seuls autres membres du Cercle que j'ai rencontrés. Sans eux, nous n'aurions jamais atteint la Ferme. Cependant, ils ont beau être utiles pour espionner l'ennemi ou pour aider les dissidents à s'évader, ils n'ont pas la trempe de véritables soldats. En tout cas, ce ne sont pas des éléments susceptibles de former ensemble une armée de poids face aux régimentaires.

Apparemment, Sil a lu dans mes pensées.

— Ne te soucie pas de ça, assure-t-elle en faisant claquer les rênes pour contraindre Navet à trotter. Le train ne va pas tarder.

— Qu'est-ce qu'il y avait dans le paquet ?

Elle hausse les épaules.

— De l'écorce de saule roux en poudre et des clous de girofle. Ça devrait soulager un peu la douleur du petit.

— Que va-t-il devenir ?

— Il s'en remettra, répond-elle d'une voix peu convaincue.

Je déplie le journal et le lis en diagonale. Lady de la Lumière a donné une réception qui a dégénéré – certains héritiers royaux se sont battus. D'après le journaliste, « c'était une scène digne d'un Garnet de la Maison du Lac, sauf que ce dernier se tient à carreau ces derniers temps. Le mariage semble avoir tempéré les vilains penchants du mauvais garçon le plus notoire du Joyau ».

Je parcours les autres pages. On y annonce une naissance qui me hérisse. « La Maison du Saule vient d'accueillir une petite fille. Le nom ne nous a pas encore été révélé. » Aucune allusion à la mère porteuse. Une autre fille vient de mourir par leur faute.

Je tourne la page et mon souffle se suspend en découvrant un portrait de la duchesse. Elle me fixe. Sa chevelure noire est relevée en un chignon et ornée de perles. Elle porte une robe au décolleté plongeant. Son regard cruel me transperce ; un frisson remonte le long de ma colonne. Le titre annonce : LA DUCHESSE DU LAC OBTIENT UNE AUDIENCE PRIVÉE AVEC L'EXÉTEUR.

C'est forcément en rapport avec la lettre qu'elle lui a remise en main propre. Que trame-t-elle ?

La gare de Bartlett se situe à environ une demi-heure de la ville, au creux d'un ravin entouré de collines. Ce train doit transporter beaucoup de marchandises car une quinzaine de véhicules attendent devant la gare. Certains hommes nous lorgnent en fumant des cigarettes roulées. Heureusement que je porte un chapeau et des lunettes.

Bientôt, deux sifflements résonnent à travers la vallée. Un gros train noir apparaît au détour d'un virage. Il crache une épaisse fumée blanche et marque l'arrêt à notre gare dans un crissement assourdissant. Des hommes au visage enduit de suie sautent sur le quai, ouvrent les portières des wagons de marchandises et déchargent des caisses, des sacs et des paquets.

Je cherche une clé noire. J'en repère une, dessinée sur une caisse que deux hommes sont en train de descendre du wagon. Je tressaille lorsqu'il la lâche par terre sans ménagement.

— C'est pour nous, leur indique Sil.

La caisse est pourvue de deux poignées, mais elle se révèle assez lourde, et nous peinons à la hisser sur la charrette. À cet instant, une bourrasque souffle et soulève la boîte qui se dépose délicatement à l'arrière de notre véhicule. Sil me décoche un clin d'œil complice.

— Pratique, constaté-je.

Si seulement je pouvais ouvrir la caisse sur-le-champ.

— Et dire que tu aurais pu voyager jusqu'à moi de manière aussi simple, remarque-t-elle en tapotant la caisse. Quelques gouttes de sérum et un trajet en train.

Je me retiens de lever les yeux au ciel.

— Vous parlez comme Lucien.

Sil lâche un petit cri cynique.

À notre retour à La Rose Blanche, Raven et Ash jaillissent sur le seuil pour nous accueillir. À mon grand soulagement, Ash est de meilleure humeur.

Il saute à l'arrière de la charrette, un pied-de-biche à la main et soulève le couvercle de la caisse en faisant levier. L'odeur de paille d'emballage et de transpiration de plusieurs jours s'échappe aussitôt de la caisse.

La Lionne est recroquevillée en position fœtale. Elle porte une robe marron en laine – je suppose que Lucien l'a habillée à la morgue. Elle n'a que la peau sur les os, presque comme Raven à son arrivée ici. Ses yeux sont cernés ; ils forment deux ronds noirs sur son teint chocolat.

Ash la saisit doucement par les poignets et la recueille dans ses bras avant de la placer sur son épaule.

— Où est-ce que je l'emmène ?

— Dans la chambre de Raven, répliqué-je. Je vais rester à son chevet jusqu'à ce qu'elle se réveille.

La Lionne dort quasiment toute la journée.

Au moment où le soleil commence son déclin, l'effet du sérum se dissipe et elle se met à remuer.

Ce soir, le ciel est calme, fardé d'orange brûlé et de jaune pâle. Je contemple le paysage par la fenêtre quand elle se redresse brutalement sur le lit, le souffle entrecoupé. J'attrape le seau que j'ai gardé à portée de main pour cette raison précise.

— Tiens, dis-je en le plaçant sous son visage.

Je pose une main sur son dos tandis qu'elle vomit. Le sérum de Lucien a des effets secondaires très désagréables.

La Lionne toussote. Je lui donne un mouchoir pour qu'elle se tamponne la bouche. Elle cligne des yeux et parcourt la pièce du regard.

Je prends la cruche posée sur la table de chevet et lui verse un verre d'eau.

— Bois.

À présent qu'elle est réveillée, je me sens nerveuse. Cette fille me rappelle une période de ma vie qui me semble si loin. Je ne sais pas comment réagir en sa présence.

Elle sirote son verre en silence et me le rend sans même un merci.

— Toi, dit-elle en s'asseyant mieux.

— Je m'appelle Violet. Et toi ?

Elle plisse les yeux.

— Où suis-je ? Comment suis-je arrivée là ? Qu'est-ce que tu me veux ?

Son attitude ne devrait pas me surprendre.

— Tu es dans la Ferme. Je veux seulement t'aider. Et… j'ai aussi besoin de ton aide.

J'aurais dû préparer un meilleur discours.

Le sourire narquois de la Lionne ne lui sied pas. Trop de sarcasmes sur un visage aussi émacié.

— OK. Donc tu m'as kidnappée ? Comment est-ce que tu as réussi à venir jusqu'ici ? Je croyais que tu étais emprisonnée au palais du Lac.

J'ignore ses questions.

— Aux funérailles de Dahlia, tu m'as assuré que nous avions plus de pouvoir que la royauté parce que c'est nous qui donnons naissance à leur progéniture.

— Et tu t'en souviens. Je suis ravie de t'avoir fait un tel effet.

— Tu n'imagines pas à quel point notre pouvoir est immense.

C'est avec l'Air qu'il est le plus facile de se connecter car il est toujours présent. Je m'abandonne à lui, m'imprégnant de la sensation de légèreté qui accompagne la connexion à cet élément. Je repousse les molécules, crée un courant d'air autour de la pièce, le fais tournoyer lentement pour commencer, puis de plus en plus vite jusqu'à ce que j'aie moi-même l'impression de voler. La Lionne s'agrippe à son drap et le serre contre sa poitrine.

J'interromps la connexion et la minitornade cesse. Cette brève expérience m'a enivrée.

— Qu'est-ce que tu es ? demande la Lionne.

Je ne sais pas vraiment comment répondre à cette question.

— Je suis... Je suis comme toi. Nous sommes pareilles.

— Tu es en train de me dire que je suis capable de faire ce que tu viens de faire ?

— Plus ou moins. Enfin, je l'espère.

La Lionne renifle.

— Tu l'*espères* ? Pourquoi m'as-tu amenée ici ?

— Tu préférerais retourner dans le Joyau ?

Elle hésite. La douleur voile un instant son regard. Je me demande quel souvenir lui revient en mémoire.

— Non.

— Très bien.

— Alors tu vas m'expliquer ce que je fabrique ici ?

— Comme je te l'ai dit, j'ai besoin de ton aide. Pour renverser la royauté.

Son regard s'assombrit.

— Tu es sérieuse.

Je sens que cet instant est crucial. Il faut qu'elle me croie et pourtant je n'ai aucune preuve à l'appui si ce n'est le tourbillon que j'ai formé juste avant dans la chambre. Comment lui révéler la véritable nature des Augures, lui parler des Protectrices et de cette île, et de nos origines ? Je prends une profonde inspiration.

— J'ai énormément de choses à te montrer et à te raconter. Si tu es partante. Mais avant tout, j'aimerais que tu me révèles ton prénom.

Elle se tait. J'ai le sentiment qu'elle ne va pas me répondre. Puis elle esquisse lentement un sourire.

— Sienna. Je m'appelle Sienna.

22.

Lorsque je redescends accompagnée de Sienna, Sil est en train de préparer le dîner. Raven lit un bouquin dans le fauteuil à bascule. En nous entendant, elles lèvent la tête.

— Je me souviens de toi ! s'exclame Sienna avec un mouvement de recul. La Maison de la Pierre, c'est ça ?

— Je m'appelle Raven Stirling.

— Toi aussi, elle t'a kidnappée ?

— Elle m'a sauvé la vie, rétorque Raven.

— On raconte que tu es morte. On a organisé des funérailles et tout le tralala pour toi, dit Sienna en la jaugeant de pied en cap. Tu étais enceinte, non ?

— Plus maintenant, répond Raven, laconique.

Sienna affiche un sourire suffisant.

— Dans le Joyau, les gens raffolent des mensonges, observe-t-elle en se tournant vers moi. Ma maîtresse feignait d'adorer ta duchesse, alors qu'en réalité elle ne la supportait pas. Elle l'enviait terriblement et passait son temps à médire dans son dos.

La porte arrière s'ouvre et Ash pénètre dans la maison. Son visage est barbouillé de terre et il transporte sur lui l'odeur du foin et du fumier.

— Sil, ça sent bon ! s'écrie-t-il.

En apercevant Sienna, il s'arrête.

Sienna émet un petit cri et fait un pas en arrière, l'air effrayée.

— C'est toi… le violeur.

— Comme tu l'as dit toi-même, dans le Joyau, on raffole des mensonges. Je te présente Ash. C'est mon… ami.

— Enchanté, dit-il, accompagnant ses paroles d'un geste poli de la tête.

Je le connais trop bien. En réalité, il est blessé, mais il fait son possible pour ne pas paraître offusqué.

Sienna nous observe en silence. Puis elle comprend.

— Je vois. On vous a pris la main dans le sac ?

Mes joues me brûlent.

— Exactement, répond Ash.

— On raconte que tu as pratiqué sur elle des choses terribles, reprend Sienna. La duchesse dit que c'est pour ça qu'on ne te voit plus en public. Beaucoup de familles royales ont demandé aux régimentaires d'interroger leur compagnon. Juste pour s'assurer qu'ils n'étaient pas comme toi.

Un voile de culpabilité traverse le visage d'Ash.

— La comtesse de la Rose n'avait pas de compagnon, poursuit Sienna, pourtant elle en voulait un. Dommage qu'elle n'ait pas eu de fille. Elle a tellement envié la duchesse lorsqu'elle a employé tes services. (Elle le déshabille du regard.) Apparemment, tu avais un sacré...

— Veuillez m'excuser, l'interrompt sèchement Ash, qui s'élance vers l'escalier et disparaît au premier étage.

Quelques secondes plus tard, l'eau se met à couler dans la salle de bains.

— Il est vraiment très beau, commente Sienna en me dévisageant.

— Ash n'est pas seulement un joli minois. Bon, nous avons d'autres chats à fouetter. (Je désigne la table.) Assieds-toi. Il y a certaines choses que nous devons t'expliquer.

Sil, qui est restée anormalement silencieuse pendant cet échange, nous apporte des bols fumants de soupe aux haricots noirs. Elle les pose sur la table sans un mot. Le parfum flottant d'ail et de légumes mijotés me met l'eau à la bouche. Elle me glisse au creux de l'oreille : « Je n'aime pas cette fille. »

Attirée par la nourriture, Sienna se met à table. Elle commence à manger tandis que Raven et moi nous asseyons à côté d'elle. Raven me décoche un regard qui fait écho à la remarque de Sil. Pendant que Sienna engloutit sa soupe, je lui dépeins la situation du mieux possible : les mères porteuses qui meurent en accouchant, les Augures, nos pouvoirs détournés pour servir les intérêts de la royauté. Ces pouvoirs que nous pouvons en fait employer contre eux.

— Pourquoi devrais-je me soucier des autres filles ? Je suis tirée d'affaire, maintenant. Vous m'avez sortie du Joyau. Pourquoi risquerais-je ma vie pour des gens que je ne connais même pas ?

— Arrête de prendre des grands airs, ma fille, intervient Sil, les bras croisés, dans la cuisine. Et ne fais pas comme s'il n'y avait personne dans ce cercle qui te soit cher.

Je songe à la Pièce Montée, la mère porteuse blonde, qui était visiblement proche de Sienna et qui fut achetée par la duchesse de la Balance. Il me semble que Sienna pense à la même chose que moi.

— Si ce que vous dites est vrai, réplique Sienna en posant sa cuiller, mon amie est déjà condamnée.

J'avale de travers. La Pièce Montée est enceinte.

— Tu ne veux même pas essayer de l'aider ? demandé-je. Et puis pense aux filles de ton ancien institut, celles qui n'ont pas encore été vendues aux Enchères et qui ont encore une chance de s'en sortir.

Sienna remue sur son siège.

— Tu ignores tout de mon ancien centre de détention, marmonne-t-elle.

— Tu viens de Northgate, n'est-ce pas ?

Elle me regarde, surprise.

— Comment le sais-tu ?

— C'est Dahlia qui m'en avait informée, dis-je d'une petite voix.

— Qui ça ?

— Dahlia. Elle était dans ton train le jour de la Vente aux Enchères, poursuis-je en fronçant les sourcils. Elle était le lot 200.

Sienna hausse les épaules.

— Oh. J'ignorais son prénom. Nous sommes nombreuses à Northgate. Et cette fille-là n'était qu'une gamine.

— C'est un mensonge, la coupe Raven dont le regard se brouille.

Les « murmures », comme elle les appelle, sont beaucoup moins fréquents depuis sa fausse couche. Cependant, Raven entend toujours des voix.

— Tu étais méchante avec elle, déclare-t-elle d'une voix sépulcrale. Elle excellait aux Augures, mais elle était plus jeune que toi. Ce n'était pas juste. Tu étais censée être la meilleure. C'est toi qui aurais dû être le lot 200.

Sienna se dresse d'un bond. Raven redevient lucide.

— Ne mens pas en ma présence, prévient-elle Sienna. Et arrête de te triturer l'esprit. C'est ça qui t'a sauvé la vie.

Je plisse le front.

— Qu'est-ce que tu racontes ?

— Elle ne peut pas avoir d'enfants, annonce Raven.

— Comment est-ce que tu…

Sienna pose les mains sur son ventre.

Raven hausse les épaules.

— Ce n'est pas pour ça que tu n'es pas une personne à part entière, déclaré-je à Sienna.

— Mais pas une mère porteuse, rétorque-t-elle.

— Sienna, tu n'es plus une mère porteuse.

Elle se rassied, s'enfonce dans son siège et contemple sa soupe d'un air morose.

— Toute ma vie tournait autour d'une chose. Comment se fait-il que je n'aie jamais eu ce potentiel ? Ça n'a aucun sens. Ce n'est pas juste.

Je pose la main sur son poignet, où son os affleure.

— Tu as tellement plus de ressources que tu ne le soupçonnes. Tu appartiens à quelque chose de plus grand, de plus noble que ce que tu peux concevoir.

— Allons, nous interrompt Sil en ouvrant la porte arrière. Assez bavardé. Il est temps de lui montrer.

J'attrape un plaid sur le canapé, au cas où Sil serait sur le point de lui faire le test auquel je pense.

— Je reviens immédiatement, lancé-je à Raven, qui paraît plutôt soulagée de se débarrasser de Sienna.

Cette dernière nous suit, méfiante, tandis que nous nous dirigeons vers la forêt.

— Où m'emmenez-vous ?

Sil ne prend même pas la peine de lui répondre. Je lui glisse à l'oreille :

— Vous avez l'intention de l'attacher dans les bois, elle aussi ?

— Ça a marché pour Azalea.

— Oui, mais… Ça a pris du temps ! En plus, nous préférerions nous en faire une alliée, Sil. Nous ne voulons pas qu'elle nous prenne pour ses ennemis.

— Eh bien, à moins que tu ne veuilles essayer de tuer ta meilleure amie pour que la nouvelle essaie de la ressusciter, je ne vois pas d'autre option.

Elle marque un point. Mon expérience est particulière. L'émotion était si forte, tellement amplifiée, que la connexion à la nature s'est créée brutalement. Or je ne sais pas comment recréer ce contexte.

À l'instant où nous pénétrons dans les bois, Sienna s'arrête.

— Où va-t-on ?

Sil pose les mains sur ses hanches et pivote face à elle.

— Il faut que tu découvres tes véritables pouvoirs. Nous allons te les enseigner.

À mon avis, Sil devrait reconsidérer son emploi du terme « enseigner ».

— On ne va pas te faire de mal, la rassuré-je tandis que Sil affiche un air mauvais. (Je devine qu'elle lui donnerait volontiers un coup de bâton sur la tête avant de l'attacher.) Tu n'as rien à craindre.

Je me connecte avec la Terre et des racines jaillissent soudain du sol, s'enroulant autour des jambes de Sienna.

— Arrêtez ! hurle-t-elle en cherchant à s'enfuir.

Les liens sont trop puissants. Je le sais. Je perçois leur force. J'ai beau lâcher la connexion, les racines enserrent Sienna de plus belle.

— Vous êtes tombées sur la tête ?!

— Je me demande pourquoi il a fallu que tu choisisses celle-là, marmonne Sil d'un air impitoyable en observant Sienna qui se débat.

— Elle était le lot 199. Elle est très forte.

— Elle est têtue comme une mule.

— Moi aussi.

— Non. Toi, tu es différente. Tu es… (Son nez se plisse comme si elle avait senti une odeur nauséabonde.) Tu es gentille.

J'éclate de rire devant sa réticence à prononcer ce mot.

Entre-temps, Sienna s'est quelque peu calmée. Elle s'agrippe à l'une des racines et se concentre. Je comprends la réaction de Sil, le premier jour, lorsque j'ai tenté d'invoquer les Augures pour me libérer de mes liens. Les mauvaises ondes qui émanent de Sienna me donnent la nausée.

— Qu'est-ce que tu veux faire ? Changer leur couleur ? se moque Sil. Tu peux toujours essayer. Mais ce n'est pas en les faisant virer au mauve, au vert ou au fuchsia que ça changera quelque chose. Tu es coincée ici jusqu'à ce qu'on décide du contraire.

Sienna nous foudroie du regard.

— Vous n'êtes qu'une vieille folle !

— J'ai déjà entendu pire, réplique Sil.

— Tiens, dis-je en lui tendant le plaid. Prends ça. Tu en auras besoin.

Sienna m'aurait volontiers mordu la main plutôt que d'accepter quoi que ce soit de ma part, mais il fait très froid et son instinct de survie l'emporte sur sa colère. Elle m'arrache la couverture des mains et s'en enveloppe aussitôt.

— Comment suis-je censée agir ?

— Sois à l'écoute, réplique Sil. Ce sera sans doute une première pour toi.

— Je reviendrai te voir plus tard, assuré-je.

— Je n'arrive pas à croire que vous m'abandonniez dans les bois !

— Tu souhaiterais peut-être retourner dans ton petit palais douillet ? ironise Sil. Tu sais qu'ils te tueront vu que tu ne peux pas avoir d'enfant. Alors tu préfères passer la nuit dehors ou qu'on te poignarde dans ton sommeil ou qu'on t'empoisonne pendant un repas ? Je te laisse réfléchir. Viens, conclut-elle en me tirant par le bras.

Sienna ajuste la couverture autour de son buste et nous regarde nous éloigner, furibonde, les yeux brillants comme des onyx dans le noir.

23.

Cette nuit-là, je n'arrive pas à trouver le sommeil.

Je ressens des palpitations désagréables à la base de mon crâne, comme après avoir employé les Augures. Je sais que c'est parce que je me fais du souci pour Sienna.

Ash et moi avons pris l'habitude de dormir dans le grenier à foin, dans la grange. Sil avait raison : durant mon sommeil, au début, il m'est arrivé de causer des dégâts malgré moi. Ash m'a avoué a posteriori que lorsque nous avions passé la nuit à la belle étoile, la première fois, la terre s'était mise à trembler sous mon corps. Je lui ai dit qu'il ne devait pas se sentir obligé de rester avec moi à l'extérieur, mais il s'est contenté de hausser les épaules avec un sourire, m'assurant que cela lui était égal.

À présent, je ne suis plus une menace lorsque je dors. Cependant la maison me rend claustrophobe. J'aime la grange, spacieuse et accueillante ; je ne m'y sens pas oppressée. Ici, les éléments respirent. En outre, ça nous permet d'avoir notre intimité.

Je scrute les poutres au plafond, l'esprit en proie à mille questions.

Il doit bien y avoir un moyen d'aider Sienna à se connecter aux éléments sans avoir recours à la force. D'ailleurs, nous n'avons pas le temps d'attendre qu'elle craque.

Incapable de tenir en place, je me tourne et me retourne, et j'enfonce les orteils dans la couverture en laine qui constitue notre couche.

— Tout va bien ? s'enquiert Ash d'une voix endormie.

Je roule sur le flanc et il glisse sa main autour de ma taille et me ramène contre son torse.

— Je m'inquiète pour Sienna. Je crains que nous n'ayons pas assez de temps. Et si la méthode de Sil ne marche pas ? Imagine qu'à la fin du test, Sienna nous haïsse ? Nous avons besoin de faire d'elle notre alliée. Et puis il faut qu'on trouve deux autres filles, une pour Eastgate, l'autre pour Westgate. Sans oublier qu'on devra les former elles aussi. (Je recueille un brin de foin sur la couverture.) Je ne sais même pas comment on va pénétrer dans les instituts.

— Violet, il y a quelques semaines à peine, on allait m'exécuter et on allait t'imposer une grossesse qui finirait par te tuer. Tout bien considéré, il me semble qu'on ne s'en sort pas si mal.

— Quel optimisme !

Le souffle d'Ash me chatouille l'oreille.

— J'essaie de voir le bon côté des choses.

Je perçois dans sa voix une pointe de frustration.

— Désolée. Je sais que tu aimerais te rendre plus utile.

Il resserre son étreinte et pose son menton sur mon épaule.

— C'est vrai… Écoute, ne t'imagine pas que je t'en veux… c'est seulement que… chacun ici possède un talent particulier. Chacun est capable de choses incroyables, sauf moi. (Il marque une pause.) Ne le prends pas mal, ajoute-t-il d'un ton embarrassé, mais j'ai passé la majeure partie de ma vie à servir des femmes. J'aimerais vivre enfin pour moi. Reprendre mon destin en main.

Je roule sur le dos et plonge mon regard dans le sien. Il a raison. Ce n'est pas juste pour lui de passer d'une prison à une autre.

— Je connais des choses sur la royauté, poursuit-il. Je sais comment ils fonctionnent. Je connais même certains de leurs secrets les plus intimes. Je sais quels palais seraient les plus faciles à infiltrer, et je suis au courant des rivalités entre familles. En plus, je sais quels compagnons seraient disposés à nous donner un coup de main.

— Tu devrais en parler à Lucien.

Ash laisse échapper un rire sans joie.

— Jamais il n'acceptera mon aide. Il pense qu'il n'en a pas besoin.

— Non. Si tu as des informations susceptibles de servir le Cercle, il t'écoutera, il n'aura pas d'autre choix.

— Jusque-là, mon seul exploit, c'est d'être devenu le fugitif le plus recherché de la Cité solitaire. Ça ne nous a pas franchement facilité la tâche.

— On ne sait jamais ce qui peut se révéler utile en temps voulu. Regarde Raven. La comtesse lui a découpé le cerveau, lui donnant sans le savoir un pouvoir. Elle a développé un sens supplémentaire qui nous a permis de sortir des égouts de la Cité. De te sauver la vie au marché de Landing. Sans elle, je n'aurais jamais déployé mes pouvoirs si vite…

Je me redresse brutalement.

— Violet ?

Je regarde dans le vide, ma main plaquée sur ma bouche. Une idée m'est venue d'un seul coup.

Et si je me transportais de nouveau là-bas ? Sur la falaise où j'ai trouvé Raven et d'où je l'ai ramenée ? J'ignore ce que ce lieu représente exactement, mais je sens qu'il est ancien et chargé de la magie de cette île. Là-bas, j'ai établi une connexion immédiate avec la nature. Serait-ce l'endroit où les Protectrices vivaient à l'époque ? La statue est-elle une œuvre qu'elles ont érigée de leurs propres mains ?

Admettons que je puisse y transporter Sienna... Elle comprendrait tout de suite. J'en suis certaine.

— Il faut que je parle à Raven, déclaré-je en rejetant la couverture.

Raven et moi, nous avons été dans ce lieu ensemble. Peut-être qu'ensemble, nous découvrirons une manière d'y retourner.

Je descends l'échelle et sors dans la nuit.

Tandis que je traverse la clairière en direction de La Rose Blanche, je distingue une silhouette assise sous le porche, à l'arrière de la maison.

— Tu ne dors pas non plus, remarque Raven une fois que je l'ai rejointe.

Elle est emmitouflée dans un plaid, qu'elle ouvre d'un côté pour m'accueillir. Je m'assieds à côté d'elle et ajuste la couverture autour de mon buste.

— Toi non plus.

— La comtesse m'a gardée dans le noir pendant si longtemps. Parfois, j'ai peur de fermer les yeux. Il m'arrive de faire des rêves terrifiants. (Elle frissonne et je m'appuie contre elle.) Dis donc, cette Sienna, elle est... pour le moins intéressante.

— Elle a obtenu un résultat si élevé aux Augures, répliqué-je. Et elle m'avait l'air d'une battante. C'est exactement ce qu'il nous faut en ce moment. Mais elle n'est pas facile. Dans le fond, je ne la connais absolument pas.

— Elle finira par se laisser convaincre, me rassure Raven.

— Espérons-le.

— Une fois qu'elle comprendra qui elle est vraiment, elle n'aura plus le choix.

Raven est fascinée par l'histoire des Protectrices. Elle se plonge dans la lecture des documents rassemblés par Sil plusieurs heures par jour.

— Tu n'utilises jamais les éléments, observé-je.

Elle esquisse un sourire triste.

— Je ne sais pas si j'en suis capable. J'ai peur d'essayer. Mon esprit est encore… fragile. Je ne suis plus comme avant. Et si je n'arrivais pas à contrôler mes pensées ? Imagine que je blesse quelqu'un ? Que la connexion me dévore de l'intérieur, ou me perturbe davantage ? (Elle ferme les yeux.) Ça m'arrive parfois d'y retourner quand même. Dans ce lieu où tu m'as retrouvée.

— Ah bon ?

— Il possède… cette force, cette vitalité qui m'appelle à elle. (Raven rouvre les paupières.) Ce sont elles, je pense. Du moins leur écho. J'entends parfois les murmures là-bas. Mais je ne comprends jamais vraiment ce qu'elles disent. Je pense qu'elles ont de la peine pour moi. Qu'elles savent qu'on m'a fait du mal. (Elle se masse les tempes.) J'adore contempler l'océan. Sur la carte de l'île que Sil a récupérée, je pense que les croix rouges indiquent les lieux où ont vécu les Protectrices. À mon avis, ce sont elles qui ont dressé la statue.

— C'est exactement ce que je me suis dit. Raven, tu penses que tu pourrais m'y ramener ?

Elle sourit et me tend la main, paume en l'air. Je m'apprête à poser la mienne dessus mais me ravise.

— Tu pourrais y emmener Sienna aussi ?

Son visage s'assombrit.

— Peut-être. Je peux toujours essayer.

Nous longeons l'étang en direction des bois. Notre souffle produit de la vapeur blanche. Je distingue bientôt la silhouette de Sienna, recroquevillée contre un vieil épicéa. Je ne regrette pas de lui avoir donné la couverture.

— Qui va là ?

— C'est moi, Violet.

Elle se frotte les yeux et lève la tête.

— Tu viens pour me libérer ? Il gèle.

— On va tenter quelque chose.

Je m'assieds par terre à côté d'elle. Raven m'imite.

— Cette vieille sorcière est folle à lier ! s'emporte Sienna.

— Cette vieille sorcière ne t'a pas attachée à cet arbre. Je suis la seule à blâmer.

Je lui tends la paume.

— Tu t'attends vraiment à ce que je te tienne la main ?

— Tu préfères rester attachée à cet arbre pendant les deux prochains mois ? Je crois que Raven peut te montrer quelque chose. Mais il faut qu'on soit reliées les unes aux autres. N'est-ce pas ? dis-je en jetant un coup d'œil à Raven.

Raven pousse un soupir et tend une main à chacune d'entre nous. La sienne est chaude. Celle de Sienna est très froide.

Je ferme les yeux. Pendant de longues secondes, rien ne se produit. Puis Raven me serre fort et mon corps bascule en arrière. Mon cœur se soulève, et nous sommes de retour sur la falaise. Les vagues se brisent sur les rochers en contrebas. L'océan nous souhaite la bienvenue.

La scène est différente de la dernière fois. Les arbres sont dénudés ; leurs branches noires se détachent contre le ciel d'un gris très pâle. De gros flocons de neige dégringolent du ciel, formant un tapis blanc sur le sol et se déposant sur la statue en forme de spirale. En bas, les vagues écumeuses agitent l'eau sombre.

Raven se tient près de moi ; la Raven d'avant. Le contraste est subtil, surtout depuis son rétablissement. Mais elle apparaît plus en chair, ici. Et sa chevelure est courte, comme à l'époque. C'est surtout son regard, vif et pétillant de malice, qui m'indique que j'ai affaire à l'ancienne Raven.

Sienna se tient de l'autre côté de la statue. Elle semble différente aussi. Sa chevelure bouclée d'ordinaire nattée flotte librement jusqu'à sa taille. Son visage est charnu, ses joues roses et ses yeux rieurs. Je me demande si cet endroit nous représente telles que nous étions avant le diagnostic qui a changé notre vie. Avant que les Augures ne nous corrompent.

Sienna contemple l'océan d'un air émerveillé. Puis elle tire la langue et attrape un flocon de neige. Elle rit en silence tandis que la neige danse autour d'elle.

Elle fait le tour de la statue, observant les empreintes qu'elle laisse dans la neige, excitée comme une gamine. Sous ses dehors revêches se cache une petite fille qui rêve de construire un bonhomme de neige. Je le sens. Elle a toujours aimé la neige.

Il est temps d'y aller, pense Raven. Je l'entends aussi distinctement que si elle avait parlé à voix haute.

Le vent hurle et je me sens soudain aspirée et transportée loin, très loin, prise d'un vertige douloureux. Nous sommes brutalement de retour dans le monde réel.

Sienna s'avachit en avant. Son dos est secoué de tremblements et je mets un instant à comprendre qu'elle pleure.

Les racines qui la retenaient se relâchent et la libèrent. Mais elle reste là.

Elle relève la tête, le visage en proie à un méli-mélo d'émotions.

— Qu'est-ce que c'était que cet endroit ?

— C'était chez nous, répond Raven.

— J'ai senti… (Elle presse sa poitrine.) Je sens… tout.

Des larmes dégoulinent le long de son visage tandis qu'elle contemple la forêt avec extase.

— Regarde par terre, dis-je avec un sourire.

Un bouquet de fleurs orange a poussé à ses pieds. Elle fanent et disparaissent tandis qu'une fine neige commence à tomber du ciel.

Je lui tiens toujours la main. Elle est aussi chaude que celle de Raven à présent. Je la presse de manière réconfortante. Je perçois le trouble de son esprit, la bataille qui se livre en elle-même pour tâcher de comprendre ce qui lui arrive, le flot brutal d'émotions qui la traverse. D'autres fleurs s'épanouissent puis meurent autour d'elle.

— Qu'est-ce que c'est ? demande-t-elle, le souffle saccadé.

— C'est la vie, réponds-je dans un murmure.

Nous demeurons assises en cercle, en silence, pendant que la neige tombe doucement alentour.

24.

Sienna peut seulement se connecter avec le Feu et la Terre.

Le soir suivant, nous nous réunissons autour d'un fossé où brûle un grand feu. Sienna adore jouer avec les flammes, les attiser. Sil refuse qu'elle le fasse à l'intérieur.

— Le Feu est le plus imprévisible de tous, nous a-t-elle dit. Et je n'aime pas son expression lorsqu'elle fusionne avec cet élément, m'a-t-elle précisé à voix basse. Ça ne me dit rien qui vaille.

J'observe longuement Sienna. Son corps tendu vers les flammes. Elle est assise un peu trop près à mon goût, les traits calmes mais le regard embrasé. J'essaie de dessiner un plan de Southgate sur un bloc-notes afin de rappeler à ma mémoire chaque mur, chaque porte, et de trouver la meilleure entrée. Le vestibule arrière, par la cuisine ? La fenêtre de la salle de musique ?

Le feu crépite et des braises voltigent dans les airs.

— Sienna ! m'exclamé-je d'un ton réprobateur.

Elle cligne des paupières et les flammes se calment.

— C'est drôle, constate-t-elle.

— Mais dangereux. Tâche de ne pas l'oublier.

— Je me sens capable de réduire leurs palais en cendres, commente-t-elle, le regard ardent. Je pense que je pourrais...

Un cri provenant de la maison nous interrompt.

— Ne bouge pas, ordonné-je en me précipitant vers la porte arrière.

Sil et Ash se font face dans la salle de séjour.

— Vous ne pouvez pas m'arrêter, déclare Ash.

— Ce n'est pas à toi de prendre cette décision, s'écrie Sil. C'est dangereux et stupide et ça pourrait tout gâcher.

Je m'immisce dans la discussion.

— Qu'y a-t-il ?

— Je l'ai entendue s'entretenir avec Lucien, m'explique Ash. Le Cercle se réunit en secret ce soir. Je veux y aller. (Il se tourne vers moi.) Je veux me rendre *utile* !

J'interroge Sil du regard.

— Une réunion ? Où ça ?

— Non mais tu ne vas pas t'y mettre toi aussi. Tu dois rester ici.

— Je suis déjà sortie de l'enceinte de La Rose Blanche, lui rappelé-je.

— C'était différent.

— J'en ai ma claque d'être coincé ici pendant que tout le monde prend part à la rébellion ! s'exclame Ash. Je souhaite participer aussi. Donnez-moi au moins une chance.

— Et comment voudrais-tu te rendre utile ? demande Sil. En divertissant les membres féminins de notre Cercle ?

Le visage d'Ash vire au rouge cramoisi.

— Si vous jugez cela utile.

— Ash, reprends-je d'une voix ferme.

— J'en ai assez de demeurer ici à me tourner les pouces, Violet. Nous autres, compagnons, nous sommes invisibles. Nous n'avons aucun pouvoir. Nous n'avons rien qui nous singularise. Mais nous sommes malgré tout des hommes. Et nous avons le droit de nous battre pour notre liberté au même titre que les mères porteuses, les caméristes, les fermiers et les ouvriers.

Ash s'est montré très patient jusque-là. Il a tout accepté sans rechigner. Sienna, mes pouvoirs, la véritable histoire de l'île. On ne lui a pas laissé beaucoup de place dans cette histoire.

Il mérite un minimum de reconnaissance.

— Tu as raison. Tu devrais y aller. Et je vais t'accompagner.

— Personne ne va nulle part, déclare Sil. Fin de la discussion.

Je croise les bras et la défie du regard.

— Ce n'est pas en nous gardant dans l'ignorance que vous allez nous protéger. Nous avons le droit de prendre part à tout ça. (J'hésite un instant avant d'ajouter :) Ne commettez pas la même erreur qu'avec Azalea.

Une puissante bourrasque s'échappe de la silhouette frêle de Sil et me frappe en pleine poitrine. Je recule en titubant, le souffle coupé. Ash me rattrape de justesse par le bras avant que je ne bascule en arrière.

— Violet !

— Tout va bien, sifflé-je.

Déjà Sil a pivoté sur ses talons et a franchi le seuil. La porte claque derrière elle, poussée par le vent. Je redresse le dos.

— Nous allons à cette réunion, un point c'est tout.

Cette nuit-là, il fait un froid saisissant. Ash et moi nous emmitouflons dans nos habits les plus chauds.

Exceptionnellement, Sienna a eu la permission de venir se réfugier à l'intérieur. Assise sur le canapé, elle s'amuse avec le feu. Elle le fait varier d'intensité, ce qui irrite visiblement Raven, qui se balance dans la chaise à bascule de Sil, près de la cheminée.

— Fais gaffe, la mets-je en garde. Si tu mets le feu à cette maison, Sil t'écorchera vive.

Les flammes s'apaisent.

— Tu as intérêt à tout nous raconter, rétorque Sienna.

— Bien sûr.

Raven tend le bras dans ma direction. Je lui prends la main et la serre fort.

— Sois prudente, me supplie-t-elle.

Je hoche la tête en silence et me dirige vers la porte, suivie d'Ash.

Quand nous franchissons le seuil, Sil est déjà installée à l'avant de la charrette.

— Dépêchez-vous, lance-t-elle d'une voix réticente. Nous avons un long trajet. Je n'ai pas envie d'être en retard.

Elle fait claquer les rênes et le véhicule se met en branle.

— Où se déroule la réunion ? s'enquiert Ash.

Sil ne répond pas sur-le-champ. Apparemment, elle n'a pas encore digéré le fait que nous l'ayons forcée à nous emmener. Au bout d'un moment, elle finit par briser le silence.

— À Fairview, une ville qui se situe à environ une heure de route d'ici.

Je me blottis contre Ash pour m'imprégner de sa chaleur. Le branchage des arbres forme une voûte au-dessus de nos têtes. Au travers, je vois les astres qui scintillent. J'ai envie de m'unir à la Terre pour sentir ces branches s'étirer vers le ciel.

Quand nous sortons des bois, Ash se redresse. Des champs de blé en jachère s'étendent devant nous dans l'attente du printemps.

— C'est donc ça, la Ferme, s'exclame-t-il. C'est… grand.

J'avais oublié qu'il n'avait pas encore vu ce cercle de ses propres yeux, à l'exception de la forêt, la nuit de notre arrivée à La Rose Blanche.

— Rye est originaire de la Ferme, pense-t-il à voix haute. Mais pas de ce quart-là.

Depuis que Sienna a rejoint notre troupe, je n'ai guère songé à Rye. Évidemment, Ash se fait du souci pour son ami.

— Je suis sûre que Carnelian passe des moments exquis en sa compagnie, dis-je sèchement. C'est du moins ce que Garnet nous a assuré.

— Carnelian est très seule, réplique-t-il. Elle veut seulement que quelqu'un s'intéresse à elle et l'apprécie. Sa propre mère a préféré le suicide. Elle a abandonné sa propre fille. Ce genre de blessure ne cicatrise jamais complètement.

Je déteste quand il parle de Carnelian avec autant d'empathie. Elle ne mérite pas qu'on la plaigne.

— Je te rappelle que c'est elle qui t'a dénoncé à la duchesse.

— À vrai dire, c'est *toi* qu'elle a dénoncée.

— Est-ce que ça excuse son action ?

— Bien sûr que non. Mais tu n'es pas objective. Tu es aveuglée par la haine.

— Parce que cette fille est épouvantable !

— Ce que tu ne vois pas, proteste Ash, c'est qu'elle a aussi souffert à cause de la royauté. Tu as bien vu comment la duchesse la traite. On se moque d'elle. Personne ne veut l'épouser. « Sang souillé »,

« déchet du Commerce », l'appellent les autres héritières. Tu ne comprends pas que c'est aussi une victime de notre société.

Je ne m'étais pas rendu compte que Carnelian était brutalisée de la sorte. En même temps, cela ne me surprend pas outre mesure.

— On ne peut pas choisir les personnes à sauver, Violet. C'est tout le monde ou personne. Tu penses vraiment que s'il avait le choix, Lucien aiderait les compagnons ?

— Très bien. Je comprends. Mais ne me demande pas de l'apprécier.

Ash affiche un sourire charmant et pose un baiser sur ma tempe.

— Tu crois qu'on peut le faire ? continué-je, en proie au doute.

— Renverser la royauté ?

— Oui.

— Je l'espère. Ça vaut le coup d'essayer, non ? (Son regard se porte sur les champs éclairés par la lune.) De toute façon, nous finirons bien par mourir tôt ou tard.

— C'est une manière très sombre de voir les choses.

Il hausse les épaules.

— Je dis ce que je pense. Je préfère mourir en combattant la royauté plutôt qu'en la servant.

— Bravo, aboie Sil depuis l'avant de la charrette.

Nous échangeons un sourire.

Progressivement, le paysage change. Des collines escarpées se dessinent à l'horizon. Elles sont plus imposantes que celles qui entourent la gare de Bartlett. Nous traversons quelques villages, des enclos où paissent des moutons. Sil emprunte un sentier étroit qui mène à un bosquet.

— Nous allons marcher, annonce-t-elle.

Ash saute à terre et attache Navet à un tronc.

La ville de Fairview est beaucoup plus importante que celle qui borde la gare de Bartlett. Au fil de notre chemin, les maisons apparaissent. Ce sont d'abord des cottages, des bâtisses en pierre et au toit de chaume. À mesure que nous approchons du centre, les bâtiments s'uniformisent, présentant des façades couvertes de bardeaux en bois et des toits pentus. Elles sont regroupées, flanquant les rues de terre battue, mais contrairement aux maisons de la Fumée, elles ne sont pas mitoyennes. Certaines sont délimitées par des clôtures blanches ; d'autres arborent des porches sous lesquels sont disposées des chaises à bascule, et où se prélassent des chats. À cette heure de la nuit, la rue principale est calme. Nous passons devant un barbier, une boulangerie, et une friperie. Aucun lampadaire ne nous éclaire le chemin comme dans le Commerce. Sil s'arrête devant un magasin décrépi. Un rideau mauve poussiéreux est tiré derrière la vitrine.

Elle frappe un coup, marque une pause, frappe trois coups, attend encore, et frappe un dernier coup.

Le rideau remue et la porte s'ouvre.

Un pistolet est braqué sur le visage de Sil.

Je bondis en arrière, mais Sil reste impassible.

— Baisse ton arme avant de blesser quelqu'un, le Siffleur.

— Qui sont-ils ? interroge l'homme qui apparaît dans l'encadrement.

Je ne distingue pas son visage, en partie dissimulé par l'ombre.

— Des amis, répond Sil. Tu penses que j'amènerais des inconnus ici ? Cela dit, je leur ai demandé de ne pas venir, mais ces deux-là sont de vraies têtes de mule. La Clé Noire les connaît.

— Ils portent la marque ?

Sil esquisse un sourire.

— Pas encore. Mais elle est l'une des miennes, dit-elle en me désignant. Quant à lui...

L'homme s'avance dans la lumière.

— Tu es Ash Lockwood, déclare-t-il en dévisageant mon ami.

C'est un homme grand, baraqué, et couvert de tatouages. Une épaisse moustache lui orne la lèvre supérieure. Il porte un pantalon et un pull noirs. Il observe Ash pendant quelques instants d'un air ahuri, puis abaisse son arme.

— Oui, c'est bien moi.

Inquiète, j'interroge Sil du regard. Cet homme va-t-il dénoncer Ash ? Était-ce son plan tout du long ?

— Tu t'es évadé du Joyau, poursuit l'homme sur un ton presque révérencieux. Juste sous le nez de la duchesse du Lac. Comment as-tu fait ? bafouille-t-il en secouant la tête et tendant la main. Enchanté.

Ash paraît aussi étonné que moi. J'étais partie du principe que tout le monde dans la Cité solitaire désirait voir sa tête au bout d'une pique. Pourtant cet homme le regarde avec admiration.

Ash lui serre la main.

— Appelez-moi le Siffleur, reprend l'homme.

Ash ébauche un sourire amusé.

— J'imagine qu'il est un peu tard pour que je me trouve un nom de code.

— Tu vas nous inviter à entrer ou bien on reste plantés sur le seuil en attendant qu'un régimentaire passe ? les interrompt Sil.

Le Siffleur s'écarte.

— Oui. Entrez, entrez. Nous n'attendons plus qu'une personne.

La boutique est éclairée par une seule et unique lampe à huile. Les murs sont couverts de dessins. Un moineau qui s'envole. Une plume de paon tracée au pinceau. Un soleil et une lune qui se chevauchent. Une vieille cage à oiseaux. Je rougis en apercevant le croquis d'une femme nue. Un petit bureau est disposé près de la porte d'entrée. Dans le coin opposé se dresse un fauteuil inclinable qui me rappelle avec un frisson le lit médical du palais du Lac.

— La Clé Noire ne vous a pas donné de détails sur la réunion de ce soir ? s'enquiert Sil.

— Il ne nous a rien dit du tout, répond le Siffleur. Il a juste tenu à ce qu'on se rassemble de toute urgence à l'endroit habituel, précise-t-il en indiquant le magasin d'un geste de la main. L'Imprimeur est arrivé en premier en déclarant qu'il avait un scoop. On vous attendait pour commencer. Descendez. Je dois encore ouvrir à la dernière recrue. Elle est en retard. Ça se présente mal.

— Venez, nous dit Sil. C'est ce que vous vouliez, non ?

Elle se dirige vers l'arrière de la boutique, où se dresse une porte verte. Derrière s'élèvent des voix étouffées.

— C'est le tatoueur local. Il a des fréquentations peu recommandables. La Clé Noir l'a tiré d'affaire un jour où il risquait gros. Il connaît tous les criminels et tous les voleurs du quart sud de la Ferme. La Clé Noire a eu raison de le recruter. La lie de la société peut se révéler extrêmement utile à notre cause. En outre, ils adorent se rebeller contre l'autorité. (Son regard se pose sur Ash.) Il ne reste plus qu'à espérer qu'ils t'apprécient tous autant que lui.

Sur ces mots, elle pousse la porte.

25.

Un long escalier en bois mène à la cave. Des voix montent du sous-sol d'où s'échappe une lumière jaune chaleureuse. D'un geste, Sil nous invite à la suivre. À peine sommes-nous parvenus au bas des marches que les voix cessent.

Nous sommes dans une réserve située juste en dessous du salon de tatouage. Les murs sont constitués de pierre grise craquelée et de nombreuses caisses sont entassées dans un coin de la pièce avec des morceaux de papier et de toile. Cinq chaises sont disposées en cercle au milieu de la pièce. Les gens sont regroupés tout autour. Deux des chaises sont vacantes.

Il y a tant de monde réuni là. Des personnes de tout âge et des deux sexes. Je repère un adolescent de moins de quinze ans avec une tignasse blonde ébouriffée et un sourire espiègle. Une vieille femme assise sur l'une des chaises, occupée à tricoter une chaussette de bébé. Et une poignée de ce que Sil considère comme la « lie de la société ». Des hommes et des femmes au visage décharné, très tatoués pour la plupart, le regard perçant et les doigts agités de tremblements.

Un chauve à la peau foncée et aux yeux noirs se lève de sa chaise à notre apparition. Son regard se pose sur Sil.

— La Rose ! s'exclame-t-il. La Rose est là, clame-t-il à la cantonade.

Son nom de code m'arrache un sourire.

La tension se dissipe et les conversations reprennent. Certains viennent saluer Sil, qui leur répond d'un hochement de tête et qui serre les mains avec réticence.

— Qui sont tes invités ? demande le chauve.

Le blondinet se fraie un chemin parmi le groupe.

— Mais c'est… c'est Ash Lockwood !

— Ne raconte pas de bêtises, le contredit une adolescente avec des couettes blondes qui a tout l'air d'être sa sœur. Ash Lockwood se planque. À moins qu'il ne soit mort.

— Ash Lockwood a affronté une centaine de régimentaires à lui seul pour s'évader du Joyau, insiste le garçon. Il pourrait être n'importe où. Et moi je t'affirme que c'est lui en chair et en os.

— Si Ash Lockwood s'est vraiment enfui du Joyau, rétorque la jeune fille, ce n'est pas pour fréquenter des gens comme nous.

— C'est absurde, murmure Ash à mon oreille.

J'acquiesce.

Une fille d'environ vingt-cinq ans les contraint à se taire. Avec sa chevelure cuivrée et sa silhouette frêle, elle me rappelle Annabelle. Mon cœur cogne dans ma poitrine.

— La royauté nous abreuve tellement de mensonges, commence-t-elle. Pourquoi ne pas le lui demander directement ?

Les gens cessent peu à peu leurs discussions pour tendre l'oreille et suivre ce qui se passe. Le garçon observe Ash à travers son épaisse crinière blonde.

— Alors ? Ash Lockwood, c'est toi ou ce n'est pas toi ?

— Ce n'est pas très poli, intervient la fille qui ressemble à Annabelle. Et tu connais la règle concernant les noms ici.

Le garçon fait la moue. Sa sœur entortille l'une de ses couettes autour de son index.

— Monsieur, s'il vous plaît, dit-elle avec les yeux qui papillotent. C'est vous le compagnon qui a été accusé à tort et qui s'est échappé du Joyau ?

Accusé à tort ? Une vague de soulagement me balaie. Ils savent qu'Ash est innocent. Mais… comment sont-ils au courant ? Les journaux ont dépeint le viol comme s'il était avéré.

— Oui, c'est bien moi. En revanche, je n'ai pas affronté une centaine de régimentaires. Ash Lockwood, enchanté.

La fillette rosit jusqu'à la pointe des oreilles et lui serre la main. La jeune femme qui me rappelle Annabelle rougit également.

— Tu vois ! Je te l'avais dit, commente le garçon.

— Nous n'avons pas le droit d'utiliser nos vrais noms, remarque la rouquine, feignant d'ignorer l'adolescent.

— Oui, acquiesce Ash. La Clé Noire préfère se montrer prudente.

La jeune femme écarquille les yeux.

— Vous connaissez la Clé Noire ?

Un attroupement s'est peu à peu formé autour d'Ash. Une femme de quarante ans environ se faufile jusqu'à lui.

— Est-ce que vous connaissiez un garçon qui s'appelait Birch ? demande-t-elle en lui prenant les mains. On me l'a enlevé pour en faire un compagnon. Je ne sais pas où on l'a envoyé. C'est un beau garçon. Un grand blond aux yeux verts. (Ses yeux s'embuent de larmes.) Vous le connaissez ?

— On m'a pris mon fils aussi pour qu'il devienne régimentaire, enchérit un homme en pantalon de tartan. Pour la Maison de la Lumière. Vous êtes allé là-bas ?

Une petite femme délicate avec des cheveux fins et clairsemés bouscule les gens pour atteindre à son tour Ash.

— On m'a arraché ma fille. On l'a enlevée dans la rue un jour. Vous savez où les filles sont conduites ?

Elle n'avait que quatorze ans. Le véhicule dans lequel on l'a emportée venait du Commerce, raconte-t-elle, les yeux mouillés. Pourquoi m'ont-ils pris ma Calla ?

Ash paraît désemparé. Je croise le regard de Sil. C'est injuste. Comment peut-on lui demander de rendre des comptes. Il n'est pas responsable des crimes commis par la royauté. Et comment est-il censé connaître le sort réservé à chacun de ces individus ?

— Ça suffit, déclare Sil. Laissez-le tranquille. Nous avons des sujets plus urgents à aborder.

Elle s'assied sur l'une des chaises vacantes. Les gens forment de nouveau un cercle autour des cinq sièges. L'adolescent reste près d'Ash et lui jette des coups d'œil admiratifs de temps à autre.

— Nous allons débuter sans le Siffleur, décide Sil. On lui fera un résumé plus tard. Où en est l'armement ? demande-t-elle à la vieille femme qui tricote.

— Cent douze pistolets, quatre-vingt-trois fusils. Et un nombre incalculable d'épées de fortune.

— Ça n'est pas encore assez, réplique Sil. Il nous en faut plus. Beaucoup plus. Surtout maintenant.

— Qu'est-ce qui se passe ? s'exclame un homme qui porte une veste verte. Je croyais qu'on avait prévu de coordonner les attaques avec la Vente aux Enchères. Nous avons encore du temps devant nous.

— Non, rétorque le chauve en se levant. C'est pour cette raison qu'on s'est réunis ce soir. Tard dans l'après-midi, j'ai reçu les journaux de demain.

Sur sa chaise, un journal plié en deux. Il l'ouvre et le brandit.

En gros titre : NOUVELLE DATE POUR LA VENTE AUX ENCHÈRES ! En dessous, dans une police légèrement plus petite : L'EXÉTEUR AVANCE LA VENTE AU MOIS D'AVRIL.

Je lâche un cri de surprise. Ce n'est que dans un peu moins de trois mois.

— Comment peuvent-ils faire ça ? glissé-je à Ash.

— Ils font comme bon leur semble, dit-il.

— Tu crois...

— C'est sans doute une coïncidence, annonce le chauve. À moins qu'ils ne soupçonnent quelque chose. Il y a eu pas mal d'actes de vandalisme récemment. Pas tous approuvés par la Clé Noire, d'ailleurs.

Il décoche un regard éloquent au groupe de bandits émaciés et tatoués.

— On ne sera jamais prêts à temps, rouspète un homme bourru aux sourcils broussailleux et coiffé d'une casquette grise. On ne sait pas avec précision combien on est. On ignore qui est capable de se servir d'une arme. De toute façon, nous n'en avons pas assez. Dans ces conditions, comment est-on censés se battre contre une armée de régimentaires ?

— Les mères porteuses, répond Sil. Vous le savez très bien. Les mères porteuses seront là en renfort.

L'homme désagréable lâche un cri moqueur.

— Je ne vois pas comment un groupe de fillettes peut nous aider à venir à bout d'une armée.

Je me hérisse. Sil aussi.

— Le contraire m'aurait étonnée, rétorque-t-elle. Pour comprendre cela, il faut avoir un cerveau. Vous savez peut-être manier une arme, mais laissez-nous nous occuper de la stratégie. Visiblement, ça n'est pas votre fort.

Comme cela me fait plaisir d'entendre Sil déverser sa bile sur quelqu'un d'autre. Elle parcourt la salle des yeux. Certains ont l'air de partager les doutes du rouspéteur. D'autres paraissent curieux, d'autres encore résignés, comme s'ils avaient entendu parler de ce plan depuis longtemps et qu'ils ne cherchaient plus à comprendre. Je m'identifie facilement à eux. Moi aussi, j'en ai ma claque des mystères et des cachotteries.

— Vous êtes tous ici pour la même raison, poursuit Sil. Il n'y a pas une seule existence dans cette salle qui n'ait été affectée par la royauté. Si nous voulons que ça cesse, nous allons devoir prendre les choses en main. Et faire confiance à la Clé Noire. Mais surtout, nous devons cesser de nous méfier les uns des autres.

— Elle parle bien, marmonné-je à Ash. On a presque l'impression qu'elle se soucie de son prochain.

— Oh, je pense qu'elle est beaucoup plus sensible qu'il n'y paraît, réplique-t-il.

— À ton avis, comment sont-ils au courant que tu étais accusé à tort ?

Le jeune garçon qui se tient à côté d'Ash s'immisce alors dans notre conversation.

— La Clé Noire a fait passer un communiqué. Elle a demandé à ce que personne ne te dénonce si on te voyait. Elle a dit que tu étais dans notre camp.

— Tiens donc, remarqué-je en pinçant gentiment la taille d'Ash. Tu vois qu'elle ne te déteste pas tant que ça.

— Elle l'a fait pour toi, j'en suis sûr.

— C'est déjà un bon début.

— D'ailleurs, tu es qui ? m'interroge le garçon.

— Je m'appelle Violet.

L'adolescent écarquille les yeux.

— On n'est pas censés dévoiler son nom.

— Eh bien, je n'ai pas l'intention de me faire appeler autrement que Violet. Plus jamais. La Clé Noire devra composer avec.

Ash réprime un sourire.

— Nous allons devoir nous contenter de ce que nous avons, poursuit le chauve pendant ce temps-là. Mais il est impératif de commencer l'entraînement.

— Il y a un champ à une heure d'ici, suggère Sil. C'est un endroit calme et isolé, enfoncé dans la forêt. Notre contingent pourrait s'y entraîner.

J'ai l'impression qu'elle est en train de décrire la forêt où nous vivons. Mais je suppose qu'elle ne se réfère pas à la clairière au milieu de laquelle se dresse La Rose Blanche. La forêt est dense et immense. C'est le lieu idéal pour s'exercer en toute tranquillité. Il existe sans doute un autre pré non loin de chez nous.

— C'est trop loin, proteste le bourru.

— Vous allez devoir vous y habituer, que ça vous plaise ou non.

— Vous avez besoin de mon expérience, rétorque-t-il. Je suis le mieux placé pour superviser l'entraînement.

— Quelques altercations avec les régimentaires ne font pas de vous un expert en la matière, riposte Sil.

— Vous n'avez personne d'autre sous la main.

— Faux, intervient Ash.

Tous se tournent vers lui. Il semble étonné, comme s'il n'avait pas eu conscience de parler à voix haute.

Le rouspéteur a l'air dubitatif.

— Que savez-vous du combat, jeune homme ? Je croyais qu'on vous avait envoyé dans le Joyau pour y conter fleurette aux riches héritières.

Quelques ricanements s'élèvent. Je fulmine, mais Ash ne tient pas compte de la remarque.

— Les compagnons reçoivent une formation complète. Je sais me servir d'une arme à feu. Manier une épée. Je peux vous être utile.

Une bouffée de fierté monte en moi. Voilà comment il va participer à la bataille.

— Prouve-le, insiste le grincheux.

— Sans problème. Auriez-vous une épée à portée de main ? demande Ash poliment.

L'autre marmonne dans sa barbe.

— Je connais le Joyau, reprend Ash. Je sais comment les régimentaires sont entraînés. J'imagine que vous vous en fichez ? Que vous ne souhaitez pas que je partage cela avec vous ?

— Et la fille ? interroge une voix parmi la foule.

Tous les regards se braquent sur moi.

— Eh bien quoi ? répond Sil.

— Qui est-ce ?

— D'où vient-elle ? C'est la première fois que je la vois.

— Est-ce qu'elle porte la marque de la Clé ?

— Comment être sûrs qu'on peut lui faire confiance ?

Une cacophonie de voix résonne à travers la salle. Ash vient se placer devant moi pour me protéger, mais je l'écarte aussitôt. Je peux affronter ces gens seule. Je vais devoir faire face à bien pire.

— Je m'appelle Violet. J'étais mère porteuse.

Mon aveu provoque une vague de panique parmi l'assemblée. Ceux qui sont le plus proche de moi ont un mouvement de recul. L'homme à la veste verte chuchote quelques mots à sa voisine. Elle hoche la tête en m'observant avec méfiance.

— J'ai vu de mes propres yeux de quoi les membres de la royauté étaient capables, poursuis-je. Et je ne désire qu'une chose : les stopper.

Je prends soudain conscience que la plupart de ces gens n'ont jamais croisé de mère porteuse de leur vie. De toute évidence, ils ignorent que Sil en est une. Je ne me suis jamais demandé ce que les mères porteuses représentaient aux yeux des autres cercles. Même le garçon qui était collé à Ash s'est écarté de moi.

— On raconte que les mères porteuses peuvent vous tuer par télépathie, lance-t-il.

— J'ai entendu dire qu'il suffisait qu'elles vous touchent pour vous rendre belle, rapporte sa sœur, les yeux pétillants.

— C'est n'importe quoi, grommelle le grincheux. Elles produisent les bébés de la royauté. Un point c'est tout.

J'en ai assez de cet homme et de son attitude infecte.

— Non ! protesté-je. On ne se résume pas à ça.

Je me connecte à la Terre et me déploie. Je plonge dans le sol, m'y ancre et y puise mes forces. Dans les profondeurs, je sens couler un fleuve souterrain.

— Violet, murmure Sil.

Le sol se met à vibrer et je tremble avec. Un cri de surprise collectif s'élève parmi le groupe et tout le monde s'éloigne de moi. Les gens jusque-là assis sur les sièges se lèvent et se dispersent. Ash demeure résolument à mes côtés et me procure une présence forte et stable.

— Je ne suis pas certaine que ce soit une excellente idée, me lance Sil.

Mais je suis la Terre et il faut que ces personnes me voient telle que je suis.

Une douleur puissante me vrille la poitrine et le ciment se fissure sous mes pieds. Des hurlements résonnent dans la cave. La rouquine attrape le frère et la sœur par la main et les attire dans un coin de la salle.

Je deviens l'eau.

Mes doigts se liquéfient, mon corps s'allège, s'étend, et un geyser jaillit de la brèche qui vient de s'ouvrir dans le sol. Je le contrôle. Il s'élève vers le plafond en formant un ruban translucide, se divise et se reforme. Il m'emplit d'une joie vive et pétillante ; je joue avec l'eau, la modèle, forme des filets qui s'entrelacent. Puis je relâche ma connexion avec le fleuve souterrain. L'expression de terreur des gens s'est progressivement muée en admiration.

Je m'unis de nouveau à la Terre et la crevasse se referme.

S'ensuit un silence assourdissant, exprimant à la fois l'incrédulité et l'effroi de l'assistance. Un silence si pesant qu'il exerce une pression sur mes tympans.

— Violet ?

Je pivote sur moi-même. Le Siffleur se tient au pied de l'escalier, la main posée sur l'épaule d'un garçon de quatorze ans. Bouche bée, il scrute le sol à l'endroit où l'eau a surgi.

Toutefois, c'est le jeune homme qui retient mon attention.

Mon regard est rivé aux yeux de mon frère, qui me contemple d'un air médusé.

26.

— Ochre ! m'exclamé-je d'une voix étranglée en me jetant dans ses bras. Qu'est-ce que tu fais ici ?

— C'est plutôt à moi de te poser la question. Tu n'es pas censée être dans le Joyau ?

Je relâche mon étreinte.

— C'est une longue histoire.

Il jette un coup d'œil derrière moi.

— Ce ne serait pas le compagnon qu'on recherche partout ?

— Il appartient à cette longue histoire.

— Vous connaissez ce garçon ? s'étonne le Siffleur.

— C'est mon frère. Ochre, comment va Hazel ? Et Mère ? Est-ce qu'elles se portent bien ?

— Hazel va bientôt devoir passer le test.

À cette nouvelle, mon cœur chavire.

— Mère ne le vit pas très bien, ajoute-t-il.

Je frémis. Et encore, ma mère n'a pas idée du sort qu'on réserve aux mères porteuses.

Peut-être que la nouvelle date instaurée pour les Enchères est une bénédiction. Si ça se trouve, Hazel n'aura même pas le temps d'être diagnostiquée.

Si je parviens à mettre un frein à la Vente avant que Hazel ne subisse le test, elle n'aura jamais à endurer les mêmes souffrances que moi.

— Est-ce que quelqu'un peut m'expliquer ce qui vient de se passer ? rouspète l'homme au sale caractère. Est-ce que cette fille serait une sorte de… sorcière ?

J'avais oublié que j'étais en pleine démonstration quand Ochre est arrivé. Je cherche une manière d'expliquer à ces gens ce qu'il en est vraiment.

— Non, je ne suis pas une sorcière. Plutôt… une sorte d'intermédiaire. Je peux invoquer les éléments naturels. Cette île a été brutalisée par la royauté. Elle souhaite nous aider. Vous comprenez ? L'enjeu est immense.

Je ne sais pas si je peux tout leur révéler. Dois-je leur parler des Protectrices et de la conquête de cette île par les familles ennemies ?

Nombreux sont les visages qui m'observent comme si j'avais perdu la tête. Mais quelques-uns paraissent intrigués par mes paroles.

— Qu'est-ce que tu peux faire d'autre ? me demande le blondinet.

— Est-ce que c'est ça, ce qu'on vous apprend à Southgate ? s'exclame Ochre.

— Non. Justement. C'est ce qu'on ne nous enseigne pas à Southgate, volontairement. Mais si toutes les mères porteuses s'unissent, nous serons capables de renverser l'armée royale. Nous pourrons pénétrer dans le Joyau et le détruire de l'intérieur.

— Ce qui se dit ici ce soir est strictement confidentiel, intervient Sil.

— La Clé Noire est-elle au courant de ça ? demande-t-on.

— Bien sûr, rétorque-t-elle avec dédain.

— Pourquoi ne nous a-t-elle rien dit ?

— La Clé Noire fait comme bon lui semble, répond Sil. Et il n'y a qu'à voir votre expression. Vous ne l'auriez jamais crue si elle vous en avait fait part. Il faut le voir de ses yeux pour le croire.

— Il se fait tard, déclare le chauve au journal. Nous nous sommes dit tout ce qu'on avait à se dire. L'entraînement débutera demain, conclut-il en me coulant un regard. Si la Clé Noire fait confiance à cette mère porteuse, nous suivrons son exemple.

Les gens s'en vont au compte-gouttes, par petits groupes de deux ou trois pour ne pas éveiller l'attention dans la rue, à l'extérieur du salon de tatouage, en pleine nuit.

La fille qui me rappelle Annabelle s'en va avec le frère et la sœur. Au moment de partir, le garçon se penche à mon oreille et me glisse :

— Je m'appelle Millet.

J'esquisse un sourire. Il est dans mon camp.

Peu à peu, la foule diminue jusqu'à ce qu'il ne reste plus qu'Ochre, Sil, Ash, le Siffleur et moi.

Je ne veux pas qu'Ochre s'en aille, toutefois, je sais qu'il n'a pas le choix.

— Tu ne peux dire ni à Mère ni à Hazel que tu m'as vue. C'et trop dangereux.

Il hoche la tête.

— Bien sûr.

— Comment t'es-tu retrouvé mêlé à tout ça ?

— Sable Tersing, m'apprend-il. Il y a beaucoup de garçons de notre âge qui sont en colère. À l'exploitation laitière, on nous traite comme des animaux, voire pire. On réduit notre paye sans aucune raison. On nous fouette pour une minute de retard. On en a eu assez, on a voulu agir. C'est alors que Sable nous a parlé de cette Société qui agissait en secret contre la royauté. Mais on ne savait pas comment la trouver. Il avait entendu parler d'une clé noire, du coup nous avons commencé à en dessiner partout. C'est à ce moment-là que le Siffleur est venu nous rencontrer. Il nous a expliqué qu'il était temps d'arrêter nos actes de vandalisme et d'agir de manière plus utile.

— Tu ne t'attends tout de même pas à ce que je te laisse te battre, Ochre. Tu n'as que quatorze ans.

— Et toi, tu n'en as que seize. Et pourtant, tu te retrouves au cœur de cette histoire.

— C'est trop dangereux.

— Tu n'es pas ma mère.

— Mère serait d'accord avec moi.

— Eh bien, c'est une chance qu'elle ne soit pas là.

Je m'apprête à protester quand Sil m'interrompt.

— Aussi charmante que soit cette petite réunion de famille, nous devons retourner à la maison.

— Attendez, dit Ash. Il y a une chose que j'aimerais faire avant.

— Quoi ? m'étonné-je.

Il pose son regard sur le Siffleur.

— Un tatouage.

— Ça fait mal ?

Ash place délicatement la main sur son épaule, que le Siffleur a bandée après avoir tatoué le symbole de Lucien sur sa peau. La charrette passe sur une ornière, arrachant une grimace de douleur à Ash.

— C'est juste un peu irrité.

Lorsque nous parvenons à La Rose Blanche, je suis éreintée et glacée jusqu'aux os. Mon frère me manque terriblement. Le peu de temps que nous avons passé ensemble m'a donné envie d'être de nouveau à la maison auprès des miens.

Il est près de trois heures du matin, pourtant une lumière brille encore dans le salon.

Raven ne dort pas. Elle se balance doucement dans le fauteuil à bascule. Sienna est sans doute couchée.

— Comment ça s'est passé ? s'enquiert-elle en posant le livre qu'elle était en train de lire.

— J'ai revu Ochre.

Elle se dresse comme un I.

— Quoi ? Que faisait-il là-bas ?

— Il a rejoint le Cercle de la Clé Noire.

— Comment allait-il ? Comment vont ta mère et Hazel ?

L'arcane se met à vibrer. Je le tire en toute hâte de mon chignon, au niveau de ma nuque.

— Il est arrivé quelque chose, annonce Lucien d'entrée de jeu, d'une voix tendue et lasse.

— Vous voulez parler de la Vente aux Enchères ? répliqué-je. J'ai accompagné Sil à une réunion ce soir. On nous a appris que la date était avancée. Vous savez pourquoi ?

— Quelqu'un m'a trahi.

— Comment ?! Mais qui ?

— Ce problème sera réglé en temps voulu, répond Lucien. Et l'informateur ne connaissait qu'une infime pièce du puzzle – à savoir qu'il était dangereux que la Vente se déroule en octobre. Mais cela a donné à l'Électrice le prétexte parfait.

— Pour faire quoi ?

— Elle désire que sa fille succède au trône. Vous et moi savons qu'en liquidant sa mère porteuse, la duchesse a fait échouer son projet depuis la dernière Vente aux Enchères. Malheureusement, cela signifie que notre calendrier est complètement chamboulé.

— Mais nous n'avons pas encore rallié les filles d'Eastgate et de Westgate.

— Elles arriveront par le train de demain. Je n'ai pas eu le temps de les examiner de près. J'espère qu'elles feront l'affaire.

— J'en suis sûre, dis-je, nerveuse. Lucien, les gens présents à la réunion de ce soir… je leur faisais peur.

— Vous leur avez montré vos pouvoirs ?

— Oui.

Un silence s'ensuit.

— Ils ne vous comprennent pas, voilà tout.

— Ils ont adoré Ash, remarqué-je avec un sourire.

Ce dernier fait la moue et j'imagine Lucien levant les yeux au ciel.

— Je n'en doute pas un instant, répond-il avec sarcasme.

— Il va les aider à s'entraîner, vous savez. Leur apprendre à se battre.

Raven arque un sourcil. Ash hausse les épaules.

— C'est… fantastique, commente Lucien avec ironie.

— J'aimerais participer à d'autres réunions, dis-je. Histoire de rencontrer les gens aux côtés de qui je vais me battre.

— Vous verrez cela avec Sil, rétorque Lucien. Pour le moment, n'oubliez pas votre objectif. Former les autres mères porteuses.

L'arcane retombe soudain dans ma paume.

— Alors comme ça, Ash, tu vas être le nouveau major général de l'armée de la Clé Noire ? s'exclame Raven.

Il éclate de rire.

— Je suis content de me rendre enfin utile.

— Tu sais te battre ?

— Oui.

— Tu pourras m'apprendre à moi aussi ?

— Je…

Il m'interroge du regard.

— Raven, interviens-je. Tu es sûre que c'est une bonne idée ?

Elle bombe le torse.

— Je veux pouvoir me défendre. Je veux que mon corps se sente de nouveau fort.

C'est son choix. Après ce qu'elle a traversé, elle le mérite.

— Comme tu voudras.

Un long bâillement m'échappe.

— Nous ferions mieux d'aller nous coucher, observe Ash. D'autant plus que nous accueillons de nouvelles recrues demain.

Raven monte dans sa chambre et Ash et moi nous dirigeons vers la grange. Chemin faisant, je ne peux m'empêcher de songer au lendemain. Pourvu que les deux filles aient l'audace de Sienna, la gentillesse de Lily, et la ruse de Raven.

Nous allons montrer aux gens de cette ville ce que nous avons dans le ventre.

Les mères porteuses ne sont pas des jeunes filles écervelées qu'on achète, qu'on revend, et qu'on traite comme des animaux de compagnie ou des meubles.

Nous sommes une force non négligeable. Bien au contraire.

27.

Le lendemain à midi, Sil et moi allons récupérer les caisses à la gare de Bartlett.

Les deux jeunes filles sont comme le jour et la nuit. Une fois qu'Ash a retiré le couvercle des boîtes, je les examine de près.

La première fille, très grande, semble comprimée dans l'espace réduit de la boîte. Elle a le teint diaphane et une longue chevelure blonde. La seconde est une petite créature à la peau sombre et à la tignasse brune.

Nous les portons jusqu'à la chambre de Raven et les étendons sur les lits jumeaux.

— Je me souviens d'elle, remarque Sienna en indiquant la plus petite. Je l'ai croisée lors du bal de la Nuit la plus longue.

— Elle était gentille ?

— Je ne t'ai pas dit que je lui avais parlé, juste que je l'avais vue, me rabroue-t-elle.

Je serre les dents, sans rien dire.

Sienna redescend dans la cuisine où elle patiente en compagnie de Raven pendant que je reste au chevet des deux nouvelles recrues. Je préfère qu'elles ne découvrent qu'un seul visage à la fois à leur réveil. En outre, Sienna n'est pas la personne la plus accueillante au monde.

La blonde est la première à ouvrir l'œil. Une fois les effets secondaires du sérum passés, je lui tends un verre d'eau. Elle l'avale d'un trait et me dévisage.

— Toi ! s'exclame-t-elle. Je me souviens de toi. Tu as joué du violoncelle au bal de l'Exéteur. Je ne suis plus dans le Joyau, n'est-ce pas ? devine-t-elle ensuite en parcourant la pièce des yeux.

— Non, tu es dans la Ferme. Nous avons organisé ton évasion.

Elle fond en larmes.

— Oh ! Merci, dit-elle en s'agrippant à ma manche. Merci, merci…

Elle se prénomme Indi. Je la conduis en bas pour lui présenter Raven, Sienna et Sil. De toute évidence, Indi est la personne la plus enjouée que j'aie jamais rencontrée – elle est encore plus chaleureuse que Lily. Dans un sens, elle me rappelle un peu mon ancienne amie, avec sa chevelure blonde et ses grands yeux bleus. À la différence près qu'elle est très grande, pour ne pas dire immense. Elle dépasse même Raven. En revanche, elle est d'une maigreur excessive et ses yeux sont soulignés de profonds cernes noirs.

Sil lui apporte une tasse de thé.

— Je vivais un cauchemar dans le Joyau, raconte Indi. Parfois, quand ma maîtresse recevait de la compagnie, elle m'enfermait dans un placard. Oh, c'est délicieux ! s'exclame-t-elle en aspirant une gorgée de la boisson chaude. Et puis elle m'oubliait et je restais enfermée la journée entière dans le noir. Elle était jeune, venait de se marier, et elle songeait surtout à faire plaisir à son mari. Je l'ai entendue dire à quelqu'un qu'elle avait seulement acheté une mère porteuse pour assister à la Vente aux Enchères. J'ai commencé à m'inquiéter… la mère porteuse de l'Électrice est morte. Ensuite il y avait cette fille qui était à Westgate avec moi et que j'ai vue en quelques occasions, notamment au bal de la Nuit la plus longue. Elle a aussi disparu du jour au lendemain. (Elle balaie la salle des yeux, étudie les tapis noués main, les meubles artisanaux, le poêle en fonte.) J'aime bien cette maison. C'est très douillet.

Je la gratifie d'un sourire.

— Il faut que je remonte dans la chambre avant que l'autre fille ne se réveille. Raven, vous pouvez mettre Indi au courant de la situation ?

— On s'en occupe.

Tandis que je grimpe l'escalier, Indi continue de babiller dans la cuisine.

La brune se réveille une demi-heure plus tard. Elle aussi a une violente réaction au sérum. Elle boit de l'eau à grandes goulées, puis éclate en sanglots.

Mais contrairement à Indi, ses larmes n'expriment ni la joie ni la gratitude.

J'arrive à lui soutirer son prénom – Olive – avant qu'elle ne se mette à hurler. Ses yeux verts frangés d'épais cils bruns sont affolés.

— Où suis-je ? Où est ma maîtresse ? Ramenez-moi auprès d'elle. Je veux retourner dans le Joyau. Comment avez-vous pu me faire ça ?

Sans me laisser le temps de répondre, elle s'élance vers la porte et se rue au bas de l'escalier. Je lui cours après. En apercevant les quatre femmes assises autour de la table de la salle à manger, elle s'arrête net.

— Je me souviens de toi, dit-elle à Sienna. Tu as transgressé les règles. Tu as bu du champagne, alors que tu n'y étais pas autorisée. Je t'ai vue au bal de l'Exéteur. (Elle se tourne vers moi comme si j'étais soudain devenue son alliée.) Je l'ai rapporté à ma maîtresse et elle était contente. Oui, elle l'était. Car elle savait que jamais je ne lui ferais ça. « Sois obéissante et tu en seras récompensée », me répétait-elle toujours. (Olive plaque les mains sur sa poitrine.) Oh ! Ma pauvre maîtresse ! Que va-t-elle devenir sans moi ?

— Elle s'en remettra, rétorque Sienna avec cynisme. Et toi aussi.

Indi lui décoche un regard désapprobateur. Elle se lève et va prendre Olive dans ses bras.

— Ça va aller, dit-elle. Je pense qu'ils nous veulent du bien. Ils cherchent seulement à nous aider.

— Mais moi, je veux servir ma maîtresse, renifle Olive.

— Tu n'as plus de maîtresse, lui soufflé-je doucement.

— Si. Lady du Fleuve. Et elle a besoin de moi.

Elle pleure toutes les larmes de son corps dans les bras d'Indi.

— Il faut qu'on lui montre, s'impatiente Sienna. Qu'on en finisse ! Peut-être qu'elle comprendra quand elle sera sur la falaise.

— Je n'ai jamais mis les pieds sur une falaise, commente Indi en caressant les cheveux d'Olive.

Elle parcourt la salle des yeux comme si la falaise en question se cachait sous le canapé ou derrière le métier à tisser.

— Je veux retourner dans le Joyau, gémit Olive.

La réaction de cette dernière me surprend beaucoup ; ses plaintes me déconcertent. Jamais je ne me serais attendue à ce qu'une mère porteuse ayant vécu dans le Joyau prenne la défense de la royauté.

— Tu as raison, Sienna. Nous ferions mieux de leur montrer sans tarder. Raven ?

Mon amie est penchée en avant, la tête entre les mains.

— Qu'est-ce qui ne va pas ? m'écrié-je en me précipitant à ses côtés.

— Elle a subi un lavage de cerveau, dit-elle, les yeux rivés à ses pieds. Pas de la même manière que moi, mais… elle croit leurs mensonges. Elle les aime. Ça fait mal…

Je pose la main sur son genou.

— Nous pouvons attendre, Raven. Tu n'es pas obligée de nous y transporter maintenant. Ce n'est pas grave.

Elle relève brusquement le menton.

— Non. Je peux vous y emmener maintenant. C'est mieux là-bas, de toute façon. (Elle se masse la tempe.) Si seulement elle arrêtait de geindre.

Nous conduisons Olive et Indi jusqu'à l'étang. Le froid de la nuit dernière s'est dissipé. Un soleil aveuglant brille dans un ciel bleu sans nuages. Il fait presque chaud.

Ash court autour de la clairière. Il est torse nu et les muscles de son dos roulent au gré de ses mouvements.

— Qui est-ce ? s'enquiert Olive qui s'arrête de pleurer pour la première fois depuis son réveil.

— Tu le rencontreras plus tard, réponds-je.

Indi semble également captivée par la silhouette d'Ash, qui s'éloigne.

— On n'a qu'à se poser au bord de l'étang, suggère Sienna.

— Où m'emmenez-vous ? interroge Olive.

Je la tiens fermement par la main et Indi a la bonne idée de faire de même.

— Cette maison est vraiment charmante ! s'exclame Indi en jetant un regard en direction de la ferme, dans son dos. Et l'air ici… est si clair. Si pur.

Elle inspire à fond.

Nous formons un cercle à l'extrémité de l'étang. Raven serre la main libre d'Indi et je prends celle de Sienna. Olive se montre réticente.

— Qu'est-ce qu'on fait ? s'inquiète-t-elle.

— Nous allons te montrer qui tu es vraiment, dis-je.

— Alors, arrête de résister, commente Raven. Ça ne sert à rien.

Elle ferme les yeux. Sienna et moi l'imitons.

La falaise nous attire jusqu'à elle, arrachant un petit cri à Olive.

Cette fois, les arbres qui bordent l'escarpement sont pris dans une tempête. Leurs branches s'agitent et grincent tandis que le vent hurle. Des feuilles mortes tournoient dans les airs autour de nous. Je n'ai jamais senti cet endroit aussi chargé. Je distingue Olive et Indi, de l'autre côté de la statue en forme de spirale. Elles affichent la même expression que Sienna, la première fois qu'elle a aperçu l'océan. Un mélange d'admiration et de respect.

Nous demeurons là pendant quelques minutes, nous imprégnant de l'énergie du lieu. À notre retour à la réalité, Olive et Indi baissent le regard et découvrent à leurs pieds des fleurs – vert foncé et jaune citron.

— Qu'est-ce que c'était que cet endroit ? demande Indi, émerveillée.

Elle se penche pour caresser les fleurs.

De nouveaux bouquets s'épanouissent bientôt, remplaçant ceux qui fanent.

— Qu'est-ce que vous m'avez fait ? s'écrie Olive avec épouvante. Je me sens… (Elle presse sa main contre sa poitrine. Une traînée de fleurs vertes la suit tandis qu'elle recule.) Je ne…

L'arcane se met à bourdonner au creux de mon chignon.

— Je reviens immédiatement, dis-je à Raven et Sienna. Restez avec elle.

Je m'élance vers la maison en sortant le petit objet de mes cheveux.

— Lucien ?

— C'est moi, répond Garnet. (Son ton est grave, semblable à celui qu'il avait la nuit où nous avons communiqué pour la première fois via l'arcane.) Il faut que je vous parle. J'ai une information qui devrait vous intéresser. Ma mère a reçu une livraison la nuit dernière.

— C'est-à-dire ?

— Une mère porteuse.

Mon cœur vacille.

— Comment a-t-elle pu se procurer une nouvelle mère porteuse ? La Vente aux Enchères n'a pas encore eu lieu.

— Je ne sais pas. J'ai vu une jeune fille débarquer au palais. Elle avait les mains menottées et les yeux bandés. Et le docteur Blythe est venu nous rendre une petite visite ce matin.

Il pousse un soupir.

— Est-ce que Lucien est au courant ?

— J'ai essayé d'entrer en contact avec lui. Je suppose qu'il est très occupé depuis qu'on a avancé la date de la prochaine Vente aux Enchères.

— Vous avez donc également eu vent de cette nouvelle, répliqué-je.

— Oui. C'est un vrai massacre, ici. Les mères porteuses des dernières Enchères tombent comme des mouches. Tout le monde sait que l'Électrice désire mettre sa future fille sur le trône. La Vente a été avancée pour augmenter les chances qu'elle en ait une rapidement. Autrement dit, les mères porteuses qui attendent une fille ne servent plus à rien.

— Cela signifie que ces femmes tuent leurs propres mères porteuses ?

— Oui, répond Garnet d'un ton sombre. Quant à celles qui attendent un garçon, elles sont aussi en danger. Car il y a fort à parier qu'une maison rivale tentera de les éliminer.

Je frémis.

— Ça va être plus compliqué qu'on ne le pensait.

— On n'a jamais cru que ça serait simple. Je n'ai jamais… C'est comme… (Il pousse un grognement de frustration.) Je les vois, maintenant. Les mères porteuses. Avant, elles étaient invisibles. Sauf qu'à présent, c'est *elle* que je vois en chacune d'elles. (Il fait allusion à Raven, je le sais.) Je vous vois vous aussi quand je les regarde, s'empresse-t-il d'ajouter. Ce sont des personnes à part entière. Des jeunes filles terrifiées qu'on promène en laisse et qu'on enferme dans des cliniques. C'est écœurant.

Je plaque une main sur ma bouche ; un faible sourire étire mes lèvres. C'est incroyable à quel point Garnet a changé depuis notre rencontre, le soir où il a surgi ivre comme un cochon dans la salle à manger de la duchesse.

— Comment ça se passe à La Rose Blanche ? demande-t-il. La dernière fois que j'ai parlé avec Lucien, il m'a appris qu'il vous envoyait de nouvelles recrues.

— À mon avis, l'une d'elles… va nous donner du fil à retordre.

— Je dois vous laisser, lance-t-il soudain. Si jamais j'en apprends davantage sur la nouvelle mère porteuse, je vous en tiendrai informée. Mère la retient prisonnière dans une pièce. Passez le bonjour à Raven de ma part. Et dites-lui que j'aurais aimé lui parler aujourd'hui.

— Comptez sur moi. Et soyez prudent.

— Comme toujours.

L'arcane retombe muet dans ma main.

28.

Ash part à sa première séance d'entraînement ce soir.

Raven l'accompagne.

J'ai beaucoup de mal à accepter l'idée que Raven prenne part à la bataille. Ça me hérisse encore plus que de savoir mon frère au combat. Mais Ash n'a pas tort.

— Elle veut être en mesure de se défendre. Après ce qu'elle a traversé, je pense qu'elle le mérite. (Il m'embrasse avec douceur.) Tu penses franchement que je permettrais que quoi que ce soit lui arrive ?

Après le dîner, Indi, Olive et moi allons marcher à travers le domaine qui entoure la ferme. Je forme l'espoir qu'Olive ressente une connexion plus forte aux éléments. Elle parvient à s'unir à l'Air et à l'Eau, mais cela ne semble pas l'intéresser.

— J'aimerais m'asseoir au bord de l'étang quelques instants, dit Indi tandis que nous passons près du point d'eau.

Pour sa part, Indi arrive seulement à se connecter à ce dernier élément.

J'acquiesce d'un signe de tête et m'éloigne avec Olive en direction des bois. Je me rappelle la nuit de mon arrivée ici. Lucien m'avait recommandé de me fier à mon instinct ; je me sentais si stupide. Aujourd'hui, ce sentiment s'est complètement envolé.

Nous marchons un long moment en silence. Puis Olive prend la parole.

— Je veux retourner dans le Joyau.

— C'est impossible. (Je réfléchis à fond. Il doit bien y avoir un moyen de la convaincre de rejoindre notre camp.) Je suis née dans le quart sud du Marais. Tu es du quart est, c'est ça ?

— Oui.

— J'ai un petit frère et une petite sœur. Tu en as, toi aussi ?

— Six grands frères et une petite sœur.

— Tu aimerais que ta sœur soit diagnostiquée ? Arrachée à ta famille et vendue comme mère porteuse ?

Elle hausse les épaules.

— Ma famille recevrait un peu d'argent en compensation.

— La royauté ne verse plus rien une fois que tu es morte.

— Ma maîtresse ne me tuerait pas, réplique-t-elle. Elle a besoin de moi. Et maintenant, à cause de vous, elle me croit morte.

— Elle achètera une autre mère porteuse, tu t'en doutes. Est-ce que ça te semble juste ?

Elle hésite. Je viens de mettre le doigt sur la corde sensible. Olive ne veut pas qu'on la remplace.

— La Vente aux Enchères a été avancée. Dans quelques mois, elle pourra acquérir une nouvelle mère porteuse qui prendra ta place.

Olive pince les lèvres. Ses sourcils se froncent.

— Non, ma maîtresse…

— Ta maîtresse désire un enfant et elle fera n'importe quoi pour l'obtenir. Nous devons stopper la Vente.

Mes paroles ne la laissent pas de marbre. Elle les tourne et les retourne dans sa tête. Les rides de son front se creusent.

Ce n'est pas vraiment l'argument que j'aurais aimé avancer pour la convaincre, mais en ce moment, je n'ai qu'une marge de manœuvre très limitée. Nous n'avons plus le temps de tergiverser.

— Et ensuite, je pourrai être de nouveau avec ma maîtresse ?

Je ne réponds rien. Mon cœur est lourd dans ma poitrine. Ça ne me plaît pas de la manipuler. Pourtant quel autre choix ai-je ?

Nous marchons encore un peu, puis nous rejoignons la maison. Nous passons devant l'étang, près duquel est toujours assise Indi, le visage impassible. De petites vaguelettes se sont formées à la surface de l'eau, sous sa paume.

Je m'apprête à m'installer à côté d'elle quand l'arcane se met à vibrer.

— Excuse-moi une seconde, grommelé-je en me précipitant vers la ferme.

Sienna est dans la cuisine, occupée à faire la vaisselle. Sil se balance dans le fauteuil à bascule près du feu. Elle sirote un whisky. J'arrache l'arcane de ma chevelure.

— Allô ?

— Il est arrivé quelque chose, m'annonce Lucien à brûle-pourpoint.

Sil se redresse et pose sa boisson.

— Il y a eu… un arrangement. Des fiançailles vont être annoncées.

— Je ne vois pas en quoi ça concerne notre affaire, répliqué-je. Qui se soucie des fiançailles royales ?

— La fille de la duchesse du Lac a été promise au fils de l'Exéteur.

Je fixe l'arcane.

— La duchesse n'a pas de fille.

— Je ne sais pas comment elle s'y est prise, répond Lucien comme s'il parlait dans sa tête. Comment elle a réussi à le persuader. Peut-être qu'elle lui a fait du chantage ou… personne ne sait pourquoi l'Exéteur a rompu ses fiançailles avec la duchesse – et croyez-moi, l'Électrice a fait son possible pour que je le découvre. Mais quelle qu'en soit la cause, la duchesse a un certain ascendant sur lui. Quelque chose de gros. L'Électrice est furieuse, évidemment.

— Mais, Lucien, je ne comprends pas, dis-je. La duchesse n'a pas de fille.

— Garnet vous a parlé de la nouvelle mère porteuse ?

— Celle qu'elle a fait venir clandestinement chez elle ? Oui.

— Personne ne savait que vous étiez partie. La duchesse a clamé qu'elle vous gardait enfermée après l'épisode du prétendu viol. Du coup, elle vous a remplacée discrètement et rapidement. Aucune disparition n'a été rapportée dans les instituts. Et toutes les mères porteuses royales, enfin celles qui sont encore en vie, sont présentes.

— D'où vient cette mère porteuse dans ce cas ?

— C'est un mystère. Cependant la duchesse a réalisé une chose inédite dans l'histoire de la Vente aux Enchères. Elle a négocié des fiançailles avant même la naissance de l'enfant.

— Ce qui signifie que… sa mère porteuse est enceinte ?

— Apparemment.

— Mais elle est arrivée hier soir !

— Le Joyau est en ébullition, rétorque Lucien. Cette alliance suscite la jalousie. Beaucoup de membres de la royauté estiment cela injuste. De nombreuses familles sont en colère. Et maintenant que la Vente a été avancée, les maisons rivales se vengent les unes des autres en s'en prenant à leurs mères porteuses respectives. Les anciennes alliances sont rompues. Les caméristes ont la pression. Et c'est encore pire pour les domestiques, les valets et les femmes de chambre.

— Tant mieux pour nous, non ? commenté-je. Nous avons besoin de rallier ces gens à notre cause.

— Mais nous ne voulons pas qu'ils y laissent la vie.

— Bien sûr que non. Ce n'est pas ce que je sous-entendais.

Soudain, Ash entre en trombe dans la maison, Raven sur ses talons.

— Violet ! s'écrie-t-il, pantelant.

Je laisse l'arcane flotter dans les airs. Est-ce que Raven s'est blessée ? Non, elle a l'air indemne. En revanche, elle s'écarte pour laisser apparaître une troisième personne qui avait d'abord échappé à mon attention.

— Ochre ? (Je me jette dans ses bras, manquant le faire basculer en arrière.) Qu'est-ce que tu fabriques ici ? Ash, tu n'aurais pas dû l'amener. Personne ne doit connaître l'emplacement de ce lieu en dehors de nous.

— Violet, m'interrompt Ochre. (Son visage illuminé par la lune est pâle comme la mort, ses yeux, telles deux ombres noires.) Ils l'ont prise. Elle est… elle est partie. J'ai tenté de contacter un membre du Cercle, mais on m'a transféré dans une exploitation laitière où je ne connaissais personne. J'ai eu du mal à rejoindre le lieu de l'entraînement ce soir. Je pensais t'y trouver. Ils l'ont prise, Violet.

— Calme-toi, répliqué-je en le conduisant à la table et en l'invitant à s'asseoir. De qui parles-tu ?

Il s'avachit sur une chaise.

— Hazel, énonce-t-il d'une voix misérable.

Mon cœur se pétrifie. L'air se glace autour de moi.

— Quoi ? murmuré-je.

— Des régimentaires sont venus à la maison. D'après Mère, un médecin les accompagnait. Ils arboraient l'emblème d'une couronne sur leur veste, un cercle bleu barré de deux trucs argentés, des piques, je crois. Et… ils l'ont emmenée, comme ça.

Sa tête s'effondre dans ses mains tandis que mon cœur chavire.

Un cercle bleu barré de deux tridents en argent.

L'emblème de la Maison du Lac.

Je m'effondre à mon tour sur un siège.

— Lucien, m'écrié-je en me tournant vers l'arcane. Vous avez entendu ça ?

— Oui, répond-il d'une voix grave.

Des voix s'élèvent autour de moi, mais elles me semblent très lointaines. Je ne parviens pas à me concentrer sur ce qu'elles disent. Ma tête cogne ; une pensée défile en boucle dans mon esprit.

Ils ont enlevé Hazel.

Hazel est la mère porteuse arrivée clandestinement au palais.

La duchesse du Lac retient ma sœur prisonnière.

Remerciements

Charlie Olsen, agent parmi les agents, merci pour cette nouvelle année de soutien et d'encouragements inconditionnels. Tu es mon épée dans les ténèbres.

À mon éditrice, Karen Chaplin, merci pour ton incroyable patience et tes conseils toujours très justes à mesure que tu me guidais dans l'écriture de cette histoire. Je suis extrêmement reconnaissante de travailler avec quelqu'un qui aime cet univers autant que moi – et qui sait répondre à mes mails décousus avec tant de grâce.

D'énormes remerciements à toute l'équipe chez HarperTeen, en particulier à Rosemary Brosnan et Olivia Russo. Grosse accolade à l'équipe graphique pour cette nouvelle couverture formidable, ainsi qu'aux charmantes dames d'EpicReads, Aubry Parks-Fried et Margot Wood – votre humour et votre enthousiasme sont de véritables lumières dans ce milieu. Merci à Lyndsey Blessing d'avoir amené Violet dans le vaste monde et d'avoir fait en sorte qu'elle y soit si bien accueillie.

Jess Verdi, je n'ai pas encore trouvé les mots qui sauraient exprimer toute ma gratitude pour ta présence dans ma vie, mais j'y travaille ! Tu as été là à mes côtés tout au long de cette route cahoteuse, tant dans les moments difficiles que dans les bons. Tu as lu le moindre mot que j'ai écrit, m'as prodigué tes encouragements quand j'en avais besoin et m'as dit clairement les choses lorsque ça ne fonctionnait pas. Je ne sais pas comment j'ai eu la chance de t'avoir comme amie, mais je suis ravie que ce soit le cas. Verveine !

Un gros tonneau de remerciements à mes extraordinaires bêta-lectrices sur ce tome, Caela Carter et Corey Ann Haydu – vous avez toujours su quand il fallait me pousser ou me freiner. Et à Alyson Gerber et Riddhi Parekh – merci de m'avoir soutenue contre vents et marées.

Je dois remercier le personnel de la Harlem Tavern, et tout particulièrement Bryan, Maria et Istvan, qui m'ont aidée pendant l'écriture du premier jet grâce à leur blagues et à du sauvignon blanc tombant toujours à point nommé. Merci d'avoir su me dire quand il était temps de me remettre au travail.

Jill Santopolo, Maura Smith, Jonathan Levy, Rory Sheridan, Erica Henegen et Matt Kelly, vous m'avez tous inspirée, soutenue, vous avez tous ri et pleuré avec moi. Plus généralement, merci d'avoir été les meilleurs amis que j'eusse pu espérer. Je vous suis éternellement reconnaissante.

Et merci à ma merveilleuse famille, tant du côté Ewing que du côté McLellan, pour tous les encouragements de cette année. Ils ont plus compté pour moi que vous ne pourriez l'imaginer. Remerciements tout spéciaux à Ben, Leah, Otto et Bea.

Merci à mes parents. Je crois que la dédicace de ce tome est parlante : vous avez toujours pensé que je pourrais faire exactement ce que je voulais et n'avez jamais essayé de me mettre sur une « voie normale ». Vous m'avez toujours soutenue pour qui je suis, et c'est en soi une chose rare et précieuse. Je vous aime.

Et à Faetra. Tu me manques chaque jour qui passe.

LA SÉLECTION

de Kiera Cass

Tome 1

35 candidates, 1 couronne, la compétition de leur vie.

Elles sont trente-cinq jeunes filles : la « Sélection » s'annonce comme l'opportunité de leur vie. L'unique chance pour elles de troquer un destin misérable contre un monde de paillettes. L'unique occasion d'habiter dans un palais et de conquérir le cœur du prince Maxon, l'héritier du trône. Mais pour America Singer, cette sélection relève plutôt du cauchemar. Cela signifie renoncer à son amour interdit avec Aspen, un soldat de la caste inférieure. Quitter sa famille. Entrer dans une compétition sans merci. Vivre jour et nuit sous l'œil des caméras... Puis America rencontre le Prince. Et tous les plans qu'elle avait échafaudés s'en trouvent bouleversés...

Le premier tome de la série phénomène, mêlant dystopie, téléréalité et conte de fées moderne, bientôt adaptée au cinéma.

Tome 1 : *La Sélection*

Tome 2 : *L'Élite*

Tome 3 : *L'Élue*

Tome 4 : *L'Héritière*

Hors-série :
La Sélection, Histoires secrètes : Le Prince & Le Garde ;
La Reine & la Préférée

Tome 5 à paraître en mai 2016

LES CLANS
SEEKERS

de Arwen Elys Dayton

Tome 1

La vérité les anéantira tous.

Lorsque Quin Kincaid aura prêté serment, elle deviendra ce pour quoi elle s'est entraînée toute sa vie : une Seeker. Dernière de son clan, elle se doit de perpétuer la légende. Une fois initiée, Quin pourra se battre aux côtés de ses deux plus proches compagnons, Shinobu et John, pour défendre le pauvre et l'opprimé. Ensemble, ils porteront la lumière au cœur des ténèbres. Mais au cours de la nuit tant attendue de l'initiation, tout bascule. Les masques tombent et Quin découvre qu'elle a été élevée dans le mensonge. Ni sa mission, ni sa famille, ni même ses amis ne sont ce qu'elle croyait. Il est trop tard pour faire marche arrière...

Le premier tome de la nouvelle saga américaine best-seller, à la croisée de *Hunger Games* et de *Game of Thrones*.

Bientôt adapté au cinéma par Sony Pictures.

Tome 2 : *Les Clans Seekers*, *Voyageur*
à paraître en avril 2016

L'infini + un

d'Amy Harmon

Elle a tout. Lui n'est rien. Et pourtant…

Superstar internationale, Bonnie Rae Shelby a tout pour elle : l'argent, la beauté, la gloire et… l'envie d'en finir avec la vie.

Finn Clyde, lui, n'est rien et ne possède rien, à part son intelligence et son cynisme à toute épreuve. La seule chose qu'il demande : qu'on lui donne enfin sa chance.

Une main tendue et quelques coïncidences plus loin, et les voilà engagés dans un périple qui pourrait les transformer aussi bien que les anéantir.

Une romance addictive où il est question d'étoiles filantes, de cages plus ou moins dorées et de destinées forgées envers et contre tout.

Après *Nos Faces cachées*,
le nouveau roman phénomène d'Amy Harmon

Perdue et Retrouvée

de Cat Clarke

Kidnappée à 6 ans, retrouvée 13 ans plus tard...

Essayez d'imaginer :
Une enfant kidnappée. Une famille déchirée.
Lentement, au fil des ans, cette famille va recoller les morceaux.
Elle reste un peu fragile, bien sûr, mais toujours unie.
Et voilà que l'enfant, devenue adulte, revient à la maison…
C'est là que l'histoire commence.
Et si la fin du cauchemar n'était que le début d'un autre ?

Le nouveau roman bouleversant de Cat Clarke

Autres romans de l'auteur, déjà parus

Confusion
Cruelles
Revanche
A Kiss in the dark

GLITCH

de Heather Anastasiu

L'amour est une arme

Dans une société souterraine où toute émotion a été éradiquée, Zoe possède un don qu'elle doit à tout prix dissimuler si elle ne veut pas être pourchassée par la dictature en place.

L'amour lui ouvrira-t-il les portes de sa prison ?

Lorsque la puce de Zoe, une adolescente technologiquement modifiée, commence à glitcher (bugger), des vagues de sentiments, de pensées personnelles et même une étrange sensation d'identité menacent de la submerger. Zoe le sait, toute anomalie doit être immédiatement signalée à ses Supérieurs et réparée, mais la jeune fille possède un noir secret qui la mènerait à une désactivation définitive si jamais elle se faisait attraper : ses glitches ont éveillé en elle d'incontrôlables pouvoirs télékinésiques...

Tandis que Zoe lutte pour apprivoiser ce talent dévastateur tout en restant cachée, elle va rencontrer d'autres Glitchers : Max le métamorphe et Adrien, qui a des visions du futur. Ensemble, ils vont devoir trouver un moyen de se libérer de l'omniprésente Communauté et de rejoindre la Résistance à la surface, sous peine d'être désactivés, voire pire...

La trilogie dystopique de l'éditeur américain des séries best-sellers *La Maison de la nuit* et *Éternels.*

Tome 2 : *Résurrection*

Tome 3 : *Insurrection*

BELLE ÉPOQUE

d'Elizabeth Ross

À Paris, tout se vend.

PARIS, 1889. Maude Pichon s'enfuit à 16 ans de sa Bretagne natale pour échapper à un mariage forcé et découvre Paris, ville-lumière en ébullition à la veille de l'exposition universelle. Hélas, ses illusions romantiques s'y évanouissent aussi vite que ses maigres économies. Elle est désespérément à la recherche d'un emploi quand elle tombe sur une petite annonce inhabituelle : « ON DEMANDE DE JEUNES FILLES POUR FAIRE UN OUVRAGE FACILE. » L'agence Durandeau propose en effet à ses clients un service unique en son genre : le repoussoir. Son slogan ? « Louez un faire-valoir, vous en deviendrez d'emblée plus attirante. » Étranglée par la misère, Maude postule…

Un roman fascinant librement inspiré d'une nouvelle méconnue d'Émile Zola, « Les repoussoirs », proposée en fin d'ouvrage.

Sélectionné pour le Prix des Incorruptibles dans la catégorie 3e / lycée.

Night School

de C. J. Daugherty

Tome 1

Qui croire quand tout le monde vous ment ?

Allie Sheridan déteste son lycée. Son grand frère a disparu. Et elle vient d'être arrêtée. Une énième fois. C'en est trop pour ses parents, qui l'envoient dans un internat au règlement quasi militaire. Contre toute attente, Allie s'y plaît. Elle se fait des amis et rencontre Carter, un garçon solitaire, aussi fascinant que difficile à apprivoiser… Mais l'école privée Cimmeria n'a vraiment rien d'ordinaire. L'établissement est fréquenté par un curieux mélange de surdoués, de rebelles et d'enfants de millionnaires. Plus étrange, certains élèves sont recrutés par la très discrète « Night School », dont les dangereuses activités et les rituels nocturnes demeurent un mystère pour qui n'y participe pas. Allie en est convaincue : ses camarades, ses professeurs, et peut-être ses parents, lui cachent d'inavouables secrets. Elle devra vite choisir à qui se fier, et surtout qui aimer…

Le premier tome de la série découverte par le prestigieux éditeur de *Twilight*, *La Maison de la nuit*, *Nightshade* et Scott Westerfeld en Angleterre.

Une série best-seller de cinq tomes, publiée dans plus de vingt pays !

Tome 2 : *Héritage*

Tome 3 : *Rupture*

Tome 4 : *Résistance*

Tome 5 : *Fin de partie*

La trilogie de Braises et de Ronces

de Rae Carson

Tome 1

Sera-t-elle reine au cœur de son royaume, comme au royaume de son cœur ?

Princesse d'Orovalle, Elisa est l'unique gardienne de la Pierre Sacrée. Bien qu'elle porte le joyau à son nombril, signe qu'elle a été choisie pour une destinée hors normes, Elisa a déçu les attentes de son peuple, qui ne voit en elle qu'une jeune fille paresseuse, inutile et enveloppée... Le jour de ses seize ans, son père la marie à un souverain de vingt ans son aîné. Elisa commence alors une nouvelle existence loin des siens, dans un royaume de dunes menacé par un ennemi sanguinaire prêt à tout pour s'emparer de sa Pierre Sacrée.

Une perle de l'heroic fantasy, pour les fans de la série Game of Thrones.

Le premier tome d'une trilogie « unique, intense... À lire absolument ! » (Veronica Roth, auteur de la trilogie best-seller Divergente).

Tome 2 : *La Couronne de flammes*

Tome 3 : *Le Royaume des larmes*

Nouvelle numérique :
Le Garde royal

PARALLON

de Dee Shulman

Tome 1

Un gladiateur romain
Une jeune fille du XXIe siècle
Deux mille ans les séparent
Un mystérieux virus va les réunir...

152 après J.-C.

Au sommet de sa gloire, Sethos Leontis, redoutable combattant de l'arène, est blessé et se retrouve aux portes de la mort.

2012 après J.-C.

Élève brillante mais rebelle, Eva a été placée dans une école pour surdoués. Un incident dans un laboratoire fait basculer sa vie à jamais

Un lien extraordinaire va permettre à Sethos et Eva de se rencontrer, mais il risque aussi de le séparer, car la maladie qui les dévore n'est pas de celles qu'on soigne, et leur amour pourrait se révéler mortel...

Leur passion survivra-t-elle à la collusion de deux mondes ?

Tome 2 disponible

Imprimé en France par CPI
en septembre 2016

Composition réalisée
par Nord Compo à Villeneuve-d'Ascq

Dépôt légal : octobre 2015
N° d'édition : 55724/03 – N° d'impression : 2025294